# H.P. LOVECRAFT

# O MEDO À ESPREITA
### & outras histórias

*Tradução de* RODRIGO BREUNIG

www.lpm.com.br

**L&PM** POCKET

Coleção **L&PM** POCKET, vol. 1215

Texto de acordo com a nova ortografia.
Título original: *The Lurking Fear and Other Stories*

Primeira edição na Coleção **L&PM** POCKET: abril de 2016
Esta reimpressão: fevereiro de 2019

*Tradução*: Rodrigo Breunig
*Capa*: Ivan Pinheiro Machado. *Ilustração*: iStock
*Preparação*: Patrícia Yurgel
*Revisão*: Lia Cremonese

CIP-Brasil. Catalogação na publicação
Sindicato Nacional dos Editores de Livros, RJ.

L947m

Lovecraft, H. P. (Howard Phillips), 1890-1937
    O medo à espreita: e outras histórias / H. P. Lovecraft; tradução Rodrigo Breunig. – Porto Alegre, RS: L&PM, 2019.
    256 p. ; 18 cm.    (Coleção L&PM POCKET, v. 1215)

    Tradução de: *The Lurking Fear and Other Stories*
    ISBN 978-85-254-3374-9

    1. Ficção americana. I. Breunig, Rodrigo. II. Título.

16-29683                 CDD: 813
                        CDU: 821.111(73)-3

© da tradução, L&PM Editores, 2015

Todos os direitos desta edição reservados a L&PM Editores
Rua Comendador Coruja, 314, loja 9 – Floresta – 90.220-180
Porto Alegre – RS – Brasil / Fone: 51.3225.5777

Pedidos & Depto. Comercial: vendas@lpm.com.br
Fale conosco: info@lpm.com.br
www.lpm.com.br

Impresso no Brasil
Verão de 2019

# H. P. Lovecraft
(1890-1937)

Howard Phillips Lovecraft nasceu em Providence, Rhode Island, em 1890. A infância foi marcada pela morte precoce do pai, em decorrência de uma doença neurológica ligada à sífilis. O seu núcleo familiar passou a ser composto pela mãe, as duas tias e o avô materno, que lhe abriu as portas de sua biblioteca, apresentando-lhe clássicos como *As mil e uma noites*, a *Odisseia*, a *Ilíada*, além de histórias de horror e revistas pulp, que posteriormente influenciariam sua escrita. Criança precoce e reclusa, recitava poesia, lia e escrevia, frequentando a escola de maneira irregular em função de estar sempre adoentado. Suas primeiras experiências com o texto impresso se deram com artigos de astronomia, chegando a imprimir jornais para distribuir entre os amigos, como o *The Scientific Gazette* e o *The Rhode Island Journal of Astronomy*.

Em 1904, a morte do avô deixou a família desamparada e abalou Lovecraft profundamente. Em 1908, uma crise nervosa o afastou de vez da escola, e ele acabou por nunca concluir os estudos. Posteriormente, a recusa da Brown University também ajudou a agravar sua frustração, fazendo com que passasse alguns anos completamente recluso, em companhia apenas de sua mãe, escrevendo poesia. Uma troca de cartas inflamadas entre Lovecraft e outro escritor fez com que ele saísse da letargia na qual estava vivendo e se tornasse conhecido no círculo de escritores não profissionais, que o impulsionaram a publicar seus textos, entre poesias e ensaios, e a retomar a ficção, como em "A tumba", escrito em 1917.

A morte da mãe, em 1921, fragilizou novamente a saúde de Lovecraft. Mas, ao contrário do período anterior de reclusão, ele deu continuidade à sua vida e acabou conhecendo a futura esposa, Sonia Greene, judia de origem russa dona de uma loja de chapéus em Nova York, para onde

Lovecraft se mudou. Porém, a tranquilidade logo foi abalada por sucessivos problemas: a loja faliu, os textos de Lovecraft não conseguiam sustentar o casal, Sonia adoeceu, e eles se divorciaram. Após a separação, ele voltou a morar com as tias em Providence, onde passou os dez últimos anos de sua vida e escreveu o melhor de sua ficção, como "The Call of Cthulhu" (1926), *O caso de Charles Dexter Ward* (1928) e "Nas montanhas da loucura" (1931).

A morte de uma das tias e o suicídio do amigo Robert E. Howard o deixaram muito deprimido. Nessa época, Lovecraft descobriu um câncer de intestino, já em estágio avançado, do qual viria a falecer em 1937. Sem ter nenhum livro publicado em vida, Lovecraft ganhou notoriedade após a morte graças ao empenho dos amigos, que fundaram a editora Arkham House para ver seu trabalho publicado. Lovecraft transformou-se em um dos autores cult do gênero de horror que flerta com o sobrenatural e o oculto, originário das fantasias góticas e tendo como precursor Edgar Allan Poe.

Livros do autor na Coleção **L&PM** POCKET:

*O caso de Charles Dexter Ward*
*O chamado de Cthulhu e outros contos*
*O habitante da escuridão e outros contos*
*O medo à espreita e outras histórias*
*Nas montanhas da loucura e outras histórias de terror*
*A tumba e outras histórias*

# Sumário

O medo à espreita .................................................... 7
Dagon ......................................................................... 37
Além da muralha do sono ..................................... 45
O Navio Branco ...................................................... 61
Fatos referentes ao falecido Arthur Jermyn
 e à sua família ...................................................... 70
Do além .................................................................... 84
O templo .................................................................. 95
O brejo lunar ......................................................... 114
O cão ....................................................................... 126
O inominável ........................................................ 138
O forasteiro ........................................................... 149
A sombra sobre Innsmouth ................................ 159

# O medo à espreita

## I. A sombra na chaminé

Trovejava na noite em que fui à mansão abandonada no topo de Tempest Mountain para encontrar o medo à espreita. Não fui sozinho, pois a temeridade não se misturava, naquela época, ao amor pelo grotesco e pelo terrível que transformou minha carreira numa procura ininterrupta por horrores estranhos na literatura e na vida. Acompanhavam-me dois homens leais e musculosos que chamei quando chegou a hora, homens associados a mim havia muito tempo, por sua peculiar aptidão, em minhas medonhas explorações.

Partíramos do vilarejo discretamente, por causa dos repórteres que insistiam em permanecer depois do pânico arcano do mês anterior – o pesadelo rastejante da morte. Mais tarde, pensei, eles poderiam me ajudar; mas eu não os queria naquele momento. Quisera Deus eu os tivesse deixado participar da busca, para não ter de guardar o segredo sozinho e por tanto tempo, guardá-lo sozinho pelo temor de que o mundo me considerasse louco – ou ficasse louco ele mesmo, perante as implicações demoníacas da coisa. Agora que estou contando tudo mesmo assim, receando que o desassossego sombrio me transforme num lunático, deploro minha ocultação. Pois eu, e somente eu, conheço a espécie de medo que espreitava naquela montanha espectral e desolada.

Num pequeno automóvel, cobrimos os quilômetros de florestas e colinas primitivas até o fim de linha na encosta arborizada. A região transparecia um aspecto mais sinistro do que o normal, agora que a contemplávamos à noite, sem a costumeira turba de investigadores, e assim éramos tentados frequentemente a usar o farol de acetileno, a despeito da possível atenção que atrairia. Não era uma paisagem salubre depois do anoitecer, e acredito que eu teria notado sua morbidez mesmo se ignorasse o terror emboscado ali. Criaturas selvagens não havia – elas agem de modo sensato quando a morte as olha de soslaio. As velhas árvores com cicatrizes de raios pareciam extraordinariamente grandes e retorcidas, e as demais plantas, extraordinariamente densas e febris, ao passo que curiosos montículos e cômoros no solo – repleto de ervas daninhas, furado por fulguritos – me sugeriam cobras e crânios humanos avolumados a proporções gigantescas.

O medo espreitara em Tempest Mountain por mais de um século. Disso eu logo fiquei sabendo pelos relatos dos jornais a respeito da catástrofe que fez o mundo tomar conhecimento da região. O lugar é uma elevação remota e solitária no trecho das Catskill onde a civilização holandesa certa vez penetrara débil e transitoriamente, deixando para trás, na retirada, bem poucas mansões arruinadas e uma população degenerada de posseiros habitando aldeias deploráveis em ladeiras isoladas. Seres normais raramente visitavam a localidade antes da criação da polícia estadual, e, mesmo agora, só escassos policiais montados a patrulham de maneira irregular. O medo, contudo, é uma velha tradição em todos os vilarejos vizinhos, pois é o tópico principal na conversa simples dos pobres mestiços que por vezes deixam seus vales para trocar cestos tecidos à mão pelos itens de necessidade primária que não conseguem abater, criar ou gerar.

O medo à espreita residia na temida e deserta mansão Martense, que coroava o cume alto, mas de ascensão gradual, cuja propensão a frequentes tempestades lhe dera o nome de Tempest Mountain. Por mais de cem anos, aquela arcaica casa de pedra, circundada por mata, servira de tema para histórias incrivelmente bárbaras e monstruosamente horrendas, histórias de uma morte silenciosa, colossal e rastejante que rondava o exterior no verão. Os posseiros contavam, com chorosa insistência, casos de um demônio que arrebatava viandantes solitários depois do escurecer, ora os levando, ora os deixando num tenebroso estado de desmembramento corroído; e às vezes cochichavam sobre rastros de sangue levando à mansão distante. Segundo alguns, o trovão tirava o medo à espreita de sua morada, ao passo que, segundo outros, o trovão era sua voz.

Fora das matas ermas, ninguém acreditara nessas histórias variadas e conflitantes, com suas descrições extravagantes e incoerentes do demônio mal vislumbrado; entretanto, nenhum agricultor ou aldeão duvidava de que a mansão Martense fosse assombrada por algo macabro. A história local excluía tal dúvida, muito embora os investigadores, tendo visitado a construção após certos relatos especialmente vívidos dos posseiros, jamais tivessem encontrado qualquer evidência fantasmagórica. As avós narravam estranhos mitos do espectro Martense, mitos relativos à própria família Martense, sua esquisita dissimilaridade hereditária nos olhos, seus longos e desnaturados anais e o assassinato que a tinha amaldiçoado.

O terror que me levou àquele cenário foi uma confirmação súbita e agourenta das mais bárbaras lendas dos montanheses. Em certa noite de verão, após uma tempestade de inaudita violência, a região foi despertada por uma debandada de posseiros que não poderia ter sido provocada por mera ilusão. Os deploráveis tropéis de nativos berravam e lamuriavam pelo horror inominável que os atacara, e não havia dúvida. Não o tinham visto, mas haviam escutado gritos inconfundíveis vindos de uma das aldeias; sabiam que uma morte rastejante chegara.

Pela manhã, citadinos e patrulheiros da polícia estadual acompanharam os trêmulos montanheses até o lugar ao qual, segundo diziam, a morte viera. A morte estava lá de fato. O chão sob uma das vilas de posseiros havia cedido por ação de um raio, destruindo vários dos barracos malcheirosos; contudo, a esses danos materiais se sobrepôs uma devastação orgânica que os reduziu à insignificância. Dos possíveis 75 nativos que habitavam o local, nenhum espécime vivo se fazia visível. A terra desordenada estava coberta de sangue e detritos humanos, evidenciando, com a máxima vividez, os estragos de dentes e garras demoníacos, mas nenhum rastro visível se afastava da carnificina. Todos concordaram sem demora que certo animal horrendo era por certo a causa; tampouco qualquer boca se abriu para renovar a denúncia de que tais mortes enigmáticas fossem mero produto de sórdidos assassinatos, comuns em comunidades decadentes. A denúncia só foi renovada quando cerca de 25 membros da estimada população revelaram não constar entre os mortos, e mesmo assim era difícil explicar o assassinato de cinquenta por metade desse número. Mas restava o fato de que, numa noite de verão, um relâmpago caíra do céu, resultando na morte de um vilarejo, com corpos horrivelmente mutilados, mastigados e rasgados.

Os agitados habitantes imediatamente relacionaram o horror à assombrada mansão Martense, ainda que as duas localidades distassem mais de cinco quilômetros uma da outra. Os patrulheiros se mostraram mais céticos, incluindo a mansão em suas investigações apenas ao acaso e descartando-a por completo quando a encontraram absolutamente deserta. Os camponeses e aldeões, entretanto, escrutinaram o lugar com infinito cuidado, revirando tudo na casa, sondando lagoas e riachos, vasculhando arbustos e esquadrinhando as florestas próximas. Foi tudo em vão; a morte que viera não deixara nenhum traço, salvo a destruição em si.

No segundo dia de busca, o caso foi amplamente abordado pelos jornais, cujos repórteres invadiram Tempest Mountain. Descreveram-na com muitos detalhes, e com várias entrevistas para elucidar o histórico de horror tal como narrado pelas velhinhas locais. Acompanhei os relatos languidamente, a princípio, pois sou experiente em horrores; porém, passada uma semana, captei uma atmosfera que me alvoroçou de maneira singular, e assim, em 5 de agosto de 1921, registrei-me entre os repórteres que se aglomeravam no hotel de Lefferts Corners, vilarejo mais próximo de Tempest Mountain e reconhecido quartel-general dos investigadores. Decorridas mais três semanas, a dispersão dos repórteres me deixou livre para iniciar uma terrível exploração, baseada em inquéritos e levantamentos minuciosos com os quais eu me ocupara no meio-tempo.

Assim, naquela noite de verão, enquanto retumbavam os trovões distantes, saí de um automóvel silencioso e escalei, com dois companheiros armados, o último trecho monticulado de Tempest Mountain, lançando os feixes de uma lanterna elétrica nos espectrais paredões cinzentos que começavam a surgir por entre os carvalhos gigantescos à frente. Na mórbida solidão noturna, sob a débil e mutável iluminação, o monte vasto em forma de caixa exibia obscuras insinuações de terror que o dia não desvelava; mas não hesitei, pois viera com a ferrenha resolução de testar uma ideia. Acreditava que o trovão desentocava o demônio mortífero de certo esconderijo pavoroso, e, fosse aquele demônio entidade sólida ou pestilência vaporosa, minha intenção era vê-lo.

Eu já revistara por completo as ruínas, e por isso sabia bem qual era o meu plano, tendo escolhido como sede de minha vigília o velho quarto de Jan Martense, cujo assassinato tanto avulta nas lendas rurais. Eu sentia, de modo sutil, que os aposentos dessa antiga vítima seriam os melhores para os meus propósitos. O recinto, medindo cerca de seis metros quadrados, continha, como os outros, certo entulho que um dia havia sido mobília. Ficava no segundo andar, no canto sudeste da casa, e tinha uma janela imensa para o leste e uma janela estreita para o sul, ambas desprovidas de vidraças ou venezianas. No lado oposto à janela grande havia uma enorme lareira holandesa, com ladrilhos bíblicos representando o filho pródigo; no lado oposto à janela estreita, via-se uma cama espaçosa incrustada na parede.

Enquanto se intensificavam os trovões abafados pelas árvores, organizei os detalhes do meu plano. Primeiro prendi ao parapeito da janela grande, lado a lado, três escadas de corda que trouxera comigo. Sabia que alcançavam um ponto adequado do gramado externo pois as tinha testado. Em seguida, nós três arrastamos de outro quarto uma ampla armação de cama com quatro colunas, encostando-a lateralmente à janela. Tendo forrado a cama com ramos de abeto, agora repousávamos todos nela com as automáticas na mão, dois relaxando enquanto o terceiro vigiava. Fosse qual fosse a direção da qual viesse o demônio, nossa potencial fuga estava preparada. Se viesse do interior da casa, tínhamos as escadas na janela; se viesse de fora, a porta e a escadaria. A julgar pelos precedentes, não achávamos que ele pudesse nos perseguir até muito longe, mesmo na pior das hipóteses.

Vigiei da meia-noite à uma, quando, a despeito da casa sinistra, da janela desprotegida e dos trovões e relâmpagos que se aproximavam, senti-me singularmente sonolento. Eu estava entre meus dois companheiros, George Bennett mais perto da janela e William Tobey próximo à lareira. Bennett adormecera, aparentemente tendo sentido a mesma sonolência anômala que me afetara, por isso designei Tobey para o turno seguinte, embora até ele estivesse cabeceando. Eu observava a lareira com uma intensidade curiosa.

Os trovões crescentes devem ter afetado meus sonhos, pois, no breve intervalo em que dormi, ocorreram-me visões apocalípticas. Num dado momento, despertei um pouco, provavelmente porque o adormecido perto da janela jogara, inquieto, um braço sobre meu peito. Eu não estava suficientemente desperto para ver se Tobey cumpria seus deveres como sentinela, mas senti uma ânsia muito nítida nesse aspecto. Nunca antes a presença do mal me oprimira de forma tão pungente. Depois, devo ter caído de novo no sono, pois foi de um caos fantasmal que minha mente despertou num sobressalto quando a noite se viu tomada por gritos horrendos jamais testemunhados ou imaginados por mim.

Naquela gritaria, a mais íntima alma do medo agônico humano se agarrava desesperada e insanamente aos portais de ébano do esquecimento. Despertei perante a loucura vermelha e o escárnio do diabolismo, enquanto aquela angústia fóbica e cristalina recuava e reverberava cada vez mais fundo, por panoramas inconcebíveis. Não havia luz, mas pude perceber, pelo espaço vazio à minha direita, que Tobey se fora, só Deus sabia para onde. Sobre meu peito ainda jazia o braço pesado do adormecido à minha esquerda.

Então explodiu o raio devastador que abalou por inteiro a montanha, iluminou as criptas mais escuras do bosque grisalho e estilhaçou a patriarca das árvores retorcidas. No lampejo diabólico de uma monstruosa bola de fogo, o adormecido sobressaltou-se de súbito, ao passo que o clarão vindo de fora da janela projetava sua sombra vividamente na chaminé por sobre a lareira, da qual meus olhos não haviam se desviado. O fato de que ainda estou vivo e são é um prodígio que não consigo decifrar. Não consigo decifrá-lo, pois a sombra na chaminé não pertencia a George Bennett nem tampouco a qualquer outra criatura humana, mas a uma anormalidade blasfema das crateras mais profundas do inferno, uma abominação sem nome, sem forma, que mente alguma poderia compreender a pleno e nenhuma pena saberia descrever sequer em parte. Um segundo depois eu me vi sozinho na mansão amaldiçoada, tremendo e balbuciando. George Bennett e William Tobey não haviam deixado nenhum vestígio, nem mesmo de luta. Nunca mais se soube deles.

## II. Um passante na tempestade

Por dias a fio depois da horrenda experiência na mansão envolta em floresta, fiquei prostrado no meu quarto de hotel em Lefferts Corners, nervoso, exausto. Não me lembro ao certo como consegui chegar ao automóvel, dar a partida e escapar despercebido rumo ao vilarejo, pois não guardo nenhuma impressão nítida na memória, salvo de árvores titânicas com braços desvairados, resmungos troantes demoníacos e sombras de Caronte atravessadas nos montículos baixos que pontilhavam e riscavam a região.

Tremendo e meditando sobre a projeção daquela sombra estonteante, eu sabia ter ao menos extraído um dos horrores supremos da Terra – um desses flagelos inomináveis dos vazios exteriores cujo roçar demoníaco às vezes ouvimos da borda mais longínqua do espaço, mas em relação aos quais nossa própria visão finita nos concedeu piedosa imunidade. Eu mal ousava analisar ou identificar a sombra que vira. Algo se colocara entre mim e a janela naquela noite, mas eu me arrepiava toda vez que não conseguia me livrar do instinto de classificá-lo. Se aquilo tivesse ao menos rosnado, ou ladrado, ou rido de maneira sufocada – só isso já teria aliviado a hediondez abismal. Mas foi tão silencioso... Aquilo havia pousado um braço ou uma perna dianteira em meu peito... Obviamente era orgânico, ou no passado tinha sido orgânico... Jan Martense, cujo quarto eu invadira, estava enterrado no cemitério perto da mansão... Eu precisava encontrar Bennett e Tobey, caso tivessem sobrevivido... Por que razão aquilo os pegara e me deixara por último?... A sonolência é tão sufocante, e os sonhos, tão horríveis...

Passado pouco tempo, constatei que eu precisava contar minha história para alguém, caso contrário sofreria um colapso completo. Já decidira não abandonar a busca pelo medo à espreita, pois, em minha ignorância temerária, parecia-me que a incerteza seria pior do que o esclarecimento, por mais terrível que este provasse ser. Assim, firmei na mente o melhor caminho a seguir, quem escolher para minhas confidências e como rastrear a coisa que obliterara dois homens e projetara uma sombra de pesadelo.

Meus principais conhecidos em Lefferts Corners tinham sido os afáveis repórteres, muitos dos quais haviam permanecido para coletar os ecos finais da tragédia.

Foi entre eles que resolvi selecionar um colega, e, quanto mais refletia, tanto mais minhas preferências recaíam em Arthur Munroe, magro e moreno, com cerca de 35 anos, no qual a educação, o bom gosto, a inteligência e o temperamento pareciam indicar um homem pouco afeito a ideias e experiências convencionais.

Em certa tarde no início de setembro, Arthur Munroe ouviu minha história. Percebi, desde o começo, que ele se mostrava ao mesmo tempo interessado e solidário, e, quando concluí, analisou e discutiu a questão com grande perspicácia e discernimento. Seu conselho, além disso, foi eminentemente prático, pois recomendou um adiamento das operações na mansão Martense até que pudéssemos nos fortalecer com dados históricos e geográficos mais detalhados. Por iniciativa dele, vasculhamos a região atrás de informações a respeito da terrível família Martense e descobrimos um homem cujo diário ancestral nos proporcionou maravilhosa iluminação. Também conversamos, demoradamente, com os mestiços montanheses que não haviam fugido do terror e da confusão para encostas mais remotas, e tratamos de preceder nossa tarefa culminante por um exame completo e definitivo dos locais associados às várias tragédias das lendas de posseiros.

Os resultados desse exame não foram muito esclarecedores a princípio, mas nossa tabulação deles pareceu revelar uma tendência razoavelmente significativa – a saber, que o número de horrores relatados era, de longe, maior em áreas ou relativamente próximas da casa evitada, ou então ligadas a ela por extensões da floresta morbidamente hipertrofiada. Havia, é verdade, exceções; de fato, o horror que chamara a atenção do mundo ocorrera num espaço sem árvores afastado tanto da mansão como de quaisquer matas adjacentes.

Quanto à natureza e ao aspecto do medo à espreita, nada conseguimos obter dos atemorizados e tolos moradores dos barracos. Num mesmo fôlego, chamavam-no de cobra e de gigante, demônio-trovão e morcego, abutre e árvore ambulante. Julgamo-nos, porém, autorizados a supor que se tratava de um organismo vivo altamente suscetível a tempestades elétricas, e, apesar de algumas das histórias insinuarem asas, acreditávamos que sua aversão a espaços abertos tornava mais provável a teoria da locomoção por terra. A única coisa realmente incompatível com esta última visão era a rapidez com que a criatura devia ter se deslocado de modo a realizar todos os feitos atribuídos a ela.

Quando passamos a conhecer melhor os posseiros, eles nos pareceram curiosamente dignos de estima em vários aspectos. Eram simples animais, recuando devagar na escala evolutiva devido à desafortunada linhagem e ao isolamento estupidificante. Temiam forasteiros, mas aos poucos foram se acostumando a nós; por fim, deram-nos imenso auxílio quando esquadrinhamos todos os matagais e arrebentamos todas as divisórias da mansão em nossa procura do medo à espreita. Quando pedimos que nos ajudassem a encontrar Bennett e Tobey, ficaram profundamente aflitos, pois desejavam nos ajudar, mas sabiam que essas vítimas haviam deixado tão completamente o mundo quanto sua própria gente desaparecida. Que um grande número deles havia de fato sido morto e removido, assim como tinham sido exterminados muito tempo antes os animais selvagens, disso tínhamos a mais absoluta convicção; e aguardávamos, apreensivos, a ocorrência de novas tragédias.

Em meados de outubro, estávamos intrigados com nossa falta de progresso. Por causa das noites claras, não se dera nenhuma agressão demoníaca, e a integralidade das nossas buscas vãs na casa e na região quase nos levou a considerar o medo à espreita um agente imaterial. Temíamos que a chegada do clima frio pudesse interromper nossas explorações, pois todos concordávamos que o demônio costumava se aquietar no inverno. Por conseguinte, havia uma espécie de pressa desesperada em nosso último escrutínio à luz do dia no vilarejo visitado pelo horror, um vilarejo agora deserto devido aos temores dos posseiros.

A malfadada vila de posseiros não tinha nome, mas havia muito se situava numa fenda protegida, porém desarborizada, entre duas elevações chamadas, respectivamente, Cone Mountain e Maple Hill. Ficava mais perto de Maple Hill do que de Cone Mountain, com algumas das grosseiras residências consistindo, de fato, em abrigos escavados na encosta do primeiro monte. Geograficamente, encontrava-se a cerca de três quilômetros a noroeste da base de Tempest Mountain e a cinco quilômetros da mansão cingida por carvalhos. Da distância entre a vila e a mansão, três quilômetros e meio no lado da vila eram puro campo aberto, uma planície razoavelmente nivelada salvo por alguns dos montículos baixos em forma de cobra, e tendo como vegetação apenas relva e ervas esparsas. Considerando essa topografia, concluímos afinal que o demônio devia ter vindo por Cone Mountain, da qual saía um prolongamento arborizado ao sul até uma pequena distância do contraforte mais ocidental de Tempest Mountain. A sublevação do terreno nós vinculamos conclusivamente a um deslizamento de terra de Maple Hill, em cuja encosta uma árvore alta, solitária e estilhaçada, havia sido o ponto de impacto do raio que convocara o monstro.

Enquanto – pela vigésima vez ou mais – Arthur Munroe e eu repassávamos com minúcia cada centímetro do vilarejo violado, éramos tomados por certo desalento somado a novos e vagos temores. Era sinistro ao extremo, mesmo quando coisas assustadoras e sinistras eram comuns, encontrar um cenário tão absolutamente desprovido de indícios após acontecimentos tão avassaladores; e perambulávamos por sob um céu de chumbo mais e mais escuro com o zelo trágico e desorientado resultante da mescla de uma sensação de futilidade com a necessidade de ação. Nossos cuidados eram seriamente minuciosos; cada casebre era revisitado, cada abrigo na encosta era vistoriado de novo à procura de corpos, cada sopé espinhoso de declive adjacente passava por nova varredura em busca de tocas e cavernas, mas tudo sem resultado. Como já mencionei, no entanto, vagos temores renovados pairavam sobre nós, ameaçadores, como se gigantescos grifos com asas de morcego contemplassem abismos transcósmicos.

Enquanto a tarde avançava, ficava cada vez mais difícil enxergar, e ouvimos o estrondo de um temporal se formando sobre Tempest Mountain. Esse som, numa localidade como aquela, naturalmente nos agitou, embora menos do que teria nos agitado à noite. Sendo como era, torcemos com todas as forças para que a tempestade durasse até bem depois do escurecer e, com essa esperança, largamos nossas buscas incertas na encosta e rumamos ao vilarejo habitado mais próximo para reunir um grupo de posseiros que nos ajudassem na investigação. Por mais acanhados que fossem, alguns dos homens mais jovens se deixaram inspirar o bastante por nossa liderança protetora a ponto de prometer tal ajuda.

Mal tínhamos começado a nos afastar, porém, quando desabou uma chuva cegante, tão torrencial que se tornou imperativo achar um refúgio. A escuridão extrema e quase noturna do céu nos fazia dar tropeços perigosos, mas, guiados pelos relâmpagos frequentes e por nosso conhecimento minucioso da vila, logo alcançamos a menos porosa choupana do conjunto, uma combinação heterogênea de troncos e tábuas cuja porta ainda existente e cuja única janela minúscula davam ambas para Maple Hill. Barrando a porta às nossas costas contra a fúria do vento e da chuva, encaixamos a grosseira batente de janela que nossas buscas frequentes haviam nos ensinado a encontrar. Era lúgubre ficarmos ali, sentados em caixas raquíticas, na escuridão de breu, mas fumamos cachimbos e, vez por outra, acendíamos nossas lanternas de bolso. De vez em quando conseguíamos ver o relâmpago pelas rachaduras da parede; a tarde estava tão incrivelmente escura que cada lampejo se mostrava com a máxima vividez.

A vigília tempestuosa me fez recordar, estremecido, minha noite medonha em Tempest Mountain. Meus pensamentos retornaram àquela pergunta estranha que não parava de ressurgir desde o acontecimento de pesadelo; e de novo me perguntei por que o demônio, aproximando-se dos três vigilantes ou pela janela ou pelo interior, havia começado com os homens de cada lado e deixado o homem do meio para o final, quando a bola de fogo titânica o afugentara. Por que não levara suas vítimas na ordem natural, comigo em segundo lugar, não importando de que lado tivesse se aproximado? Com que espécie de tentáculos de longo alcance ele arrebatava suas presas? Ou saberia que eu era o líder e teria me poupado para um destino pior que o de meus companheiros?

Eu estava no meio dessas reflexões quando, como que disposto num arranjo dramático para intensificá-las, caiu nas proximidades um raio tenebroso, seguido por um ruído de terra deslizante. Ao mesmo tempo, o vento devorador se fortalecia em crescendos demoníacos de ululação. Estávamos convictos de que a única árvore de Maple Hill havia sido atingida mais uma vez, e Munroe levantou-se de sua caixa e foi até a janela minúscula para verificar o estrago. Quando tirou o batente da janela, o vento e a chuva entraram num uivo ensurdecedor, de modo que não pude ouvir o que falou, mas esperei enquanto ele se curvava para fora e tentava sondar o pandemônio da Natureza.

Aos poucos, a calmaria do vento e a dispersão da incomum escuridão foram revelando que a tempestade passara. Eu esperava que ela fosse durar noite adentro e auxiliar nossa busca, mas um furtivo raio de sol atravessou o buraco de um nó de madeira pelas minhas costas, eliminando tal possibilidade. Sugerindo a Munroe que era melhor obtermos alguma luz mesmo que caíssem novas chuvaradas, desobstruí e abri a porta grosseira. O chão do lado de fora era uma massa peculiar de lama e poças, com novos montes de terra formados pelo leve deslizamento de terra; mas nada vi para justificar o interesse que mantinha meu companheiro ainda curvado, em silêncio, para fora da janela. Dirigindo-me até onde ele se inclinava, toquei seu ombro; mas ele não se mexeu. Então, ao sacudi-lo e virá-lo num gesto brincalhão, senti as gavinhas estranguladoras de um horror canceroso cujas raízes alcançavam passados infinitos e abismos insondáveis da noite que cisma além dos tempos.

Pois Arthur Munroe estava morto. E no que restava de sua cabeça mastigada e sem olhos já não havia um rosto.

## III. O que significava o clarão vermelho

Na noite tormentosa de 8 de novembro de 1921, com uma lanterna que projetava sombras mortuárias, eu encontrava-me cavando, solitário e idiota, a sepultura de Jan Martense. Havia começado a cavar à tarde, porque uma tempestade estava se armando, e agora, na escuridão e com a tempestade desabando sobre a folhagem loucamente densa, eu me sentia contente.

Creio que minha mente ficou em parte perturbada pelos fatos ocorridos desde 5 de agosto: a sombra demoníaca na mansão, a tensão e o desapontamento em geral, e aquilo que acontecera na vila num temporal de outubro. Depois daquilo, eu havia cavado uma sepultura para alguém cuja morte não conseguia compreender. Sabia que outros tampouco conseguiam compreender, e assim os deixei pensar que Arthur Munroe se desgarrara. Procuraram, mas nada encontraram. Os posseiros poderiam ter entendido, mas não ousei assustá-los ainda mais. Eu mesmo me sentia estranhamente insensível. O choque na mansão havia provocado algo em meu cérebro, e eu só conseguia pensar na busca por um horror que adquirira, agora, uma estatura cataclísmica em minha imaginação, uma busca que o destino de Arthur Munroe me fizera jurar que manteria quieta e solitária.

O cenário das minhas escavações, por si só, teria bastado para desalentar qualquer homem comum. Malignas árvores primitivas, heréticas em seus tamanhos, idades e aspecto grotesco, espiavam-me de cima como pilares de algum infernal templo druídico, abafando a trovoada, suavizando as garras do vento e deixando passar bem pouca chuva. Além dos troncos cicatrizados do fundo, iluminados pelos fracos lampejos dos relâmpagos filtrados, erguiam-se as úmidas pedras cobertas de hera da mansão deserta, ao passo que um tanto mais perto se via o abandonado jardim holandês, cujos passeios e canteiros mostravam-se poluídos por uma vegetação branca, fúngica, fétida e hipertrofiada jamais tocada pela plena luz do dia. E havia, mais perto do que tudo, o cemitério, no qual árvores deformadas lançavam galhos insanos enquanto suas raízes deslocavam lajes profanas e sugavam o veneno do que jazia embaixo. Aqui e ali, por baixo da mortalha de folhas pardas que apodreciam e se putrefaziam na escuridão da mata antediluviana, eu conseguia divisar os contornos sinistros de alguns daqueles montículos baixos que caracterizavam a região perfurada por raios.

A História me conduzira a essa sepultura arcaica. A História, de fato, era só o que me restava quando tudo mais terminava em zombeteiro Satanismo. Agora eu acreditava que o medo à espreita não era um ser material, mas um fantasma com presas de lobo que cavalgava o relâmpago da meia-noite. E acreditava, devido ao volumoso folclore local que eu desenterrara na pesquisa com Arthur Munroe, que se tratava do fantasma de Jan Martense, morto em 1762. Por isso eu estava cavando em sua sepultura como um idiota.

A mansão Martense foi construída em 1670 por Gerrit Martense, um abastado mercador de Nova Amsterdã que não gostou da nova ordem sob o domínio britânico e havia erigido esse domicílio majestoso numa remota cimeira de floresta cuja inexplorada solidão, na paisagem incomum, o agradara. A única frustração substancial encontrada no lugar dizia respeito à prevalência de violentas tempestades no verão. Ao escolher a colina e construir sua mansão, Mynheer Martense atribuíra essas frequentes irrupções naturais a certa peculiaridade do ano, mas, com o tempo, percebeu que a localidade era especialmente suscetível a tais fenômenos. Por fim, tendo constatado que as tempestades colocavam sua cabeça em risco, adaptou um porão no qual podia se refugiar dos mais bárbaros pandemônios.

Sobre os descendentes de Gerrit Martense, sabe-se menos do que sobre ele, pois foram todos criados no ódio à civilização inglesa e treinados para rejeitar os colonos que a aceitavam. A família levava uma vida extraordinariamente reclusa, e as pessoas declaravam que o isolamento lhes incutira uma lerdeza na fala e na compreensão. Na aparência, todos eram marcados por uma peculiar dissimilaridade hereditária nos olhos, um sendo geralmente azul, e o outro, castanho. Os contatos sociais foram ficando mais e mais raros até que, afinal, eles começaram a se casar com a numerosa classe servil da propriedade. Muitos da populosa família se degeneraram, cruzaram o vale e se fundiram com a população mestiça que viria mais tarde a gerar os deploráveis posseiros. Os demais haviam se aferrado obstinadamente à mansão ancestral, tornando-se cada vez mais taciturnos e unidos em clã, mas desenvolvendo uma reação nervosa às frequentes tempestades.

A maior parte dessas informações chegou ao mundo exterior por meio do jovem Jan Martense, o qual, por alguma espécie de inquietação, ingressou no exército colonial quando as notícias da Convenção de Albany chegaram a Tempest Mountain. Ele foi o primeiro dos descendentes de Gerrit a conhecer um pouco melhor o mundo de fora; quando retornou, em 1760, após seis anos de campanhas, foi odiado como um intruso pelo pai, pelos tios e pelos irmãos, a despeito de seus olhos dissimilares de Martense. Já não podia compartilhar as peculiaridades e preconceitos dos Martense, ao passo que mesmo as tempestades da montanha não eram capazes de inebriá-lo como antes. Em vez disso, os arredores o deprimiam; e com frequência ele escrevia para um amigo de Albany sobre seus planos de deixar o teto paterno.

Na primavera de 1763, Jonathan Gifford, o amigo de Albany de Jan Martense, ficou preocupado com o silêncio de seu correspondente, sobretudo em vista das condições e desavenças na mansão Martense. Determinado a visitar Jan em pessoa, entrou nas montanhas a cavalo. Seu diário afirma que ele chegou a Tempest Mountain em 20 de setembro, encontrando a mansão numa grande decrepitude. Os soturnos Martense de olhos esquisitos, cujo aspecto de animal sujo chocou-o, disseram-lhe com sons guturais entrecortados que Jan estava morto. Ele tinha sido atingido por um raio, insistiram, no outono anterior, e agora jazia embaixo da terra, atrás dos jardins negligenciados e deteriorados. Mostraram ao visitante a sepultura, estéril e desprovida de marcações. Algo na postura dos Martense provocou em Gifford uma sensação de repulsa e suspeita, e uma semana depois ele retornou com pá e enxadão para explorar aquele ponto sepulcral. Encontrou o que já esperava – um crânio cruelmente esmagado, como que por golpes selvagens –, e assim, retornando a Albany, acusou abertamente os Martense pelo assassinato de seu parente.

Faltaram evidências legais, mas a história se alastrou com rapidez pela região, e dali em diante os Martense foram condenados ao ostracismo pelo mundo. Ninguém lidava com eles, e o solar distante era evitado como um lugar amaldiçoado. De alguma forma, conseguiram continuar levando uma vida independente com a produção da propriedade, pois luzes ocasionais, vislumbradas de colinas longínquas, atestavam sua presença ininterrupta. Essas luzes chegaram a ser vistas até 1810, mas perto do final passaram a ser muito inconstantes.

Enquanto isso, foi se formando um conjunto diabólico de lendas a respeito da mansão e da montanha.

O lugar era rejeitado com assiduidade redobrada e investido de todos os mitos sussurrados que a tradição poderia fornecer. Não recebeu quaisquer visitas até 1816, quando a contínua ausência das luzes foi notada pelos posseiros. Na ocasião, um grupo realizou investigações, encontrando a casa deserta e parcialmente arruinada.

Não havia esqueletos por lá, de modo que se deduziu ter havido uma debandada, não a morte. O clã parecia ter partido vários anos antes, e os anexos improvisados demonstravam o quanto haviam se multiplicado antes da migração. O padrão de vida caíra muito, como comprovavam os móveis decadentes e a prataria dispersa, por certo havia muito abandonados quando da partida de seus donos. Contudo, embora os receados Martense estivessem longe, o medo da casa assombrada persistia – e tornou-se ainda mais intenso quando novas e estranhas histórias começaram a circular entre os decadentes da montanha. Lá estava ela; deserta, temida e vinculada ao fantasma vingativo de Jan Martense. Lá estava ela, ainda, na noite em que cavei na sepultura de Jan Martense.

Descrevi minha prolongada escavação como idiota, e assim ela era, de fato, tanto nos objetivos como no método. O caixão de Jan Martense logo havia sido desenterrado – só continha pó e nitro agora –, mas, no meu furor para exumar seu fantasma, mergulhei de maneira irracional e desajeitada por baixo de onde ele jazera. Sabe Deus o que eu esperava encontrar – sentia somente que estava cavando na sepultura de um homem cujo fantasma rondava à noite.

É impossível dizer que profundidade monstruosa eu atingira quando minha pá, e logo depois meus pés, romperam o solo. O fato, naquela circunstância, era espantoso, porque, perante a existência de um espaço subterrâneo ali, minhas teorias enlouquecidas ganhavam terrível confirmação. Minha leve queda apagara a lanterna, mas tirei do bolso uma lâmpada elétrica e avistei o pequeno túnel horizontal que se afastava, indefinidamente, em ambas as direções. Era amplo o bastante para um homem se esgueirar por ele; nenhuma pessoa sã teria tentado fazê-lo naquele momento, mas esqueci perigo, razão e asseio em meu fervor pertinaz por desenterrar o medo à espreita. Escolhendo a direção da casa, arrastei-me temerariamente pela toca estreita, contorcendo-me com rapidez em frente, às cegas, ligando raras vezes a lâmpada que eu mantinha diante de mim.

Que linguagem poderá descrever o espetáculo de um homem perdido na terra infinitamente abismal, escarvando, retorcendo-se, resfolegando, arrastando-se como um louco por convoluções profundas na escuridão imemorial, sem noção de tempo, segurança, direção ou objetivo definido? Existe algo de horrendo nisso, mas foi o que fiz. Eu o fiz por tanto tempo que a vida se dissolveu numa memória distante, igualando-me às toupeiras e às larvas das profundezas entrevadas. Na verdade, foi apenas por acidente que, depois de serpenteios intermináveis, acendi num solavanco minha esquecida lâmpada elétrica, fazendo-a iluminar sinistramente a toca de barro endurecido que se estendia e se curvava mais à frente.

Arrastei-me dessa forma por algum tempo, e assim minha bateria já estava muito esgotada quando a passagem, de súbito, inclinou-se abruptamente para cima, alterando meu modo de avanço. E ao erguer meu olhar, foi sem preparação que vi cintilando, na distância, dois reflexos demoníacos da minha lanterna moribunda – dois reflexos incandescendo num resplendor pernicioso e inequívoco, evocando memórias enlouquecedoramente nebulosas. Parei automaticamente, embora me faltasse cabeça para retroceder. Os olhos se aproximaram, mas, da coisa que os ostentava, só consegui distinguir a garra da coisa que se aproximava. Mas que garra! Em seguida, de muito acima, ouvi um débil estrondo que reconheci. Era o trovão selvagem da montanha, elevado a um furor histérico – eu decerto já vinha rastejando para cima por algum tempo, de modo que a superfície, agora, estava bem próxima. E, enquanto retumbava o trovão abafado, aqueles olhos ainda me fitavam com vazia malignidade.

Graças a Deus, não vim a saber então o que era essa coisa, caso contrário teria morrido. Mas fui salvo pelo próprio trovão que a convocara, pois, após horrenda espera, prorrompeu do inobservado céu exterior, tendo por alvo a montanha, um dos frequentes raios cujo rescaldo eu notara, aqui e ali, em talhos de terra revolvida e fulguritos de diversos tamanhos. Com ira ciclópica ele rasgara o solo por sobre aquele fosso abominável, cegando-me, ensurdecendo-me, mas sem me reduzir de todo a um coma.

No caos da terra deslocada e deslizante, escalavrei e patinhei, impotente, até que a chuva sobre minha cabeça me acalmou, e eu percebi que havia chegado à superfície num ponto familiar: um lugar desmatado e íngreme na encosta sudoeste da montanha. Recorrentes relâmpagos difusos iluminavam o terreno desmoronado e os restos do curioso cômoro baixo que se esticara do alto, descendo a encosta superior arborizada, mas não havia nada no caos que mostrasse o local do meu egresso da catacumba letal. Meu cérebro era um caos imenso, equiparável ao da terra; enquanto um distante clarão vermelho explodia na paisagem ao sul, eu mal me dava conta do horror pelo qual passara.

Mas quando, dois dias depois, os posseiros me contaram o que significava o clarão vermelho, senti um horror ainda maior do que o provocado pela toca de barro e a garra e os olhos; um horror maior por causa das avassaladoras implicações. Num vilarejo a trinta quilômetros de distância, uma orgia de medo sucedera o raio que havia me recolocado acima do chão, e uma coisa inominável saltara de uma árvore saliente para dentro de uma cabana de telhado frágil. A coisa fizera algo, mas os posseiros, num frenesi, haviam ateado fogo à cabana antes que pudesse escapar. Ela estivera fazendo esse algo no exato momento em que a terra desabara sobre a coisa com a garra e os olhos.

## IV. O horror nos olhos

Não pode haver nada de normal na mente de alguém que, sabendo o que eu sabia sobre os horrores de Tempest Mountain, procurasse sozinho o medo que espreitava ali. A circunstância de que pelo menos duas das encarnações do medo estavam destruídas representava não mais do que uma leve garantia de segurança física e mental naquele Aqueronte de multiforme diabolismo, mas dei prosseguimento à minha busca com ardor ainda maior na medida em que os acontecimentos e as revelações tornavam-se mais monstruosos.

Quando, dois dias depois do meu pavoroso rastejamento por aquela cripta dos olhos e da garra, tomei conhecimento de que uma coisa pairara malignamente a trinta quilômetros de distância no mesmo instante em que os olhos me fitavam, experimentei virtuais convulsões de pavor. Mas o pavor misturava-se ao assombro e ao fascínio grotesco a tal ponto que a sensação era quase agradável. Às vezes, nos espasmos de um pesadelo, quando poderes inobservados nos fazem rodopiar por sobre os telhados de estranhas cidades mortas rumo ao abismo sorridente de Nis, é um alívio e até mesmo um deleite soltar gritos desvairados e afundar voluntariamente, por qualquer fosso sem fundo escancarado, no vórtice horrendo da perdição onírica. E assim se deu com o pesadelo ambulante de Tempest Mountain; a descoberta de que dois monstros haviam assombrado aquele lugar me provocou, enfim, um anseio insano de mergulhar na própria terra da região amaldiçoada e desenterrar, com mãos nuas, a morte que espreitava de cada centímetro do solo venenoso.

Tão logo foi possível, visitei a sepultura de Jan Martense e cavei em vão onde já cavara antes. Um desmoronamento extenso apagara todos os vestígios da passagem subterrânea, ao passo que a chuva varrera tanta terra de volta para dentro da escavação que não consegui mensurar a profundidade à qual eu chegara no outro dia. Também fiz uma difícil viagem à vila distante onde a criatura mortal havia sido queimada, e pouca recompensa recebi por meu esforço. Encontrei diversos ossos nas cinzas da fatídica cabana, mas nenhum, aparentemente, do monstro. Os posseiros disseram que a coisa fizera uma única vítima; contudo, julguei-os imprecisos nisso, pois além do crânio completo de um ser humano havia outro fragmento ósseo que parecia certamente ter pertencido em algum momento a um crânio humano. Embora tivessem visto a rápida queda do monstro, ninguém soube dizer qual era o aspecto exato da criatura; os que a tinham vislumbrado chamavam-na simplesmente de diabo. Examinando a grande árvore onde ela espreitara, não consegui discernir nenhuma marca distintiva. Tentei encontrar algum rastro na floresta negra, mas nessa ocasião não pude suportar a visão dos troncos morbidamente grossos ou das enormes raízes serpejantes que se retorciam com extrema malevolência antes de afundar na terra.

Meu passo seguinte foi reexaminar, com cuidado

microscópico, a vila deserta onde a morte comparecera com maior abundância e onde Arthur Munroe vira algo que não vivera para descrever. Embora minhas vãs pesquisas anteriores tivessem sido minuciosas no máximo grau, agora eu tinha novos dados para testar, pois meu horrível rastejamento sepulcral me convencera de que ao menos uma das fases da monstruosidade havia sido uma criatura subterrânea. Dessa vez, em 14 de novembro, minha busca se ocupou principalmente das encostas de Cone Mountain e Maple Hill que davam vista para o desafortunado vilarejo, e dei particular atenção à terra solta da região deslizada nesta última elevação.

A tarde da minha busca nada trouxe à luz, e o crepúsculo chegou enquanto eu, parado de pé em Maple Hill, olhava para baixo, contemplando a vila e, por sobre o vale, Tempest Mountain. O pôr do sol tinha sido deslumbrante, e agora a lua subira, quase cheia, vertendo uma inundação de prata na planície, na encosta longínqua e nos curiosos montículos baixos que se erguiam aqui e ali. Era um cenário bucólico e sereno, mas, sabendo o que ocultava, eu o detestei. Detestei a lua zombeteira, a planície hipócrita, a montanha purulenta e aqueles montículos sinistros. Tudo me parecia maculado por um contágio asqueroso e inspirado por uma aliança nociva com poderes ocultos distorcidos.

Dentro em pouco, enquanto eu observava, absorto, o panorama enluarado, meu olhar foi atraído por algo singular na natureza e na disposição de certos elementos topográficos. Sem ter qualquer conhecimento preciso de geologia, desde o início eu me interessara pelos montículos e cômoros esquisitos da região. Havia notado que estavam distribuídos de modo bem amplo por Tempest Mountain, embora fossem menos numerosos na planície do que perto do próprio topo da montanha, onde a glaciação pré-histórica por certo encontrara menor oposição para seus caprichos impressionantes e fantásticos. Agora, sob a luz daquela lua baixa que projetava longas sombras inusitadas, ocorreu-me forçosamente que os diversos pontos e linhas do sistema de montículos revelavam uma relação peculiar com o ápice de Tempest Mountain. Aquele ápice era com toda certeza um centro do qual irradiavam, de modo indefinido e irregular, linhas ou fileiras de pontos, como se a insalubre mansão Martense tivesse lançado visíveis tentáculos de terror. A ideia de tais tentáculos provocou-me um calafrio inexplicável, e eu parei a fim de analisar meus motivos para crer naqueles montículos como um fenômeno glacial.

Quanto mais eu analisava, menos acreditava, e, na minha mente recém-aberta, começaram a martelar horríveis e grotescas analogias baseadas em aspectos superficiais e em minha experiência embaixo da terra. Quando dei por mim, vi-me proferindo palavras delirantes e desconexas: "Meu Deus!... Montículos de toupeiras... o maldito lugar deve estar todo minado... quantos... aquela noite na mansão... elas pegaram Bennet e Tobey primeiro... um de cada lado...". Depois me vi cavando freneticamente no montículo que chegara mais perto de mim; cavando com desespero, tremendo, mas quase jubilante; cavando até que, por fim, gritando alto com certa emoção sem lugar, topei com um túnel idêntico à toca pela qual eu rastejara naquela noite demoníaca.

Depois disso eu me lembro de ter corrido com a pá na mão, uma corrida horrenda por prados enluarados, repletos de montículos, e por precipícios abruptos na assombrada floresta da encosta, saltando, berrando, ofegando, disparando rumo à terrível mansão Martense.

Lembro-me de ter cavado de maneira irracional em todas as partes do porão sufocado por arbustos espinhosos – cavado para encontrar o âmago e o centro daquele maligno universo de montículos. Depois, lembro-me de como ri quando me deparei com a passagem, o buraco na base da velha chaminé, onde o mato espesso assomava e projetava sombras bizarras à luz da única vela que por acaso eu trouxera comigo. O que ainda restava no fundo daquela colmeia infernal, espreitando e aguardando a convocação da trovoada, isso eu não sabia. Dois haviam sido mortos; talvez aquilo tivesse dado fim a tudo. Mas restava, ainda, a determinação ardente de alcançar o segredo mais íntimo do medo, o medo que eu viera, mais uma vez, a julgar definido, material e orgânico.

Minha indecisa especulação quanto a explorar a passagem sozinho e sem demora com minha lanterna de bolso ou tentar reunir um grupo de posseiros para tal busca foi interrompida, momentos depois, por uma súbita rajada de vento vinda de fora que apagou a vela e me deixou na mais absoluta escuridão. A lua já não brilhava por entre as brechas e aberturas acima de mim, e com uma sensação de fatídico alarme ouvi o sinistro e significativo rumor do trovão se aproximando. Uma confusa associação de ideias se apossou do meu cérebro, levando-me a recuar, tateando, até o canto mais afastado do porão. Meus olhos, entretanto, não se desviaram em nenhum momento da horrível abertura na base da chaminé; e comecei a vislumbrar os tijolos desmoronados e o mato insalubre, enquanto débeis clarões de relâmpagos trespassavam o mato externo e iluminavam as brechas no alto da parede. A cada segundo eu era consumido por uma mistura de medo e curiosidade. O que a tempestade chamaria – será que restava algo a ser chamado? Guiado por um relâmpago, acomodei-me atrás de uma densa moita de vegetação pela qual eu conseguia ver a abertura sem ser visto.

Se o céu for misericordioso, apagará de minha consciência, um dia, a visão que tive, e me deixará viver em paz meus últimos anos. Não consigo dormir à noite agora, e preciso tomar opiáceos quando troveja. A coisa veio abruptamente, sem aviso: o som de uma correria demoníaca de ratazanas em voragens remotas e inimagináveis, um arquejar infernal e grunhidos abafados, e então, daquela abertura embaixo da chaminé, a irrupção de uma vida multitudinária e leprosa – uma repulsiva inundação de corrupção orgânica gerada pela noite, mais devastadoramente horrenda do que as mais negras conjurações de mortal loucura e morbidez. Espumando, fervendo, confluindo, borbulhando como muco de serpentes, ela rolou para fora daquele buraco escancarado, espalhando-se como um contágio séptico e escorrendo do porão por todos os pontos de saída – escorrendo para fora de modo a se disseminar pelas amaldiçoadas florestas da meia-noite, propagando medo, loucura e morte.

Sabe Deus quantos eram – por certo, milhares. Era chocante ver aquele fluxo sob os débeis relâmpagos intermitentes. Quando ficaram esparsos o bastante para poderem ser vislumbrados como organismos separados, percebi que eram demônios ou macacos nanicos, deformados e cabeludos – caricaturas monstruosas e diabólicas da tribo símia. Eram tão horrendamente silenciosos... Mal se ouviu um guincho quando um dos últimos desgarrados virou-se com a perícia da vasta experiência para fazer de um companheiro mais fraco, num gesto costumeiro, uma refeição. Outros abocanharam as sobras e as devoraram com salivante deleite. Depois, apesar do meu torpor de pavor e repugnância, minha curiosidade mórbida triunfou; quando a última das monstruosidades escoou sozinha daquele mundo inferior de desconhecido pesadelo, saquei minha pistola automática e atirei nela ao abrigo do trovão.

Sombras uivantes, escorregadias e torrenciais de viscosa loucura vermelha perseguindo-se umas às outras por intermináveis corredores ensanguentados de fulguroso céu púrpura... fantasmas informes e mutações caleidoscópicas de um cenário macabro relembrado; florestas de monstruosos carvalhos hipertrofiados com raízes serpejantes que se retorcem e sugam os sumos inomináveis de uma terra verminosa com milhões de diabos canibais; tentáculos em forma de montículos tateando a partir de núcleos subterrâneos de perversão poliposa... relâmpagos insanos por sobre paredes cobertas de heras malignas e arcadas demoníacas asfixiadas pela vegetação fúngica... O céu seja louvado pelo instinto que me levou inconsciente a lugares habitados por homens, ao pacato vilarejo que dormia sob as estrelas calmas de um firmamento aclarado.

Em uma semana, recuperado em medida suficiente, convoquei de Albany um bando de homens para explodir a mansão Martense e o topo inteiro de Tempest Mountain com dinamite, obstruir todas as tocas-montículos localizáveis e destruir certas árvores hipertrofiadas cuja própria existência parecia ser um insulto à sanidade. Consegui dormir um pouco depois de terem feito isso, mas o verdadeiro repouso jamais virá enquanto eu recordar aquele inominável segredo do medo à espreita. A coisa irá me assombrar, pois quem pode saber se o extermínio foi completo e se fenômenos análogos não existem no mundo todo? Quem poderia, com os meus conhecimentos, pensar nas cavernas desconhecidas da terra sem um pesadelo medonho das futuras possibilidades? Não consigo ver um poço ou uma entrada de trem subterrâneo sem estremecer... Por que os médicos não me dão algo que me faça dormir, ou que verdadeiramente acalme meu cérebro quando troveja?

O que vi sob o fulgor da lanterna, depois de atirar no inexprimível objeto desgarrado, foi tão simples que quase um minuto se passou até minha compreensão me fazer delirar. O objeto era nauseante: um imundo gorila esbranquiçado com presas amarelas afiadas e pelos emaranhados. Era o produto final da degeneração mamífera; o pavoroso resultado da geração isolada, da multiplicação, da nutrição canibal acima e embaixo do solo; a encarnação de todo o medo rosnador e caótico e sorridente que espreita por trás da vida. Ele olhara para mim enquanto morria, e seus olhos tinham a mesma qualidade estranha que marcava os outros olhos que haviam me fitado embaixo da terra e instigado nebulosas recordações. Um olho era azul, o outro castanho. Eram os olhos dissimilares dos Martense, os olhos das velhas lendas, e eu soube, num inundante cataclismo de horror mudo, o que acontecera com aquela família desaparecida, com a terrível casa dos Martense, enlouquecida pelo trovão.

# Dagon

Estou escrevendo isto sob considerável tensão mental, pois hoje à noite deixarei de existir. Sem um tostão, e ao fim de meu suprimento da única droga que faz a vida ficar suportável, já não consigo aguentar a tortura; e me jogarei desta janela de sótão na rua esquálida lá embaixo. Não pense, por causa de minha escravidão da morfina, que sou um fracote ou degenerado. Quando tiver lido estas páginas rabiscadas às pressas, você poderá supor, embora jamais compreendendo plenamente, por que razão preciso ganhar o esquecimento ou a morte.

Foi numa das áreas mais abertas e menos frequentadas do amplo Pacífico que o paquete do qual eu era supervisor de carga caiu vítima do torpedeiro alemão. A grande guerra estava então em seus primórdios, e as forças marítimas dos hunos não haviam submergido completamente à degradação posterior, de modo que nossa embarcação virou prêmio legítimo, ao passo que nós, da tripulação, fomos tratados com a maior dose de justiça e consideração que merecíamos como prisioneiros navais. Tão generosa foi a disciplina de nossos captores, de fato, que cinco dias após nossa prisão consegui escapar sozinho, num bote pequeno com água e provisões para um bom período de tempo.

Quando por fim me vi à deriva e livre, mal tive noção do meu entorno. Jamais tendo sido um navegador competente, só consegui deduzir de maneira vaga, pelo sol e pelas estrelas, que eu estava um pouco ao sul do equador. Da longitude eu não fazia ideia, e nenhuma ilha ou linha costeira se fazia visível. O tempo se manteve bom, e por dias não contados derivei sem rumo, sob o sol escaldante, esperando algum navio de passagem ou ser lançado nas margens de alguma terra habitável. Mas não apareceram nem navio nem terra, e comecei a me desesperar em minha solidão nas vastidões palpitantes de azul ininterrupto.

A mudança ocorreu enquanto eu dormia. Nunca conhecerei os detalhes, pois meu sono, embora conturbado e infestado de sonhos, foi contínuo. Quando afinal acordei, foi para me descobrir sugado a uma imensidão pegajosa de infernal lama preta que se estendia ao meu redor em ondulações monótonas até onde a minha visão alcançava, e na qual meu bote se mostrava encalhado a certa distância.

Embora bem se possa imaginar que minha primeira sensação teria sido de assombro perante uma transformação de cenário tão prodigiosa e inesperada, fiquei, na verdade, mais horrorizado do que atônito; pois havia no ar e no solo podre uma qualidade sinistra que me arrepiou até a medula. A região estava pútrida com as carcaças de peixes em decomposição e de outras coisas menos descritíveis que vi salientes no barro sórdido da planície sem fim. Talvez eu não devesse ter a esperança de transmitir em meras palavras a hediondez impronunciável que pode habitar o silêncio absoluto e a imensidão estéril. Não havia nada que se ouvisse, e nada que se visse salvo uma vasta extensão de lodo preto; contudo, a própria totalidade do silêncio e da homogeneidade da paisagem me oprimia com um medo nauseante.

O sol derramava suas chamas de um céu que me parecia quase preto em sua crueldade sem nuvens, como que num reflexo do pântano de tinta sob meus pés. Rastejando até meu bote aterrado, constatei que uma única teoria poderia explicar minha posição. Por meio de alguma convulsão vulcânica sem precedentes, uma porção do leito oceânico devia ter sido lançada rumo à superfície, expondo regiões que por inúmeros milhões de anos haviam permanecido ocultas em insondáveis profundidades aquosas. Tão grande era o alcance da nova terra elevada sob mim que não consegui detectar o mais leve ruído da ondulação oceânica, por mais que apurasse meus ouvidos. Tampouco havia qualquer ave marinha para rapinar as coisas mortas.

Por diversas horas permaneci sentado, pensando ou meditando no bote, que estava de lado e proporcionava uma ligeira sombra com o sol se deslocando pelo céu. No decorrer do dia, o chão perdeu um pouco de sua viscosidade, dando a impressão de que secaria o bastante para fins de viagem num curto espaço de tempo. Naquela noite dormi pouco, e no dia seguinte arrumei para mim um fardo contendo comida e água, em preparação para uma jornada por terra, em busca do mar desaparecido e de um possível resgate.

Na terceira manhã, constatei que o solo secara o suficiente para poder ser pisado com firmeza. O cheiro dos peixes era enlouquecedor, mas eu estava preocupado demais com coisas mais graves para levar em conta um mal tão insignificante, e parti com audácia rumo a uma meta desconhecida. Durante o dia todo, avancei de forma constante na direção oeste, guiado por um cômoro longínquo que se projetava mais alto do que qualquer outra elevação no deserto ondeado. Naquela noite acampei, e no dia seguinte continuei viajando no rumo do cômoro, embora esse objeto dificilmente parecesse estar mais próximo do que quando eu o avistara pela primeira vez. Na quarta noite alcancei a base do monte, que revelou ser muito mais elevado do que parecera ser à distância, com um vale se interpondo e o destacando em maior relevo na superfície toda. Cansado demais para fazer a subida, dormi à sombra da colina.

Não sei por que meus sonhos foram tão desvairados naquela noite, mas, antes que a lua minguante e fantasticamente quase cheia tivesse subido muito acima da planície oriental, acordei num suor frio, determinado a não dormir mais. As visões experimentadas por mim haviam sido demasiadas, eu não conseguiria suportá-las de novo. E no fulgor da lua eu vi como tinha sido imprudente ao viajar de dia. Sem o clarão do sol abrasador, minha viagem teria me custado menos energia; na verdade, já me sentia totalmente capaz de realizar a subida que havia me dissuadido ao pôr do sol. Apanhando meu fardo, parti rumo ao cimo da elevação.

Afirmei que a monotonia ininterrupta da planície ondeada era uma fonte de vago horror para mim; mas acho que meu horror foi maior quando cheguei ao topo do monte e olhei para baixo, do outro lado, contemplando um imensurável fosso ou cânion cujos recessos negros a lua não subira o bastante ainda para iluminar. Senti-me na extremidade do mundo, espiando por cima da borda o caos insondável da noite eterna. Meu terror era percorrido por curiosas reminiscências do *Paraíso perdido* e da escalada horrenda de Satã pelos reinos amorfos das trevas.

Enquanto a lua subia mais alto no céu, comecei a ver que as encostas do vale não eram tão perpendiculares como eu imaginara. Saliências e afloramentos de rocha proporcionavam pontos de equilíbrio razoavelmente seguros para uma descida, e após uma queda de algumas dezenas de metros o declive se tornava bastante gradual. Instado por um impulso que não consigo analisar de modo definido, desci com dificuldade pelas rochas e parei na inclinação mais suave abaixo, fitando as profundezas estígias nas quais nenhuma luz jamais penetrara.

De uma só vez, minha atenção foi capturada por um vasto e singular objeto na inclinação oposta, que se elevava de modo acentuado cerca de cem metros à minha frente, um objeto que reluzia em brancura sob os raios novos concedidos pela lua ascendente. Que se tratava de uma mera pedra gigantesca, disso logo me convenci; mas eu estava ciente de uma nítida impressão de que seu contorno e sua posição não eram de todo obra da Natureza. Um exame mais minucioso encheu-me de sensações que não consigo expressar, pois, apesar de sua enorme magnitude e de sua posição num abismo que escancarava sua voragem no fundo do mar desde a juventude do mundo, percebi, sem sombra de dúvida, que o estranho objeto era um monólito bem formado cujo volume maciço passara pelo artesanato e, talvez, pela veneração de criaturas vivas e pensantes.

Atordoado e assustado, mas não sem certa emoção deleitada de cientista ou arqueólogo, examinei meu entorno com mais atenção. A lua, agora perto do zênite, brilhava bizarra e vividamente acima das escarpas altaneiras que cercavam o precipício, e revelou o fato de que uma dilatada extensão de água corria no fundo, serpenteando para fora de vista em ambas as direções e quase lambendo meus pés enquanto eu me mantinha parado na inclinação. Do outro lado do precipício, as ondinhas banhavam a base do monólito ciclópico, em cuja superfície eu conseguia, agora, distinguir tanto inscrições quanto esculturas rudes. A escrita se mostrava num sistema de hieróglifos desconhecido por mim, e diferente de tudo que eu já vira em livros, consistindo, na maior parte, em símbolos aquáticos convencionais tais como peixes, enguias, polvos, crustáceos, moluscos, baleias e assemelhados. Vários caracteres obviamente representavam coisas marinhas que são desconhecidas ao mundo moderno, mas cujas formas decompostas eu observara na planície regurgitada pelo mar.

O entalhe pictórico, no entanto, foi o que mais me deixou enfeitiçado. Claramente visível além da água intermediária devido a seu enorme tamanho, havia uma série de baixos-relevos cujos temas teriam despertado a inveja de Doré. Creio que aquelas coisas tinham por intenção retratar homens – ao menos um certo tipo de homem –, ainda que as criaturas fossem representadas recreando-se como peixes nas águas de alguma gruta marinha, ou prestando homenagem em certo santuário monolítico que parecia estar também sob as ondas. De seus rostos e formas não me atrevo a falar em detalhe, pois a mera lembrança me faz esmorecer. Grotescas além da imaginação de um Poe ou Bulwer, elas eram malditamente humanas em linhas gerais, apesar de pés e mãos palmados, lábios espantosamente largos e flácidos, protuberantes olhos vidrados e outras feições menos agradáveis de recordar. Curiosamente, pareciam ter sido esculpidas de uma maneira muito desproporcional em relação ao fundo cênico, pois uma das criaturas era mostrada no ato de matar uma baleia representada como pouco maior do que a própria criatura. Observei, repito, seu tamanho grotesco e estranho, mas logo decidi que eram meramente os deuses imaginários de alguma primitiva tribo pescadora ou navegadora, alguma tribo cujo último descendente havia perecido eras antes do nascimento do primeiro ancestral do Homem de Piltdown ou Neandertal. Boquiaberto com aquele vislumbre inesperado de um passado fora da concepção do mais audaz antropólogo, fiquei meditando enquanto a lua lançava reflexos esquisitos no canal silencioso diante de mim.

Então, de repente, eu a vi. Com apenas uma leve agitação para marcar sua subida à superfície, a coisa surgiu deslizando por cima das águas escuras. Vasta como Polifemo, abominável, disparou como um estupendo monstro de pesadelos para o monólito, sobre o qual jogou seus gigantescos braços escamosos, curvando ao mesmo tempo a cabeça horrenda e dando vazão a certos sons rítmicos. Creio que fiquei louco naquele momento.

Da minha frenética subida por encosta e penhasco, e da minha delirante jornada de volta para o bote encalhado, pouco me lembro. Acredito que cantei um bocado, rindo excentricamente quando era incapaz de cantar. Tenho recordações indistintas de uma grande tempestade algum tempo depois do meu retorno ao barco; de qualquer forma, sei que ouvi ribombos de trovão e outros tons que a Natureza profere apenas em seus mais selvagens humores.

Quando saí das sombras, eu me vi num hospital de São Francisco, levado até lá pelo capitão do navio americano que apanhara meu bote no meio do oceano. Em meu delírio eu falara muito, mas descobri que minhas palavras haviam recebido escassa atenção. De qualquer sublevação de terra no Pacífico, meus salvadores nada sabiam; tampouco julguei necessário insistir numa coisa em que, sabia eu, eles não conseguiriam acreditar. Certa vez, procurei um célebre etnologista e o diverti com perguntas peculiares a respeito da antiga lenda filisteia de Dagon, o Deus-Peixe, mas, logo percebendo que o sujeito era irremediavelmente convencional, não o pressionei com minhas indagações.

É à noite, sobretudo quando a lua está quase cheia e minguante, que vejo a coisa. Tentei morfina, mas a droga só proporcionou cessação transitória, e me prendeu em suas presas como um escravo desesperançado. Assim, agora estou prestes a terminar tudo, tendo escrito um relato completo para informação ou desdenhosa diversão de meus semelhantes. Muitas vezes me pergunto se não poderia ter sido tudo pura quimera – mera aberração febril enquanto fiquei deitado, insolado e delirante, no bote aberto após minha fuga do navio de guerra alemão. Isso eu me pergunto, mas sempre surge à minha frente, em resposta, uma visão tenebrosamente vívida. Não consigo pensar no mar profundo sem estremecer perante as coisas inomináveis que podem, neste exato momento, estar rastejando e se debatendo em seu leito viscoso, venerando seus antigos ídolos de pedra e talhando suas próprias aparências detestáveis nos obeliscos submarinos de granito encharcado. Sonho com o dia em que poderão elevar-se acima dos vagalhões e arrastar para baixo, em suas garras fétidas, os remanescentes de uma humanidade débil, esgotada pela guerra – com o dia em que a terra haverá de afundar e o piso escuro do oceano haverá de ascender em meio ao pandemônio universal.

O fim está próximo. Ouço um barulho na porta, como se algum imenso corpo escorregadio pesasse contra ela. Vai me achar. Deus, *aquela mão*! A janela! A janela!

# Além da muralha do sono

Com frequência me pergunto se a maioria da humanidade já parou para refletir sobre o significado ocasionalmente titânico dos sonhos e sobre o mundo obscuro ao qual pertencem. Embora nossas visões noturnas sejam em maior parte, talvez, não mais do que pálidos e fantásticos reflexos de nossas experiências despertas – Freud no sentido contrário, com seu simbolismo pueril –, permanece ainda certo vestígio cujo caráter imundano e etéreo não permite nenhuma interpretação normal, e cujo efeito vagamente emocionante e inquietante sugere possíveis vislumbres minuciosos de uma esfera da existência mental não menos importante do que a vida física, mas separada dessa vida por uma barreira praticamente intransponível. Pela minha experiência, não posso duvidar de que o homem, ao perder a consciência terrena, encontra-se de fato numa estadia temporária em outra e incorpórea vida de uma natureza bem diferente da vida que conhecemos, e da qual restam apenas as lembranças mais fracas e mais indistintas após o despertar. Dessas lembranças borradas e fragmentárias podemos inferir muito, mas provar pouco. Podemos supor que nos sonhos a vida, a matéria e a vitalidade, tais como conhecidas na Terra, não são necessariamente constantes; e que o tempo e o espaço não existem como nossos eus despertos as compreendem. Às vezes acredito que essa vida menos material é a nossa vida mais verdadeira, e que nossa vã presença no globo terrestre é em si um fenômeno secundário ou meramente virtual.

Foi de um devaneio juvenil cheio de especulações desse tipo que despertei certa tarde, no inverno de 1900-1901, quando foi trazido à instituição manicomial estadual na qual eu trabalhava como médico interno o homem cujo caso desde então me assombra incessantemente. Seu nome, tal como consta nos registros, era Joe Slater, ou Slaader, e seu aspecto era o do típico habitante da região de Catskill Mountain, um desses estranhos e repelentes rebentos de um campesinato colonial primitivo cujo isolamento ao longo de quase três séculos, nos redutos montanhosos de um meio rural pouco visitado, fez com que afundassem numa espécie de degeneração bárbara em vez de avançar com seus irmãos mais afortunadamente situados nos distritos densamente assentados. Entre essa gente ímpar, que corresponde com exatidão ao elemento decadente do "lixo branco" no Sul, a lei e a moral são inexistentes, e seu estado mental generalizado é provavelmente inferior ao de qualquer outra seção do povo nativo americano.

Joe Slater, que chegou à instituição sob a custódia vigilante de quatro policiais estaduais e que foi descrito como um sujeito de extrema periculosidade, por certo não apresentou nenhuma evidência de sua disposição perigosa quando pela primeira vez o contemplei. Embora fosse bem acima da média em estatura, e de uma compleição um tanto forte, ele transparecia um aspecto absurdo de estupidez inofensiva por causa do azul claro e sonolento de seus pequenos olhos lacrimejantes, do crescimento escasso de sua barba amarela negligenciada e nunca raspada e do caimento apático de seu pesado lábio inferior. Sua idade era desconhecida, pois entre os de sua espécie não existem nem registros de família nem laços familiares permanentes; contudo, pela calvície na frente da cabeça e pela condição de seus dentes deteriorados, o cirurgião-chefe o classificou como um homem com cerca de quarenta anos.

Dos documentos médicos e judiciais depreendemos tudo o que podia ser recolhido sobre seu caso: aquele homem, um vagabundo, caçador e peleiro, sempre tinha sido estranho aos olhos de seus primitivos companheiros. Tinha por hábito dormir à noite além do tempo normal, e ao acordar costumava falar sobre coisas desconhecidas de uma maneira tão bizarra que inspirava medo até mesmo no coração de um povo sem imaginação. Não que sua forma de linguagem fosse incomum em alguma medida, pois ele nunca falava salvo no patoá degradado de seu ambiente; mas o tom e o teor de suas declarações eram de tal selvageria misteriosa que ninguém conseguia escutar sem apreensão. Ele mesmo se mostrava geralmente tão aterrorizado e perplexo quanto seus ouvintes, e passada uma hora depois do despertar esquecia tudo que havia dito, ou pelo menos tudo que o levara a dizer o que dizia, recaindo numa normalidade bovina e meio afável típica dos outros habitantes do monte.

Conforme Slater ficava mais velho, ao que parecia, suas aberrações matinais aumentavam gradualmente em frequência e violência, até que, cerca de um mês antes de sua chegada à instituição, ocorrera a tragédia chocante que causou sua prisão pelas autoridades. Certo dia, perto do meio-dia, depois de um sono profundo iniciado numa orgia de uísque por volta das cinco horas na tarde anterior, o homem havia despertado de modo muito repentino, com uivos que, de tão horríveis e sobrenaturais, atraíram diversos vizinhos para sua cabana – a pocilga imunda onde morava com uma família tão indescritível quanto ele mesmo. Correndo para fora na neve, ele jogara os braços ao alto e começara uma série de saltos para cima, gritando ao mesmo tempo sua determinação de alcançar uma "grande, grande cabana com brilho no teto e paredes e chão e a estranha música alta lá longe". Com dois homens de tamanho moderado tentando contê-lo, ele havia lutado com força e fúria maníacas, berrando sobre seu desejo e necessidade de encontrar e matar certa "coisa que reluz e vibra e ri". Por fim, depois de derrubar temporariamente um de seus detentores com um golpe repentino, ele se atirara em cima do outro num êxtase demoníaco e sedento de sangue, gritando diabolicamente que iria "saltar alto no ar e queimar como uma bola de fogo qualquer coisa que o impedisse".

Familiares e vizinhos já tinham fugido em pânico; quando os mais corajosos retornaram, Slater sumira, deixando para trás uma coisa irreconhecível, em forma de polpa, que havia sido um homem vivo apenas uma hora antes. Nenhum dos montanheses ousara persegui-lo, e é provável que pudessem acabar saudando sua morte pelo frio, mas, quando várias manhãs depois ouviram seus gritos de uma ravina distante, constataram que de alguma forma ele conseguira sobreviver, e que sua eliminação, de uma maneira ou outra, seria necessária. Então se seguira um grupo de busca armado, cujo propósito (fosse qual fosse o objetivo original) foi assumido pelo destacamento de um xerife após um dos raros policiais estaduais populares ter por acidente observado, depois questionado e afinal se unido aos buscadores.

No terceiro dia, Slater foi encontrado inconsciente no oco de uma árvore e levado à prisão mais próxima, onde alienistas de Albany o examinaram tão logo seus sentidos retornaram. Para eles, contou uma história simples. Segundo disse, tinha ido dormir certa tarde ao pôr do sol, depois de beber muito álcool. Acordara e se vira de pé com mãos ensanguentadas na neve diante de sua cabana, tendo aos pés o cadáver mutilado de seu vizinho Peter Slader. Horrorizado, entrara na floresta em um vago esforço para fugir da cena do que devia ter sido seu crime. Além dessas coisas, parecia não saber nada, e tampouco pôde o questionamento especialista de seus interrogadores extrair um único fato adicional.

Naquela noite Slater dormiu tranquilamente, e na manhã seguinte despertou sem nenhuma característica singular afora certa alteração na expressão. O doutor Barnard, que estivera observando o paciente, julgou ter notado nos olhos azul-claros um certo brilho de qualidade peculiar e, nos lábios flácidos, um aperto quase imperceptível, como que revelando uma determinação inteligente. Quando questionado, porém, Slater recaiu na costumeira vacuidade do montanhês, e apenas reiterou o que dissera no dia anterior.

Na terceira manhã ocorreu o primeiro dos ataques mentais do homem. Depois de certa demonstração de desconforto durante o sono, irrompeu num frenesi tão poderoso que foram necessários os esforços combinados de quatro homens para prendê-lo numa camisa de força. Os alienistas ouviram com grande atenção suas palavras, pois a curiosidade havia sido intensificada no máximo grau pelas histórias sugestivas, mas na maior parte conflitantes e incoerentes, de sua família e vizinhos. Slater delirou por mais de quinze minutos, balbuciando em seu dialeto rústico sobre verdes edifícios de luz, oceanos de espaço, música estranha e sombrios vales e montanhas. Demorou-se acima de tudo, porém, em certa entidade misteriosa e ardente que vibrava e ria e zombava dele. Essa personalidade vasta e vaga parecia ter lhe causado um mal terrível, e matá-la em vingança triunfante era seu desejo soberano. Para chegar a isso, disse, ele se elevaria por abismos de vazio, *queimando* todos os obstáculos que se colocassem em seu caminho. Assim correu seu discurso, até que, do modo mais repentino, ele parou. O fogo da loucura se extinguiu em seus olhos, e, com espanto embotado, ele fitou seus interrogadores e perguntou por que estava amarrado. O dr. Barnard desafivelou o cinto de couro e não repôs a camisa de força até a noite, quando conseguiu persuadir Slater a vesti-la de sua própria vontade, para seu próprio bem. Agora o homem admitia que às vezes falava de maneira esquisita, embora não soubesse por quê.

Dentro de uma semana mais dois ataques ocorreram, mas deles os médicos apreenderam pouco. Sobre a *fonte* das visões de Slater eles especularam por longo tempo, pois, visto que o homem não sabia ler nem escrever e aparentemente nunca ouvira uma lenda ou um conto de fadas, seu belíssimo imaginário era de todo inexplicável. Que aquilo não podia decorrer de qualquer mito ou conto romântico conhecido, isso ficava especialmente claro pelo fato de que o desafortunado lunático só se expressava em seu próprio modo simplório. Ele delirava sobre coisas que não entendia e não poderia interpretar – coisas que ele alegava ter experimentado, mas que não poderia ter absorvido de qualquer narrativa normal ou conectada. Os alienistas logo concordaram que os sonhos anormais eram a base do problema, sonhos cuja vivacidade podia, durante algum tempo, dominar por completo a mente desperta daquele homem basicamente inferior. Com a devida formalidade, Slater foi julgado por assassinato, absolvido por motivo de insanidade e internado na instituição em que eu tinha meu tão humilde cargo.

Já mencionei que sou um constante especulador em relação à vida do sonho, e assim você pode julgar a avidez com a qual me apliquei ao estudo do novo paciente tão logo apurei totalmente os fatos de seu caso. Ele parecia sentir certa simpatia em mim, algo gerado, sem dúvida, pelo interesse que eu não conseguia esconder e pelo caráter gentil dos meus questionamentos. Não que jamais tivesse me reconhecido durante seus ataques, quando eu me fixava sem fôlego em suas descrições caóticas, porém cósmicas, mas me identificava em suas horas tranquilas, quando se sentava junto à janela barrada tecendo cestos de palha e de vime, e ansiando, talvez, pela liberdade da montanha de que nunca mais poderia desfrutar. Sua família nunca o visitou; encontrara, provavelmente, outro líder temporário, no costume dos decadentes povos da montanha.

Aos poucos, comecei a sentir um espanto avassalador perante as concepções loucas e fantásticas de Joe Slater. O homem em si era lamentavelmente inferior, na mesma medida, em linguagem e mentalidade; contudo, suas visões brilhantes e titânicas, embora descritas num jargão desarticulado e bárbaro, eram seguramente coisas que só um cérebro superior ou até mesmo excepcional poderia conceber. Como podia, muitas vezes me perguntei, a imaginação apática de um degenerado de Catskill evocar vistas cuja própria posse dava indício de uma centelha genial à espreita? Como podia um bronco rústico qualquer ter obtido sequer uma ideia daqueles reinos cintilantes de superno esplendor espacial sobre os quais Slater esbravejava em seu delírio furioso? Mais e mais eu ficava inclinado a crer que, na personalidade lamentável encolhida diante de mim, encontrava-se o núcleo desordenado de algo além da minha compreensão; algo infinitamente além da compreensão de meus colegas médicos e cientistas, mais experientes, mas menos imaginativos.

No entanto, não consegui extrair do homem nada de concreto. A soma de todas as minhas investigações indicou que, numa espécie de semicorpóreo sonho em vida, Slater vagou ou flutuou por resplandecentes e prodigiosos vales, prados, jardins, cidades e palácios de luz, numa região ilimitada e desconhecida dos homens; que ele era não um camponês ou degenerado, e sim uma criatura importante, com vida vívida, movendo-se de forma orgulhosa e dominante, detido apenas por certo inimigo mortal que parecia ser um ente de estrutura visível mas etérea e que não parecia ter forma humana, pois Slater nunca se referia a ele como um *homem*, ou como qualquer elemento exceto *coisa*. Essa *coisa* tinha causado a Slater algum mal horrendo, porém sem nome, que o maníaco (se ele era mesmo um maníaco) ansiava por vingar.

Pelo modo como Slater aludia ao relacionamento entre os dois, julguei que ele e a *coisa* luminosa haviam se conhecido em condições de igualdade, e que, em sua existência de sonho, o homem era ele mesmo uma *coisa* luminosa da mesma raça de seu inimigo. Essa impressão era sustentada por suas frequentes referências a *voar pelo espaço* e a *queimar* tudo que impedisse seu progresso. No entanto, tais concepções foram formuladas em palavras rústicas totalmente inadequadas para transmiti-las, uma circunstância que me levou à conclusão de que, se um mundo de sonho de fato existia, a linguagem oral não era seu meio para transmissão de pensamento. Seria possível que a alma de sonho habitando aquele corpo inferior estivesse lutando desesperadamente para falar coisas que a língua simples e vacilante do embotamento não era capaz de pronunciar? Seria possível que eu estivesse frente a frente com emanações intelectuais que explicariam o mistério se eu conseguisse apenas aprender a descobri--las e interpretá-las? Não contei essas coisas aos médicos mais velhos, pois a mcia-idade é cética, cínica e pouco inclinada a aceitar novas ideias. Além disso, o chefe da instituição havia bem recentemente me advertido, em sua maneira paternal, de que eu estava trabalhando demais, de que minha mente precisava de um descanso.

Era minha crença de longa data que o pensamento humano consiste basicamente no movimento atômico ou molecular, conversível em ondas de éter ou energia radiante como calor, luz e eletricidade. Essa crença me levara já de início a contemplar a possibilidade da telepatia ou da comunicação mental por meio de aparelhos adequados, e eu havia preparado, nos meus tempos de faculdade, um conjunto de instrumentos de transmissão e recepção em certa medida semelhantes aos incômodos dispositivos empregados na telegrafia sem fio naquele rude período pré-rádio. Estes eu testei com um companheiro de estudos, mas, sem conseguir resultado algum, pouco depois os encaixotara com outras bugigangas científicas para possível uso futuro.

Agora, no meu intenso desejo de sondar a vida em sonho de Joe Slater, voltei a procurar esses instrumentos, e os consertei durante vários dias para colocá-los em ação. Quando ficaram prontos, mais uma vez não perdi nenhuma oportunidade para testá-los. A cada explosão de violência por parte de Slater, eu acoplava o transmissor em sua testa e o receptor na minha, fazendo constantes e delicados ajustes para diversos e hipotéticos comprimentos de onda de energia intelectual. Eu só tinha bem pouca noção de como as impressões pensadas – caso fossem transmitidas com sucesso – iriam despertar uma resposta inteligente no meu cérebro, mas tinha certeza de que conseguiria detectá-las e interpretá-las. Por conseguinte, continuei minhas experiências, embora não tivesse informado ninguém de sua natureza.

Foi no vigésimo primeiro dia de fevereiro de 1901 que a coisa ocorreu. Rememorando, com o passar dos anos, percebo quão irreal a história parece, e às vezes me pergunto se o velho doutor Fenton não estava certo ao atribuir tudo à minha imaginação excitada. Recordo que ele ouviu com grande paciência e bondade quando lhe contei, mas depois me deu um pó para os nervos e providenciou as férias de meio ano para as quais parti na semana seguinte.

Naquela noite fatídica, eu me sentia descontroladamente agitado e perturbado, porque, apesar do excelente cuidado que recebera, Joe Slater estava inequivocamente morrendo. Talvez ele sentisse falta da liberdade da montanha, ou talvez a turbulência em seu cérebro tivesse ficado aguda demais para seu físico bastante lerdo; em todo caso, a chama da vitalidade mal bruxuleava no corpo decadente. Ele se mostrava sonolento perto do fim, e, com a chegada da escuridão, caiu num sono agitado.

Não amarrei a camisa de força como de costume enquanto ele dormia, pois vi que estava fraco demais para ser perigoso, mesmo que acordasse num transtorno mental mais uma vez antes de falecer. Mas de fato coloquei sobre sua cabeça e sobre a minha as duas extremidades do meu "rádio" cósmico, esperando contra todas as expectativas por uma primeira e última mensagem do mundo dos sonhos no breve tempo restante. Na cela conosco havia um enfermeiro, um sujeito medíocre que não entendia o propósito do aparelho e sequer pensava em questionar meu método. Com o passar das horas, vi sua cabeça pender desajeitadamente de sono, mas não o perturbei. Eu mesmo, embalado pela respiração ritmada do homem saudável e do moribundo, devo ter adormecido pouco depois.

O som de uma estranha melodia lírica foi o que me despertou. Acordes, vibrações e êxtases harmônicos ecoavam apaixonadamente por toda parte, enquanto em minha visão arrebatada explodia o espetáculo estupendo da suprema beleza. Paredes, colunas e arquitraves de fogo vivo ardiam, fulgurantes, ao redor do ponto em que eu parecia flutuar no ar, estendendo-se para cima rumo a uma cúpula abobadada infinitamente alta, de esplendor indescritível. Mesclando-se com essa exibição de pomposa magnificência, ou melhor, suplantando-a por vezes em rotação caleidoscópica, apareciam vislumbres de amplas planícies e graciosos vales, altas montanhas e grutas convidativas, cobertos de todos os adoráveis atributos de paisagem que meus olhos deleitados poderiam conceber, mas formados inteiramente por alguma entidade incandescente, etérea e plástica, que em sua consistência tinha tanto de espírito quanto de matéria. Contemplando tudo, percebi que meu próprio cérebro detinha a chave para essas metamorfoses encantadoras, pois cada panorama que me aparecia era o panorama que minha mente alterada mais desejava ver. No seio desse reino elísio eu não era um habitante estranho, pois cada visão ou som me era familiar, assim como haviam sido incontáveis éons de eternidade antes e seriam também por eternidades vindouras.

Então a aura resplandecente do meu irmão de luz se aproximou e entabulou colóquio comigo, de alma para alma, com calado e perfeito intercâmbio de pensamento. A hora era de triunfo próximo, pois não estava meu companheiro escapando afinal de uma degradante servidão periódica, escapando para sempre, e preparando-se para seguir o opressor maldito até os mais longínquos campos de éter, para que nele pudesse ser operada uma flamejante vingança cósmica que haveria de abalar as esferas? Nós tínhamos flutuado assim por algum tempo quando percebi um leve embaçamento e desbotamento dos objetos ao nosso redor, como se alguma força estivesse me chamando de volta à terra – para onde eu menos queria ir. A forma perto de mim parecia sentir uma mudança também, pois aos poucos encaminhou seu discurso para uma conclusão e por sua vez se preparou para sair da cena, desaparecendo da minha visão a uma velocidade um tanto menos rápida do que a dos outros objetos. Mais alguns pensamentos foram trocados e eu soube que o luminoso e eu estávamos sendo chamados de volta à servidão, embora para meu irmão de luz aquela fosse a última vez. Com o melancólico planeta em concha estando quase consumido, em menos de uma hora meu companheiro estaria livre para perseguir o opressor ao longo da Via Láctea e ultrapassar as estrelas de cá rumo aos confins do infinito.

Um choque bem definido separa minha impressão final da evanescente cena luminosa e meu despertar repentino e um tanto vergonhoso, quando me endireitei na cadeira, vendo a figura moribunda no sofá se mexer com hesitação. Joe Slater estava de fato despertando, embora provavelmente pela última vez. Olhando mais de perto, vi que nas bochechas amareladas brilhavam manchas de cor que nunca antes haviam estado presentes. Os lábios também pareciam incomuns, mostrando-se fortemente comprimidos, como que apertados pela força de um caráter mais poderoso do que o de Slater. O rosto inteiro começou por fim a ficar tenso, e a cabeça se virava, inquieta, com os olhos fechados.

Não acordei o enfermeiro adormecido, mas reajustei a tiara ligeiramente desarrumada do meu "rádio" telepático com a intenção de capturar qualquer mensagem de despedida que o sonhador pudesse ter para entregar. De repente, a cabeça se virou bruscamente na minha direção e os olhos se abriram, levando-me a fitar com total perplexidade o que eu contemplava. O homem que tinha sido Joe Slater, o decadente de Catskill, fitava-me com um par de luminosos olhos expandidos cujo azul parecia ter sutilmente se aprofundado. Nem mania e tampouco degeneração eram visíveis naquele olhar, e senti além de qualquer dúvida que eu estava vendo um rosto atrás do qual havia uma mente ativa de alta ordem.

Nessa conjuntura, meu cérebro ficou ciente de uma contínua influência externa agindo sobre ele. Fechei os olhos para concentrar meus pensamentos mais profundamente e fui recompensado pelo positivo conhecimento de que *minha tão procurada mensagem mental por fim chegara.* Cada ideia transmitida se formava com rapidez em minha mente, e, embora nenhuma linguagem real fosse empregada, minha associação habitual entre concepção e expressão foi tão grande que eu parecia estar recebendo a mensagem num inglês corriqueiro.

– *Joe Slater está morto* – disse a voz, capaz de petrificar a alma, de um agente além da muralha do sono. Meus olhos abertos procuraram o sofá da dor com um horror curioso, mas os olhos azuis ainda fitavam com calma, e o semblante ainda se mostrava inteligentemente animado. – Ele está melhor morto, pois era inadequado para suportar o intelecto ativo de cósmica entidade. Seu corpo bruto não poderia sofrer os ajustes necessários entre a vida etérea e a vida planetária. Ele era um animal em grande medida, e um homem na mínima medida; no entanto, foi através da deficiência dele que você veio a me descobrir, pois as almas cósmicas e planetárias, com razão, jamais deveriam se conhecer. Ele foi meu tormento e minha prisão diurna por quarenta e dois dos vossos anos terrestres.

"Sou uma entidade como aquela na qual você mesmo se transforma na liberdade do sono sem sonhos. Sou seu irmão de luz, e flutuei com você pelos vales fulgurantes. Não me é permitido informar ao seu eu acordado na Terra sobre o seu verdadeiro eu, mas todos nós somos andarilhos de vastos espaços e viajantes em muitas eras. No próximo ano, poderei estar residindo no Egito, que você chama de antigo, ou no cruel império de Tsan Chan, que há de vir daqui a três mil anos. Você e eu derivamos para os mundos que rodam em volta da vermelha Arcturo, e habitamos os corpos dos insetos-filósofos que rastejam orgulhosamente sobre a quarta lua de Júpiter. Quão pouco o eu terráqueo conhece a vida e sua dimensão! Quão pouco, de fato, deveria conhecê-la para sua própria tranquilidade!

"Do opressor não posso falar. Vocês, na Terra, inconscientemente sentiram sua presença distante; vocês que, sem saber, à toa deram ao farol piscante o nome de *Algol, a Estrela Demoníaca*. É por encontrar e conquistar o opressor que tenho lutado em vão ao longo de éons, detido por estorvos corporais. Nesta noite, parto como Nêmesis, levando a vingança justa e ardentemente cataclísmica. *Observe-me no céu, perto da Estrela Demoníaca*.

"Não posso falar mais, pois o corpo de Joe Slater vai ficando frio e rígido, e o cérebro grosseiro está deixando de vibrar como desejo. Você foi meu único amigo neste planeta; a única alma a sentir e procurar por mim dentro da forma repelente que jaz neste sofá. Nós iremos nos encontrar de novo, talvez nas névoas brilhantes da Espada de Orion, talvez num platô desolado na Ásia pré-histórica, talvez em sonhos não lembrados esta noite, talvez em alguma outra forma daqui a um éon, quando o sistema solar já tiver sido varrido do universo."

Nesse ponto, as ondas de pensamento cessaram de modo abrupto, os olhos claros do sonhador – ou posso dizer homem morto? – assumiram um aspecto vítreo de peixe. Num semiestupor, dirigi-me até o sofá e senti seu punho, mas o constatei frio, duro e sem pulsação. As bochechas amareladas empalideceram de novo, e os lábios grossos abriram-se, revelando as presas repulsivamente podres do degenerado Joe Slater. Tremi num arrepio, puxei um cobertor por sobre o rosto medonho e acordei o enfermeiro. Então saí da cela e fui ao meu quarto em silêncio. Sentia um desejo instantâneo e inexplicável por um sono de cujos sonhos eu não deveria me lembrar.

O clímax? Que simples conto científico pode se vangloriar de tão retórico efeito? Apenas registrei determinadas coisas que são atraentes para mim como fatos, permitindo que você as interprete como quiser. Como já admiti, meu superior, o velho doutor Fenton, nega a realidade de tudo que relatei. Jura que fui abatido por uma tensão nervosa, vítima de uma terrível necessidade do longo período de férias com remuneração integral que ele tão generosamente me concedeu. Assegurou-me, por sua honra profissional, que Joe Slater não passava de um paranoico de baixa categoria, cujas noções fantásticas deviam ter vindo dos brutos contos folclóricos hereditários que circulavam até mesmo nas mais decadentes comunidades. Tudo isso ele me diz – contudo, não consigo esquecer o que vi no céu na noite após a morte de Slater. Para que você não me considere uma testemunha tendenciosa, outra pena deve se somar a este testemunho final, fornecendo, talvez, o clímax que você espera. Vou citar textualmente o seguinte relato sobre a estrela *Nova Persei*, tirado das páginas de uma eminente autoridade astronômica, o professor Garrett P. Serviss:

"Em 22 de fevereiro de 1901, uma magnífica estrela foi descoberta pelo doutor Anderson de Edimburgo, *não muito longe de Algol*. Nenhuma estrela tinha sido visível naquele ponto antes. Dentro de 24 horas, o estranho astro havia se tornado tão brilhante que ofuscou Capella. Em uma ou duas semanas, desvanecera visivelmente, e no decorrer de poucos meses já era dificilmente discernível a olho nu."

# O Navio Branco

Sou Basil Elton, guardião do farol de North Point, que meu pai e meu avô guardaram antes de mim. Longe da costa se ergue a torre cinza, acima de limosas rochas afundadas que são visíveis quando a maré está baixa, mas invisíveis quando está alta. Ao longo de um século, singraram perante o farol os majestosos barcos dos sete mares. Nos tempos do meu avô, havia muitos; nos tempos do meu pai, não tantos; e agora há tão poucos que às vezes me sinto estranhamente sozinho, como se eu fosse o último homem em nosso planeta.

De costas longínquas vinham os imensos navios mercantes de antanho, com suas velas brancas; das longínquas costas orientais, onde sóis quentes brilham e doces aromas perduram em jardins estranhos e templos alegres. Os velhos capitães do mar vinham muitas vezes ao encontro do meu avô e lhe contavam essas coisas, que ele contava por sua vez para meu pai, e que meu pai me contava nas longas noites de outono, quando, de forma sinistra, o vento uivava do Leste. E li mais sobre essas coisas, e sobre muitas outras coisas, nos livros que os homens me deram quando eu era jovem e cheio de espanto.

Mas mais maravilhosa do que a tradição dos anciões e a tradição dos livros é a tradição secreta do oceano. Azul, verde, cinza, branco ou preto, suave, encrespado ou montanhoso, esse oceano não é silente. Em todos os meus dias eu o observei e escutei, e o conheço bem. A princípio, ele contava-me apenas as historinhas simples de praias calmas e portos próximos, mas, com os anos, tornou-se mais amigável e passou a falar de outras coisas, de coisas mais estranhas e mais distantes no espaço e no tempo. Por vezes, ao crepúsculo, os vapores cinzentos do horizonte se separaram para me proporcionar vislumbres dos caminhos além; e por vezes, à noite, as águas profundas do mar ficaram claras e fosforescentes, para me conceder vislumbres dos caminhos abaixo. E esses vislumbres foram tão frequentemente dos caminhos que eram e dos caminhos que poderiam ser quanto dos caminhos que são, pois o oceano é mais antigo do que as montanhas, e carregado com as memórias e os sonhos do Tempo.

Era do Sul que o Navio Branco costumava vir quando a lua estava cheia e alta nos céus. Do Sul ele deslizava, muito calma e silenciosamente, sobre o mar. E se o mar estivesse agitado ou calmo, e se o vento estivesse amigável ou hostil, ele sempre deslizava calma e silenciosamente, com suas velas distantes e suas longas e estranhas fileiras de remos num movimento rítmico. Certa noite, avistei no convés um homem com barba e túnica, e ele parecia me acenar, chamando-me a embarcar rumo a costas belas e desconhecidas. Várias vezes depois eu o vi sob a lua cheia, e ele sempre me acenava.

Com imenso brilho a lua refulgia na noite em que atendi ao chamado, e andei sobre as águas até o Navio Branco em uma ponte de raios lunares. O homem que acenara me saudou agora numa língua suave que eu parecia conhecer bem, e as horas foram preenchidas pelas canções suaves dos remadores enquanto deslizávamos para longe, adentrando um misterioso Sul, dourado com o fulgor daquela lua cheia e madura.

E quando o dia nasceu, rosado e refulgente, contemplei a costa verde de terras longínquas, brilhantes e lindas, desconhecidas para mim. Acima do mar elevavam-se suntuosos terraços de verdura, repletos de árvores, revelando aqui e ali, reluzentes em sua brancura, os telhados e as colunatas de templos estranhos. Enquanto íamos nos aproximando da costa verde, o homem barbado me falou sobre aquela terra, a Terra de Zar, onde habitam todos os sonhos e pensamentos de beleza que surgem aos homens uma vez e depois são esquecidos. E quando dirigi meu olhar outra vez aos terraços, vi que o que ele dizia era verdade, pois entre as visões diante de mim havia muitas coisas que eu certa vez vira por entre as névoas além do horizonte e nas profundezas fosforescentes do oceano. Lá também se encontravam formas e fantasias mais esplêndidas do que qualquer outra que eu jamais conhecera; visões de jovens poetas que morreram em penúria antes que o mundo pudesse se inteirar do que haviam visto e sonhado. Mas não pusemos os pés nas campinas inclinadas de Zar, pois se diz que quem as pisa pode nunca mais regressar à sua costa natal.

Com o Navio Branco singrando silenciosamente para longe dos templos em terraços de Zar, contemplamos à frente, no horizonte distante, os pináculos de uma cidade poderosa; e o homem barbado me disse:

– Esta é Thalarion, a Cidade das Mil Maravilhas, onde residem todos os mistérios que o homem tem lutado em vão para compreender.

E olhei de novo, mais de perto, e vi que a cidade era maior do que qualquer cidade que eu já conhecera desperto ou sonhando. Os pináculos de seus templos avançavam céu adentro, de modo que homem algum poderia contemplar seus picos; e longe para trás, além do horizonte, projetavam-se as muralhas cinzentas e lúgubres, sobre as quais só era possível espiar poucos telhados, esquisitos e ominosos, mas adornados com ricos frisos e sedutoras esculturas. Eu ansiava com todas as forças por entrar nessa cidade fascinante, ainda que repelente, e supliquei ao homem barbado que me desembarcasse no cais de pedra junto ao enorme portão esculpido Akariel; mas ele gentilmente negou meu desejo, dizendo:

– Por Thalarion, a Cidade das Mil Maravilhas, muitos passaram, mas ninguém retornou. Por ela caminham apenas demônios e coisas loucas que já não são homens, e as ruas estão brancas com os ossos insepultos dos que olharam para o espectro Lathi, que reina sobre a cidade.

Assim, o Navio Branco singrou além das muralhas da Thalarion, e seguiu por vários dias o voo rumo ao sul de um pássaro cuja plumagem lustrosa se harmonizava com o céu do qual surgira.

Então chegamos a uma costa alegre e aprazível com floradas de todos os matizes, onde até o ponto que conseguíamos enxergar, terra adentro, aqueciam-se bosques adoráveis e caramanchões radiantes sob um sol meridiano. De pavilhões além da nossa visão vinham estouros de canção e fragmentos de harmonia lírica, intercalados com uma leve risada tão deliciosa que eu instei aos remadores que acelerassem na minha ânsia de alcançar o local. E o homem barbado não falava palavra nenhuma, mas me observava enquanto nos aproximávamos da linha de lírios da costa. Subitamente, um vento soprando de além dos prados floridos e bosques frondosos trouxe um cheiro que me fez tremer. O vento ficou mais forte, e o ar estava cheio do odor letal, sepulcral, de cidades assoladas por peste, de cemitérios expostos. E enquanto navegávamos loucamente para longe daquela costa execrável, o homem barbado falou afinal, dizendo:

– Esta é Xura, a Terra dos Prazeres Inatingidos.

Assim, mais uma vez o Navio Branco seguiu o pássaro celeste, sobre mares quentes, abençoados, soprado pela carícia de brisas aromáticas. Dia após dia e noite após noite navegamos, e quando a lua se mostrava cheia ouvíamos as canções suaves dos remadores, doces como naquela noite distante quando zarpamos de minha longínqua terra nativa. E foi ao luar que por fim ancoramos na enseada de Sona-Nyl, guardada por promontórios gêmeos de cristal que se elevam do mar e se unem num arco resplandecente. Essa é a Terra da Fantasia, e nós caminhamos até a costa verdejante sobre uma ponte dourada de raios lunares.

Na Terra de Sona-Nyl não há nem tempo nem espaço, nem sofrimento nem morte; e lá morei por muitos éons. Verdes são os bosques e as pastagens, brilhantes e perfumadas as flores, azuis e musicais os córregos, claras e frescas as fontes, e imponentes e belos os templos, castelos e cidades de Sona-Nyl. Daquela terra não há limite, pois além de cada paisagem de beleza surge outra mais bonita. Pelo campo e em meio ao esplendor das cidades podem se deslocar à vontade os povos felizes, dos quais todos são dotados de graça imaculada e felicidade pura. Durante os éons em que lá morei, eu vagava com felicidade por jardins onde pagodes pitorescos despontavam de agradáveis aglomerados de arbustos, e onde os passeios brancos são cercados por florações delicadas. Escalava colinas de cujos cumes eu via panoramas de formosura extasiante, com cidades repletas de campanários aninhadas em vales verdejantes, e com as cúpulas douradas de cidades gigantescas reluzindo no horizonte infinitamente distante. E ao luar eu avistava o mar espumante, os promontórios de cristal e a enseada plácida onde repousava, ancorado, o Navio Branco.

Foi contra a lua cheia, certa noite no ano imemorial de Tharp, que vi delineada a forma convidativa do pássaro celestial e senti os primeiros sinais de inquietação. Então conversei com o homem barbado, e lhe falei de meus novos anseios por partir rumo à remota Cathuria, que nenhum homem jamais viu, mas que todos acreditam jazer além dos pilares de basalto do Oeste. É a Terra de Esperança, e nela cintilam os ideais perfeitos de tudo que sabemos em outros lugares; ou, pelo menos, assim narram os homens. Mas o homem barbado me disse:

– Cuidado com esses mares perigosos onde, como dizem os homens, jaz Cathuria. Em Sona-Nyl não há dor nem morte, mas quem pode saber o que jaz além dos pilares de basalto do Oeste?

Nada obstante, na seguinte lua cheia embarquei no Navio Branco, e com o relutante homem barbado deixei a enseada feliz em busca de mares não navegados.

E o pássaro dos céus voou na frente, conduzindo-nos aos pilares de basalto do Oeste, mas dessa vez os remadores não cantaram nenhuma canção suave sob a lua cheia. Em minha mente eu imaginava repetidas vezes a desconhecida Terra de Cathuria, com seus bosques e palácios esplêndidos, e me perguntava que novos deleites aguardavam-me lá. "Cathuria", eu dizia comigo, "é a morada dos deuses e a terra das inumeráveis cidades de ouro. Suas florestas são de aloé e sândalo, bem como são os bosques perfumados de Camorin, e entre as árvores adejam pássaros alegres, doces de música. Nas montanhas verdes e floridas de Cathuria se erguem templos de mármore rosa, ricos de glórias esculpidas e pintadas, e tendo em seus pátios frescas fontes de prata nas quais rumorejam, com música deslumbrante, as águas aromáticas que vêm do rio Narg, nascido em gruta. E as cidades de Cathuria são cingidas por paredes douradas, e seus pavimentos também são de ouro. Nos jardins dessas cidades há estranhas orquídeas e lagos perfumados cujos leitos são de coral e âmbar. À noite, as ruas e os jardins são iluminados por alegres lanternins feitos da casca tricolor da tartaruga, e aqui ressoam as notas suaves do cantor e do alaudista. E as casas das cidades de Cathuria são todas palácios, cada uma construída sobre um canal fragrante levando as águas do sagrado Narg. De mármore e pórfiro são as casas, com telhados de ouro cintilante que refletem os raios do sol e aumentam o esplendor das cidades enquanto deuses bem-aventurados as contemplam dos picos distantes. O mais belo de todos é o palácio do grande monarca Dorieb, que alguns dizem ser um semideus e outros um deus. Alto é o palácio de Dorieb, e muitas são as torretas de mármore sobre suas muralhas. Em seus amplos salões reúnem-se diversas multidões, e aqui pendem os troféus dos séculos. E o telhado é de ouro puro, fixado em elevados pilares de rubi e anil, e ostentando tais figuras esculpidas de deuses e heróis que quem olha de baixo aquelas alturas parece fitar o Olimpo vivo. E o piso do palácio é de vidro, sob o qual fluem as águas ardilosamente alumiadas do Narg, alegres com peixes espalhafatosos, desconhecidos além dos limites da adorável Cathuria."

Assim eu falava comigo de Cathuria, mas sempre o homem barbado me advertia para regressar às costas felizes de Sona-Nyl, pois Sona-Nyl é conhecida dos homens, ao passo que ninguém jamais contemplou Cathuria.

E no trigésimo primeiro dia de nossa perseguição ao pássaro nós vimos os pilares de basalto do Oeste. Envoltos em névoa eles estavam, de modo que homem algum poderia perscrutar além deles ou avistar seus cumes – que de fato, dizem alguns, alcançam inclusive os céus. E o homem barbado de novo implorou-me para regressar, mas não lhe dei atenção; pois das névoas além dos pilares de basalto imaginei ouvir as notas do cantor e do alaudista, mais doces do que as canções mais doces de Sona-Nyl, e soando meus próprios louvores; os louvores meus, eu que longe viajara sob a lua cheia e morara na Terra da Fantasia.

Assim, ao som da melodia, o Navio Branco singrou névoa adentro, por entre os pilares de basalto do Oeste. E quando a música cessou e a névoa subiu, não contemplamos a Terra de Cathuria, mas um mar irresistível, de corrente veloz, sobre o qual nosso barco indefeso foi arrastado em direção a certa meta desconhecida. Logo chegou aos nossos ouvidos o trovão distante de águas em queda, e aos nossos olhos apareceram, no longínquo horizonte à frente, os borrifos titânicos de uma catarata monstruosa, pela qual os oceanos do mundo caíam numa nulidade abismal. Então o homem barbado me disse, com lágrimas em seu rosto:

– Nós rejeitamos a linda Terra de Sona-Nyl, que talvez nunca voltemos a contemplar. Os deuses são maiores do que os homens, e eles venceram.

E fechei meus olhos antes do impacto que eu sabia que viria, rechaçando a visão do pássaro celestial que batia suas zombeteiras asas azuis na beira da torrente.

Desse impacto veio a escuridão, e ouvi os gritos dos homens e das coisas que não eram homens. Do Leste, ventos tempestuosos assomaram e me gelaram enquanto eu me agachava na laje de pedra úmida que subira sob meus pés. Então, ouvindo outro impacto, abri meus olhos e me vi na plataforma do farol de onde eu zarpara tantos éons atrás. Na escuridão abaixo avultavam os vastos contornos borrados de uma embarcação se destroçando nas rochas cruéis, e, contemplando a ruína, percebi que o farol havia falhado pela primeira vez desde que meu avô assumira sua guarda.

E nas vigílias posteriores da noite, quando entrei na torre, vi na parede um calendário que permanecia tal como eu o deixara na hora em que havia zarpado. Ao alvorecer, desci a torre e procurei por destroços nas rochas, mas o que encontrei foi apenas isto: um estranho pássaro morto, cujo matiz era do anil do céu, e um único mastro despedaçado, de uma brancura mais acentuada do que a da crista das ondas ou da neve de montanha.

E depois o oceano não mais me contou seus segredos; e embora muitas vezes desde então a lua tenha brilhado cheia e alta no céu, o Navio Branco do Sul nunca mais voltou.

# Fatos referentes ao falecido Arthur Jermyn e à sua família

I

A vida é uma coisa horrenda, e do fundo, por trás do que sabemos a respeito dela, espiam demoníacas insinuações da verdade que a tornam, eventualmente, mil vezes mais horrenda. A ciência, já opressiva com suas revelações chocantes, talvez acabe por ser o exterminador final de nossa espécie humana – se somos mesmo uma espécie distinta –, pois sua reserva de horrores não adivinhados nunca poderia ser suportada pelos cérebros mortais caso corresse solta pelo mundo. Se soubéssemos o que somos, deveríamos fazer como sir Arthur Jermyn fez; e Arthur Jermyn certa noite encharcou-se de óleo e ateou fogo em sua roupa. Ninguém depositou os fragmentos calcinados numa urna ou ergueu um monumento para ele que partira, pois foram encontrados certos documentos e certo *objeto* encaixotado que fizeram com que os homens desejassem esquecer. Alguns que o conheceram não admitiram que ele tivesse existido.

Arthur Jermyn saiu pelo charco e se queimou depois de ver o *objeto* encaixotado que viera da África. Foi esse *objeto*, e não sua peculiar aparência pessoal, que o fez acabar com sua vida. Muitos teriam detestado viver caso tivessem as feições peculiares de Arthur Jermyn, mas ele havia sido um poeta e estudioso, e não se importara. O aprendizado estava em seu sangue, pois seu bisavô, sir Robert Jermyn, baronete, tinha sido um antropólogo de renome, ao passo que seu tetravô, sir Wade Jermyn, fora um dos primeiros exploradores da região do Congo e escrevera em tom erudito sobre suas tribos, animais e supostas antiguidades. Na verdade, o velho sir Wade tivera um zelo intelectual que chegava quase a uma mania; suas conjecturas bizarras sobre uma pré-histórica civilização branca congolesa lhe valeram muita ridicularização quando seu livro, *Observação das diversas partes da África*, foi publicado. Em 1765, o destemido explorador tinha sido internado num hospício em Huntingdon.

A loucura estava em todos os Jermyn, e as pessoas ficavam contentes por não existirem muitos deles. A linhagem não se ramificara, e Arthur era o último. Se não tivesse sido, não se pode saber o que teria feito quando chegou o *objeto*. Os Jermyn nunca pareciam normais – havia algo de errado, embora Arthur fosse o pior, e os velhos retratos da família em Jermyn House mostravam rostos belos o suficiente antes da época de sir Wade. Por certo a loucura começou com sir Wade, cujas selvagens histórias da África eram ao mesmo tempo o deleite e o terror de seus poucos amigos. Transparecia em sua coleção de troféus e espécimes, que não eram do tipo que um homem normal acumularia e preservaria, e se revelava de modo impressionante na reclusão oriental em que mantinha sua esposa. Ela, ele dissera, era a filha de um comerciante português que conhecera na África, e não gostava dos costumes ingleses. Com um filho recém-nascido na África, ela o acompanhara no retorno da segunda e mais longa de suas viagens, e partira com ele na terceira e última, nunca mais regressando. Ninguém jamais a vira de perto, nem sequer os criados, pois sua disposição de ânimo era violenta e singular. Durante sua breve estadia em Jermyn House, ocupou uma ala remota, e só era servida pelo marido. Sir Wade era, de fato, muito peculiar em sua solicitude pela família, pois quando retornou à África não permitiu que ninguém cuidasse de seu filho pequeno salvo uma abominável mulher negra da Guiné. Tendo regressado, após a morte de Lady Jermyn, ele mesmo assumiu o cuidado do menino por completo.

Mas a conversa de sir Wade, especialmente quando havia tomado alguns copos a mais, era o que sobretudo levava seus amigos a julgarem-no louco. Em uma era racional como o século XVIII, não era sensato, para um homem erudito, falar sobre visões desvairadas e cenários estranhos sob a lua do Congo, sobre os pilares e muralhas gigantescos de uma cidade esquecida, desmoronando e tomados por videiras, e sobre degraus de pedra úmidos e silenciosos descendo interminavelmente pela escuridão de abismais criptas com tesouros e inconcebíveis catacumbas. Sobretudo era imprudente delirar sobre as coisas vivas que poderiam assombrar tal lugar, sobre criaturas meio da selva e meio da cidade impiamente envelhecida – criaturas fabulosas que até mesmo um Plínio poderia descrever com ceticismo; coisas que poderiam ter brotado após os grandes macacos terem assolado a cidade moribunda com as muralhas e os pilares, as criptas e os entalhes esquisitos. No entanto, depois de ter voltado para casa pela última vez, sir Wade falava de tais assuntos com um entusiasmo sinistro e arrepiante, principalmente depois do terceiro copo no Knight's Head, vangloriando-se do que havia encontrado na selva e de como morara entre terríveis ruínas conhecidas apenas por ele. E por fim falara das coisas vivas de tal maneira que foi levado ao hospício. Demonstrara pouco pesar quando detido no quarto trancado em Huntingdon, pois sua mente se alterava de modo curioso. Desde que seu filho começara a sair da infância, havia passado a gostar cada vez menos de sua casa, até que afinal começou a ter medo dela. O Knight's Head tinha sido seu quartel-general, e, quando foi confinado, ele expressou certa gratidão vaga, como que por estar protegido. Três anos depois, morreu.

O filho de Wade Jermyn, Philip, era uma pessoa bastante peculiar. Apesar de uma forte semelhança física com o pai, sua aparência e sua conduta eram em muitos pormenores tão grosseiras que ele era universalmente rejeitado. Embora não tivesse herdado a loucura temida por alguns, era estúpido no mais profundo grau e dado a breves períodos de violência incontrolável. De compleição era pequeno, mas intensamente poderoso, e de uma incrível agilidade. Doze anos depois de ter assumido seu título, casou-se com a filha de seu guarda-caça, pessoa de procedência cigana, segundo se dizia, mas antes de seu filho nascer ingressou na Marinha como marinheiro comum, arrematando o desgosto geral que seus hábitos e sua união infeliz haviam provocado. Após o fim da guerra americana, soube-se dele que atuara como marinheiro em um navio mercante no comércio africano, tendo uma espécie de reputação por feitos de força e escalada, mas por fim desapareceu certa noite, com seu navio parado na costa congolesa.

No filho de sir Philip Jermyn, a já aceita peculiaridade familiar deu uma guinada estranha e fatal. Alto e razoavelmente bonito, com uma espécie de esquisita graciosidade oriental, apesar de certas ligeiras excentricidades de proporção, Robert Jermyn começou a vida como estudioso e investigador. Foi ele quem primeiro estudou cientificamente a vasta coleção de relíquias que seu avô louco trouxera da África, e quem fez o nome da família ser celebrado tanto na etnologia como na exploração. Em 1815, sir Robert se casou com uma filha do sétimo visconde Brightholme, e subsequentemente foi abençoado com três filhos, dos quais o mais velho e o mais novo nunca foram vistos em público devido a deformidades de corpo e mente. Entristecido por esses infortúnios familiares, o cientista buscou alívio no trabalho, e fez duas longas expedições ao interior da África. Em 1849, seu segundo filho, Nevil, uma pessoa singularmente repulsiva que parecia combinar o mau humor de Philip Jermyn com a altivez dos Brightholme, fugiu com uma dançarina vulgar, mas foi perdoado quando de seu retorno, no ano seguinte. Ele voltou para Jermyn House viúvo e com um filho recém-nascido, Alfred, que haveria de ser um dia o pai de Arthur Jermyn.

Amigos disseram que foi essa série de pesares o que desequilibrou a mente de sir Robert Jermyn, mas o que provocou o desastre foi provavelmente apenas uma dose de folclore africano. O erudito idoso vinha colecionando lendas das tribos Onga perto da área de seu avô e de suas próprias explorações, esperando de alguma forma explicar as histórias desvairadas de sir Wade sobre uma cidade perdida povoada por estranhas criaturas híbridas. Certa consistência nos estranhos documentos de seu antepassado sugerira que a imaginação do louco poderia ter sido estimulada por mitos nativos. Em 19 de outubro de 1852, o explorador Samuel Seaton visitou Jermyn House com um manuscrito de anotações coletadas entre os Onga, acreditando que certas lendas a respeito de uma cinzenta cidade de macacos brancos governados por um deus branco poderiam se revelar valiosas para o etnólogo. Em sua conversa, provavelmente forneceu vários detalhes adicionais cujo teor nunca será conhecido, pois uma horrenda série de tragédias irrompeu de súbito. Quando sir Robert Jermyn saiu de sua biblioteca, deixou para trás o cadáver estrangulado do explorador, e, antes que pudesse ser contido, dera fim a todos os seus três filhos – os dois que nunca eram vistos e o filho que havia fugido. Nevil Jermyn morreu na bem-sucedida defesa de seu próprio filho de dois anos de idade, que aparentemente havia sido incluído no plano loucamente homicida do velho. Sir Robert, após repetidas tentativas de suicídio e uma obstinada recusa em proferir um som articulado, morreu de apoplexia no segundo ano de seu confinamento.

Sir Alfred Jermyn tornou-se baronete antes de seu quarto aniversário, mas suas preferências não combinavam com seu título. Aos vinte anos, havia se unido a um grupo de artistas do teatro de variedades, e aos 36 abandonara esposa e filho para viajar com um circo itinerante americano. Seu fim foi muito revoltante. Entre os animais em exibição com os quais viajava, havia um enorme gorila macho de cor mais clara do que a média, uma besta surpreendentemente dócil, muito popular entre os artistas. Alfred Jermyn era singularmente fascinado por esse gorila, e em muitas ocasiões os dois se encaravam por longos períodos através das barras intermediárias. Jermyn acabou pedindo e obtendo permissão para treinar o animal, espantando plateias e colegas artistas na mesma medida com seu sucesso. Certa manhã em Chicago, enquanto o gorila e Alfred Jermyn ensaiavam uma disputa de boxe extraordinariamente astuta, o primeiro desferiu um golpe mais forte do que o habitual, ferindo tanto o corpo quanto a dignidade do treinador amador. Do que se seguiu, os membros do "Maior Espetáculo da Terra" não gostam de falar. Não esperavam ouvir sir Alfred Jermyn emitir um grito agudo e inumano, ou vê-lo agarrar seu desajeitado antagonista com as duas mãos, estatelá-lo no chão da jaula e morder diabolicamente seu pescoço peludo. O gorila estava desprevenido, mas não demorou a reagir, e, antes que qualquer coisa pudesse ser feita pelo treinador regular, o corpo que havia pertencido a um baronete já não podia ser reconhecido.

## II

Arthur Jermyn era filho de sir Alfred Jermyn e uma cantora do teatro de variedades de origem desconhecida. Quando o marido e pai abandonou a família, a mãe levou a criança para Jermyn House, onde não restara ninguém que se opusesse à presença dela. Ela não era desprovida de noções quanto ao que devia ser a dignidade de um nobre, e providenciou para que seu filho recebesse a melhor educação que o dinheiro limitado poderia proporcionar. Os recursos da família estavam agora tristemente escassos, e Jermyn House caíra em lamentável ruína, mas o jovem Arthur amava o antigo edifício e todo seu conteúdo. Ele era diferente de qualquer outro Jermyn que já tinha vivido, pois era um poeta e um sonhador. Algumas das famílias vizinhas que haviam ouvido falar da jamais vista esposa portuguesa do velho sir Wade Jermyn declaravam que o sangue latino por certo se revelava; mas a maioria das pessoas apenas zombava de sua sensibilidade à beleza, atribuindo-a à mãe oriunda do teatro de variedades, que não era socialmente reconhecida. A delicadeza poética de Arthur Jermyn era tanto mais notável por causa de sua desgraciosa aparência pessoal. A maioria dos Jermyn tivera um aspecto sutilmente ímpar e repelente, mas o caso de Arthur impressionava muito. É difícil dizer de maneira precisa o que ele lembrava, mas sua expressão, seu ângulo facial e o comprimento de seus braços provocavam um arrepio de repulsa naqueles que o encontravam pela primeira vez.

Foi pelo caráter e pela mente que Arthur Jermyn expiou sua feição. Talentoso e sábio, recebeu as mais altas honras em Oxford, e dava todos os indícios de que iria redimir a fama intelectual de sua família. Apesar de seu temperamento mais poético do que científico, planejava continuar o trabalho de seus antepassados em etnologia e antiguidades africanas, utilizando a coleção verdadeiramente maravilhosa, embora estranha, de sir Wade. Em sua mente fantasiosa, pensava com frequência na civilização pré-histórica em que o explorador louco tão cegamente acreditara, e contava histórias e mais histórias a respeito da silenciosa cidade selvática mencionada nos mais desvairados parágrafos e anotações do último. Pelas afirmações nebulosas relativas a uma raça insuspeitada e sem nome de híbridos selváticos ele nutria um peculiar sentimento de terror misturado com atração, especulando sobre o fundamento possível de tal de fantasia e buscando obter luz entre os dados mais recentes recolhidos por seu bisavô e Samuel Seaton entre os Ongas.

Em 1911, após a morte de sua mãe, sir Arthur Jermyn determinou-se a prosseguir suas investigações na máxima profundidade. Vendendo uma parte de sua propriedade para obter o dinheiro necessário, equipou uma expedição e navegou para o Congo. Formando com as autoridades belgas um grupo de guias, passou um ano na região Onga e Kaliri, encontrando dados além da mais alta de suas expectativas. Entre os Kaliris havia um chefe idoso, chamado Mwanu, que tinha não apenas uma memória retentiva ao extremo, mas também um grau singular de inteligência e de interesse por lendas antigas. Esse ancião confirmou todas as histórias das quais Jermyn ouvira falar, acrescentando seu próprio relato da cidade de pedra e dos macacos brancos tal como lhe tinha sido contado.

De acordo com Mwanu, a cidade cinzenta e as criaturas híbridas não mais existiam, tendo sido aniquiladas pelos belicosos N'bangus muitos anos antes. Essa tribo, depois de destruir a maioria dos edifícios e matar os seres vivos, havia levado consigo a deusa empalhada que tinha sido o objetivo da investida – a branca deusa-símia que os seres estranhos adoravam e que era considerada, na tradição do Congo, a forma de alguém que reinara como princesa entre aqueles seres. Exatamente o que poderiam ter sido as brancas criaturas simiescas, disso Mwanu não fazia ideia, mas ele julgava que fossem os construtores da cidade arruinada. Jermyn não conseguiu formular nenhuma conjectura, mas, por meio de questionamentos incisivos, obteve uma lenda muito pitoresca da deusa empalhada.

A princesa-símia, dizia-se, tornou-se consorte de um grande deus branco que saíra do Oeste. Por um longo tempo eles haviam reinado juntos na cidade, mas, quando tiveram um filho, os três foram embora. Mais adiante, o deus e a princesa tinham retornado, e, quando da morte da princesa, seu marido divino mumificara o corpo e o santificara em uma vasta casa de pedra, onde era adorado. Então ele partiu sozinho. A lenda, aqui, parecia apresentar três variantes. De acordo com uma história, nada mais aconteceu exceto que a deusa empalhada tornou-se um símbolo de supremacia para qualquer tribo que viesse a possuí-la. Foi por essa razão que os N'bangus a levaram consigo. A segunda história falava do regresso e da morte de um deus aos pés de sua esposa santificada. Uma terceira falava do regresso do filho, já crescido em sua masculinidade

– ou macaquidade ou divindade, conforme pudesse ser o caso –, mas inconsciente de sua identidade. Sem dúvida os negros imaginativos haviam tirado o máximo proveito de quaisquer que fossem os possíveis acontecimentos por trás do lendário extravagante.

Quanto à realidade da cidade selvática descrita pelo velho sir Wade, Arthur Jermyn não tinha mais dúvidas; e ele mal ficou espantado quando, no início de 1912, deparou-se com o que restava dela. Seu tamanho devia ter sido exagerado, mas as pedras espalhadas demonstravam que não se tratava de um mero vilarejo negro. Infelizmente, nenhum entalhe pôde ser encontrado, e o tamanho reduzido da expedição impedia operações no sentido de clarear uma passagem visível que parecia descer para dentro do sistema de criptas que sir Wade mencionara. Os macacos brancos e a deusa empalhada foram discutidos com todos os chefes nativos da região, mas coube a um europeu aprimorar os dados oferecidos pelo velho Mwanu. M. Verhaeren, agente belga em um entreposto comercial no Congo, acreditava que conseguiria não apenas localizar, mas também obter a deusa empalhada, sobre a qual ouvira vagos rumores, uma vez que os outrora poderosos N'bangus eram agora os submissos servos do governo do rei Albert, e com bem pouca persuasão poderiam ser induzidos a ceder a divindade horripilante que haviam levado consigo. Quando Jermyn zarpou para a Inglaterra, portanto, ele o fez com a exultante perspectiva de que iria, dentro de alguns meses, receber uma inestimável relíquia etnológica confirmando as mais desvairadas das narrativas de seu tetravô – isto é, as mais desvairadas das quais ouvira falar. Conterrâneos próximos a Jermyn House talvez tivessem ouvido histórias mais desvairadas transmitidas por ancestrais que haviam escutado sir Wade em volta das mesas do Knight's Head.

Arthur Jermyn aguardou com muita paciência a caixa que M. Verhaeren lhe mandaria, estudando com maior empenho, enquanto isso, os manuscritos deixados por seu antepassado louco. Começou a sentir muito fortemente a consanguinidade com sir Wade e a procurar relíquias da vida pessoal deste último na Inglaterra, bem como de suas proezas africanas. Os relatos orais a respeito da esposa misteriosa e isolada tinham sido numerosos, mas não restara nenhuma relíquia concreta de sua estadia em Jermyn House. Jermyn tentou imaginar que circunstância teria propiciado ou permitido tal apagamento, e decidiu que a insanidade do marido era a causa principal. Segundo se dizia, recordou, sua tetravó tinha sido a filha de um comerciante português na África. Sem dúvida, a herança prática e o conhecimento superficial do Continente Negro a tinham feito desprezar as histórias de sir Wade sobre o interior, algo que um homem como aquele não seria propenso a perdoar. Ela morrera na África, talvez arrastada para lá por um marido determinado a provar o que dissera. Porém, enquanto mergulhava nessas reflexões, Jermyn não conseguia deixar de sorrir perante a futilidade delas, um século e meio após a morte de seus dois estranhos progenitores.

Em junho de 1913, chegou uma carta de M. Verhaeren informando do achado da deusa empalhada. Tratava-se, asseverava o belga, de um objeto dos mais extraordinários, um objeto cuja classificação ficava muito além da capacidade de um leigo. Se seria humano ou símio, somente um cientista poderia determinar, e o processo de determinação haveria de ser prejudicado em grande medida por sua condição imperfeita. A passagem do tempo e o clima do Congo não são amáveis com as múmias, sobretudo quando sua preparação é tão amadora como parecia ser no presente caso. Em volta do pescoço da criatura tinha sido encontrada uma corrente dourada ostentando um medalhão vazio sobre o qual havia desenhos heráldicos, sem dúvida alguma lembrança de um viajante desafortunado, tomada pelos N'bangus e pendurada na deusa como talismã. Ao comentar o contorno do rosto da múmia, M. Verhaeren insinuava uma comparação excêntrica, ou melhor, expressava um assombro bem-humorado sobre como ele iria impressionar seu correspondente, mas se mostrava demasiado interessado cientificamente para desperdiçar muitas palavras com frivolidades. A deusa empalhada, escreveu ele, chegaria devidamente embalada cerca de um mês após o recebimento da carta. O objeto encaixotado foi entregue em Jermyn House na tarde do dia 3 de agosto de 1913, sendo transportado de imediato para a grande câmara que abrigava a coleção de espécimes africanos tal como organizada por sir Robert e Arthur. O que se seguiu pode ser melhor descrito a partir dos relatos reunidos de criados e de objetos e documentos mais tarde examinados. Dos vários relatos, o do idoso Soames, mordomo da família, é o mais amplo e coerente. De acordo com esse homem de confiança, sir Arthur Jermyn dispensou todos do recinto antes de abrir a caixa, embora o som instantâneo de martelo e cinzel revelasse que não retardou a operação. Nada se fez ouvir por algum tempo; Soames não sabe estimar por quanto tempo ao certo, mas foi certamente menos de um quarto de hora depois que o horrível grito, sem dúvida na voz de Jermyn, foi ouvido. Logo em seguida, Jermyn saiu do recinto, correndo freneticamente em direção à frente da casa, como que perseguido por algum horrendo inimigo. A expressão em seu rosto, um rosto medonho o bastante em repouso, era impossível de descrever. Quando se aproximou da porta da frente, pareceu pensar em algo e reverteu o sentido de sua fuga, por fim descendo e desaparecendo pela escada rumo ao porão. Os criados ficaram absolutamente estupefatos, e se mantiveram observando no alto da escada, mas seu amo não retornou. Um cheiro de óleo era tudo o que subia de baixo. Depois do anoitecer, um barulho se fez ouvir na porta que leva do porão para o pátio; e um cavalariço viu Arthur Jermyn, reluzindo da cabeça aos pés com óleo e recendendo a esse fluido, sair de modo furtivo e desaparecer no charco negro em redor da casa. Então, numa exaltação de supremo horror, todos viram o fim. Uma faísca surgiu no charco, uma chama se levantou e uma coluna de fogo humano alcançou os céus. A casa de Jermyn não existia mais.

A razão pela qual os fragmentos calcinados de Arthur Jermyn não foram recolhidos e enterrados reside no que foi encontrado mais tarde, sobretudo a coisa na caixa. A deusa empalhada era uma visão nauseante, definhada e corroída, mas era claramente uma símia branca mumificada de alguma espécie desconhecida, menos peluda do que qualquer variedade registrada, e infinitamente mais próxima da humanidade – num nível chocante. Uma descrição detalhada seria bastante desagradável, mas dois pormenores salientes devem ser informados, pois condizem de modo revoltante com certas anotações das expedições africanas de sir Wade Jermyn e com as lendas congolesas do deus branco e da princesa-símia. Os dois detalhes em questão são os seguintes: os brasões no medalhão dourado em volta do pescoço da criatura eram os brasões da família Jermyn, e a insinuação jocosa de M. Verhaeren sobre certa semelhança ligada ao rosto murcho se aplicava com vívido, medonho e antinatural horror a ninguém menos que o sensível Arthur Jermyn, tetraneto de sir Wade Jermyn e de uma esposa desconhecida. Membros do Real Instituto Antropológico queimaram a coisa e jogaram o medalhão em um poço, e alguns deles não admitem que Arthur Jermyn tenha existido.

# Do além

Horrível além da compreensão foi a mudança que ocorrera no meu melhor amigo, Crawford Tillinghast. Eu não o vira desde o dia, dois meses e meio antes, no qual ele me contou para que meta suas pesquisas físicas e metafísicas o estavam conduzindo, no qual ele havia respondido a meus protestos atônitos e quase assustados expulsando-me de seu laboratório e sua casa numa explosão de fúria fanática. Eu soubera que agora ele permanecia na maior parte do tempo trancado no laboratório de sótão com aquela maldita máquina elétrica, comendo pouco e excluindo até mesmo os criados, mas não havia pensado que um breve período de dez semanas pudesse assim alterar e desfigurar qualquer criatura humana. Não é agradável ver um homem robusto ficar magro de súbito, e é ainda pior quando a pele flácida torna-se amarelada ou acinzentada, os olhos encovados, circulados e sinistramente brilhantes, a testa venosa e corrugada, e as mãos trêmulas e se contraindo. E se acrescentado a isso houver um desleixo repelente, uma desvairada desordem nas roupas, uma camada espessa de cabelo escuro e branco nas raízes, além de um crescimento desenfreado de barba branca num rosto que já se mostrara bem barbeado, o efeito cumulativo é muito chocante. Mas esse era o aspecto de Crawford Tillinghast na noite em que sua mensagem pouco coerente me levou até sua porta depois das minhas semanas em exílio; esse era o espetro que tremia enquanto admitia minha entrada, de vela na mão, e lançava um olhar furtivo por cima do ombro, como que temeroso de coisas invisíveis na casa antiga e solitária, recuada da Benevolent Street.

Que Crawford Tillinghast tenha chegado a estudar ciência e filosofia foi um erro. Essas coisas deveriam ser deixadas para o investigador frígido e impessoal, pois oferecem duas alternativas igualmente trágicas ao homem de sentimento e ação: desespero, se ele falhar em sua busca, e terrores impronunciáveis e inimagináveis, se tiver sucesso. Tillinghast já tinha sido vítima do fracasso, solitário e melancólico; mas agora eu sabia, com meus próprios temores nauseantes, que ele era vítima do sucesso. Eu o advertira dez semanas antes, de fato, quando ele irrompeu com sua história sobre aquilo que se sentia prestes a descobrir. Ele se mostrara entusiasmado e animado na ocasião, falando numa voz alta e pouco natural, embora sempre pedante.

– O que sabemos – ele perguntara – do mundo e do universo à nossa volta? Nossos meios de receber impressões são absurdamente poucos, e nossas noções dos objetos ao redor, infinitamente estreitas. Vemos as coisas apenas como somos construídos para vê-las, e não conseguimos formar nenhuma ideia de sua natureza absoluta. Com cinco débeis sentidos, temos a pretensão de compreender o cosmo ilimitadamente complexo, mas outros seres com uma gama mais ampla, mais forte ou diferente de sentidos poderiam não apenas ver muito diferentemente as coisas que vemos, como também poderiam ver e estudar mundos inteiros de matéria, energia e vida que se encontram ao alcance da mão e, no entanto, nunca poderão ser detectados com os sentidos que temos. Sempre acreditei que tais mundos estranhos e inacessíveis existem diante do nosso próprio nariz, *e agora creio ter encontrado uma maneira de derrubar as barreiras*. Não estou brincando. Dentro de 24 horas, aquela máquina perto da mesa irá gerar ondas atuando em órgãos sensoriais não reconhecidos que existem em nós como vestígios atrofiados ou rudimentares. Essas ondas abrirão muitos panoramas desconhecidos para o homem e vários desconhecidos para qualquer coisa que consideremos vida orgânica. Veremos aquilo que faz os cães uivarem no escuro, e aquilo que faz os gatos aguçarem seus ouvidos depois da meia-noite. Veremos essas e outras coisas que nenhuma criatura respirante jamais viu. Vamos justapor tempo, espaço e dimensões, e, sem movimento corporal, vamos perscrutar as profundezas da criação.

Quando Tillinghast disse essas coisas eu protestei, pois o conhecia bem o suficiente para considerá-lo mais atemorizante do que divertido; mas ele era um fanático, e me expulsou da casa. Agora era não menos fanático, mas seu desejo de falar conquistara seu ressentimento e ele me escrevera imperativamente, numa caligrafia que mal pude reconhecer. Ao entrar na residência do amigo tão repentinamente metamorfoseado em uma gárgula tiritante, fui infectado pelo terror que parecia espreitar em todas as sombras. As palavras e crenças expressas dez semanas antes pareciam estar corporificadas na escuridão além do pequeno círculo de luz da vela, e senti nojo escutando a voz oca e alterada do meu anfitrião. Desejei que os criados estivessem por perto, e não gostei quando ele disse que todos haviam ido embora três dias antes. Pareceu-me estranho que o velho Gregory, pelo menos, abandonasse seu amo sem contar nada para um amigo tão experiente como eu. Era ele quem me dera todas as informações que recebi de Tillinghast depois de ter sido repelido em fúria.

No entanto, logo subordinei todos os meus medos à minha crescente fascinação curiosa. Sobre o que exatamente Crawford Tillinghast queria agora de mim eu só podia especular, mas, que ele tinha algum estupendo segredo ou descoberta para transmitir, disso eu não podia duvidar. Antes eu reclamara de suas bisbilhotices anormais no campo do impensável; agora que ele evidentemente obtivera sucesso até certo ponto, quase compartilhei de seu ânimo, por mais terrível que parecesse o custo da vitória. Subindo pela vazia escuridão da casa, segui a vela balouçante na mão daquela trêmula paródia do homem. A eletricidade parecia estar desligada, e quando questionei meu guia, este respondeu que era por uma razão definida.

– Seria muito... Eu não ousaria – ele continuou murmurando.

Notei sobretudo seu novo hábito de murmurar, pois não era típico dele falar consigo mesmo. Entramos no laboratório do sótão, e observei aquela detestável máquina elétrica brilhando com uma luminosidade doentia, sinistra e violeta. Estava conectada a uma poderosa bateria química, mas parecia não estar recebendo nenhuma corrente, pois recordei que em sua fase experimental ela estalava e roncava quando em ação. Em resposta à minha pergunta, Tillinghast resmungou que o brilho permanente não era elétrico em qualquer sentido que eu pudesse entender.

Agora ele me sentou perto da máquina, de modo que esta ficou à minha direita, e ligou um interruptor em algum lugar embaixo da coroa de lâmpadas de vidro aglomeradas. Os estalos de costume começaram, viraram um gemido e terminaram num zumbido muito suave, a ponto de sugerir um retorno ao silêncio. Enquanto isso, a luminosidade aumentou, minguou de novo, e então assumiu uma cor pálida e extravagante, ou uma mistura de cores que eu não saberia nem classificar nem descrever. Tillinghast ficara me observando, e notou minha expressão perplexa.

— Sabe o que é isso? — ele sussurrou. — *Isso é ultravioleta.* — Ele soltou uma risadinha excêntrica diante da minha surpresa. — Você pensava que o ultravioleta era invisível, e é mesmo, mas você pode ver isso e muitas outras coisas invisíveis *agora*. Ouça-me! As ondas desta coisa estão acordando mil sentidos adormecidos em nós, sentidos que herdamos de éons de evolução, do estado dos elétrons isolados ao estado da humanidade orgânica. Eu vi a *verdade,* e pretendo mostrá-la para você. Você está se perguntando como vai parecer? Eu vou lhe dizer. — Nesse momento, Tillinghast sentou-se bem na minha frente, apagou sua vela num sopro e fitou meus olhos de uma maneira horrenda. — Seus órgãos sensoriais existentes (os ouvidos primeiro, acho) vão captar muitas das impressões, pois estão estreitamente conectados aos órgãos dormentes. Em seguida, serão outros. Você já ouviu falar da glândula pineal? Eu rio do endocrinologista superficial, seguidor crédulo e arrivista dos freudianos. Essa glândula é o grande órgão sensorial entre os órgãos; *eu descobri isso.* É como a visão no final, e transmite imagens visuais para o cérebro. Se você é normal, é assim que deveria obter a maioria... quero dizer, obter a maioria das evidências do *além.*

Olhei em volta pelo imenso sótão com a parede sul inclinada, fracamente iluminado por raios que o olhar cotidiano não consegue ver. Os cantos mais distantes eram pura sombra, e o lugar todo assumia uma irrealidade nebulosa que obscurecia sua natureza e convidava a imaginação ao simbolismo e à quimera. Durante o intervalo em que Tillinghast permaneceu calado por longo tempo, eu me imaginei em certo incrível e vasto templo de deuses há muito mortos — certo vago edifício com inúmeras colunas negras de pedra que se alçavam de um piso de lajes úmidas a uma altura enevoada, além do alcance da minha visão. A imagem se mostrou muito vívida por algum tempo, mas aos poucos deu lugar a uma concepção mais horrível: algo de total e absoluta solidão, num espaço infinito, sem visão, sem som. Parecia haver um vácuo e nada mais, e senti um medo infantil que me incitou a tirar do bolso da calça o revólver que eu carregava depois do anoitecer desde a noite na qual fui assaltado em East Providence. Então, das regiões mais longínquas do vazio remoto, brandamente o *som* foi ganhando existência. Era infinitamente débil, sutilmente vibrante e inconfundivelmente musical, mas detinha uma qualidade de insuperável selvageria cujo impacto se fazia sentir como delicada tortura no meu corpo todo. Experimentei sensações como aquelas que sentimos quando riscamos acidentalmente um vidro opaco. Ao mesmo tempo, desenvolveu-se algo como uma corrente de ar frio, que aparentemente passou por mim vindo da direção do som distante. Enquanto eu esperava, sem fôlego, percebi que tanto som quanto vento se intensificavam; o efeito foi me transmitir uma esquisita noção de mim mesmo como estando amarrado a um par de trilhos no caminho de uma gigantesca locomotiva que se aproximava. Comecei a falar com Tillinghast, e, enquanto fazia isso, todas as impressões incomuns desapareceram de modo abrupto. Vi apenas o homem, as máquinas brilhantes e o aposento turvo. Tillinghast lançava um sorriso repulsivo para o revólver que eu sacara de maneira quase inconsciente, mas, por sua expressão, tive a certeza de que ele vira e ouvira tanto quanto eu, se não muito mais. Sussurrei o que eu experimentara, e ele me mandou permanecer tão calmo e receptivo quanto possível.

– Não se mova – ele alertou –, pois nesses *raios nós somos capazes de ser vistos bem como de ver*. Eu lhe falei que os criados foram embora, mas não lhe falei *como*. Foi aquela governanta boçal; ela acendeu as luzes no andar de baixo depois de eu a ter avisado para não fazer isso, e os fios captaram vibrações simpáticas. Deve ter sido tenebroso; pude ouvir os gritos aqui de cima, apesar de tudo o que eu estava vendo e ouvindo de outra direção, e depois foi um tanto pavoroso encontrar aqueles montes de roupas vazias pela casa. As roupas da sra. Updike estavam perto do interruptor do vestíbulo, é por isso que eu sei que foi ela. Todos eles foram apanhados. Mas, contanto que não nos mexamos, estaremos razoavelmente seguros. Lembre-se de que estamos lidando com um mundo horrendo no qual somos praticamente indefesos... *Fique imóvel!*

O choque combinado da revelação e do comando abrupto me causou uma espécie de paralisia, e, no meu terror, minha mente voltou a se abrir às impressões vindas do que Tillinghast chamava de "*além*". Eu estava agora em um vórtice de som e movimento, com imagens confusas diante dos meus olhos. Vi os contornos borrados do recinto, mas de algum ponto no espaço parecia estar sendo derramada uma coluna fervilhante de formas ou nuvens irreconhecíveis, penetrando o telhado sólido num ponto à frente e à minha direita. Então vislumbrei o efeito de templo de novo, mas desta vez os pilares alçavam-se a um oceano aéreo de luz, que lançava para baixo um feixe ofuscante ao longo do trajeto da coluna nebulosa que eu vira antes. Depois disso, a cena era quase de todo caleidoscópica, e, no emaranhado de visões, sons e impressões sensoriais não identificados, senti que estava prestes a me dissolver ou, de alguma forma, perder a forma sólida. De um lampejo definido irei sempre me lembrar. Pareci, por um instante, contemplar um trecho de céu noturno estranho, repleto de reluzentes esferas giratórias, e, no recuo dessa imagem, vi que os sóis brilhantes formavam uma constelação ou galáxia de formato estabelecido, sendo que esse formato era o rosto desfigurado de Crawford Tillinghast. Em outro momento, senti as enormes coisas animadas passando e roçando por mim e, vez por outra, *andando ou flutuando através do meu corpo supostamente sólido*, e pensei ter visto Tillinghast olhar para elas como se seus sentidos mais bem treinados pudessem apanhá-las visualmente. Lembrei-me do que ele dissera sobre a glândula pineal, e tentei imaginar o que ele via com aquele olhar sobrenatural.

De repente eu me vi dotado de uma espécie de visão aprimorada. Por sobre o caos luminoso e sombrio surgiu um quadro que, embora vago, detinha os elementos de consistência e permanência. Era de fato um tanto familiar, pois a parte incomum estava sobreposta à cena terrestre habitual, bem como um panorama de cinema pode ser projetado sobre a cortina pintada de um teatro. Vi o laboratório do sótão, a máquina elétrica e a forma desgraciosa de Tillinghast à minha frente, mas, em todo o espaço não ocupado por objetos familiares, sequer uma partícula se mostrava desocupada. Formas indescritíveis, tanto vivas como de outra natureza, misturavam-se numa desordem repugnante, e perto de todas as coisas conhecidas havia mundos inteiros de entidades alienígenas e desconhecidas. Também parecia que todas as coisas conhecidas entravam na composição de outras coisas desconhecidas e vice-versa. Os mais destacados entre os objetos vivos eram monstruosidades retintas em forma de água-viva que, flácidas, tremiam em harmonia com as vibrações da máquina. Estavam presentes em profusão abominável, e vi, para meu horror, que *se sobrepunham*, que eram semifluidas e capazes de atravessar umas as outras e aquilo que conhecemos como matérias sólidas. Essas coisas nunca ficavam imóveis, mas pareciam se manter em eterna flutuação, com algum propósito maligno. Às vezes, pareciam se devorar entre si, com a atacante lançando-se sobre sua vítima e no mesmo instante obliterando esta última de vista. Estremecendo, senti compreender o que obliterara os desafortunados criados, e não consegui excluir a coisa da minha mente enquanto me esforçava para observar outras propriedades do mundo recém-visível que existe despercebido ao nosso redor. Mas Tillinghast ficara me observando e estava falando.

– Você as vê? Você as vê? Você vê as coisas que flutuam e se entrechocam ao seu redor e o atravessam a cada momento de sua vida? Você vê as criaturas que formam o que os homens chamam de ar puro e céu azul? Não consegui derrubar a barreira? Não lhe mostrei mundos de que nenhum outro homem vivo jamais viu?

Ouvi seu grito em meio ao caos horrível, e olhei o rosto desvairado jogado tão ofensivamente para perto do meu. Seus olhos eram covas de fogo, e me fitavam com algo que, agora eu percebia, era um ódio avassalador. A máquina emitia um zumbido detestável.

– Você acha que essas coisas se debatendo exterminaram os criados? Tolo, elas são inofensivas! Mas os criados se foram, não? Você tentou me parar; você me desencorajou quando eu precisava de cada gota de encorajamento que eu pudesse obter; você ficou com medo da verdade cósmica, seu maldito covarde, mas agora eu peguei você! O que foi que arrebatou os criados? O que os fez gritarem tão alto?... Não sabe, hein? Você vai saber muito em breve. Olhe para mim, ouça o que eu digo, você acha que existe realmente alguma coisa como tempo e magnitude? Supõe a existência de tais coisas como forma ou matéria? Eu digo a você: atingi profundidades que o seu pequeno cérebro não consegue imaginar. Enxerguei além dos limites do infinito e arranquei demônios das estrelas... Domei as sombras que avançam de mundo em mundo para semear a morte e a loucura... O espaço pertence a mim, você está ouvindo? Coisas estão me caçando agora, as coisas que devoram e dissolvem, mas eu sei como escapar delas. É você que elas vão pegar, como pegaram os criados... Agitando-se, caro senhor? Eu lhe falei que era perigoso se mexer, e o salvei até agora lhe falando para ficar imóvel, salvei-o para que visse mais visões e me escutasse. Se você tivesse se mexido, elas já o teriam atacado há muito tempo. Não se preocupe, não vão *machucá-lo*. Não machucaram os criados; foi a *visão* que fez os pobres diabos gritarem tanto. Meus bichinhos não são bonitos, pois vêm de lugares onde os padrões estéticos são... *muito diferentes.* A desintegração é totalmente indolor, eu lhe garanto, *mas quero que você as veja.* Eu quase as vi, mas sabia como parar. Você está curioso? Eu sempre soube que você não era nenhum cientista. Tremendo, hein? Tremendo de ansiedade para ver as coisas últimas que eu descobri. Por que você não se mexe, então? Cansado? Bem, não se preocupe, meu amigo, pois *elas estão vindo...* Olhe, olhe, maldito seja, olhe... está logo atrás do seu ombro esquerdo...

O que resta ser dito é muito sucinto, e pode ser familiar para quem leu os relatos dos jornais. A polícia ouviu um tiro na antiga casa Tillinghast e nos encontrou lá – Tillinghast morto e eu inconsciente. Prenderam-me porque o revólver estava na minha mão, mas me libertaram em três horas, depois de descobrirem que uma apoplexia dera fim a Tillinghast e constatarem que o meu tiro havia sido direcionado à máquina perniciosa que agora se encontrava irremediavelmente espatifada no chão do laboratório. Não contei muito do que eu vira, pois temia que o juiz investigador se mostrasse cético; contudo, a partir do resumo evasivo que forneci, o médico me disse que eu tinha sido, sem dúvida, hipnotizado pelo louco vingativo e homicida.

Eu gostaria de poder acreditar nesse médico. Meus nervos instáveis melhorariam se eu pudesse descartar o que agora sou obrigado a pensar sobre o ar e o céu à minha volta e acima de mim. Nunca me sinto sozinho ou confortável, e às vezes uma sensação horrenda e arrepiante de perseguição toma conta de mim quando eu estou fatigado. O que me impede de acreditar no médico é um fato simples: a polícia nunca encontrou os corpos dos criados que, segundo diziam, Crawford Tillinghast assassinou.

# O templo

(Manuscrito encontrado na costa de Yucatán)

Em 20 de agosto de 1917, eu, Karl Heinrich, Graf von Altberg-Ehrenstein, tenente-comandante da Marinha Imperial Alemã e responsável pelo submarino U-29, deposito esta garrafa e seu registro no oceano Atlântico em um ponto para mim desconhecido, mas provavelmente perto de latitude N. 20°, longitude O. 35°, onde, no fundo do oceano, minha embarcação encontra-se avariada. Faço-o devido ao meu desejo de apresentar ao público certos fatos incomuns, coisa que, segundo todas as probabilidades, não sobreviverei para realizar em pessoa, uma vez que as circunstâncias ao meu redor são tão ameaçadoras quanto extraordinárias, envolvendo não apenas a incapacitação irreparável do U-29, mas também o debilitamento, do modo mais desastroso, da minha férrea vontade alemã.

Na tarde do dia 18 de junho, conforme relatado por rádio para o U-61, com destino a Kiel, torpedeamos o cargueiro britânico *Victory*, Nova York para Liverpool, em latitude N. 45° 16', longitude O. 28° 34', permitindo à tripulação que saísse em botes a fim de obter um bom enquadramento de cinema para os registros do almirantado. O navio afundou de forma muito pitoresca, a proa primeiro, a popa subindo alto acima da água, enquanto o casco disparava perpendicularmente rumo ao fundo do mar. Nossa câmera não perdeu nada, e lamento que um rolo de filme tão excelente jamais acabe chegando a Berlim. Depois disso, afundamos os botes salva-vidas com nossas armas e submergimos.

Quando subimos à superfície, no momento do pôr do sol, o corpo de um marinheiro foi encontrado no convés, suas mãos agarradas na grade de forma curiosa. O pobre coitado era jovem, bastante moreno e muito bonito; provavelmente um italiano ou grego, membro, sem dúvida, da tripulação do *Victory*. Ele buscara refúgio, era evidente, na própria embarcação que havia sido forçada a destruir a dele – mais uma vítima da injusta guerra de agressão que os cães imundos ingleses estão travando contra a Pátria. Nossos homens o revistaram à procura de suvenires, e encontraram no bolso do casaco uma peça de marfim muito esquisita, entalhada de modo a representar a cabeça de um jovem coroada de louros. Meu camarada oficial, o tenente Klenze, supôs que a coisa fosse de grande valor artístico e antiguidade, e por isso tomou-a dos homens para si. Como aquilo tinha ido parar nas mãos de um marinheiro comum, nem ele nem eu conseguíamos imaginar.

Enquanto o morto era lançado ao mar, ocorreram dois incidentes que criaram forte distúrbio entre a tripulação. Os olhos do sujeito encontravam-se fechados; no arrastamento de seu corpo até a grade, porém, ficaram escancarados, e vários pareceram nutrir uma estranha ilusão de que contemplavam de modo constante e zombeteiro Schmidt e Zimmer, que estavam curvados por sobre o cadáver. O contramestre Müller, um homem idoso que teria sido mais sábio se não fosse um supersticioso porco alsaciano, ficou tão exaltado com essa impressão que observou o corpo na água, e jurou que este, depois de afundar um pouco, esticou seus membros numa posição de nado e disparou para o sul sob as ondas. Klenze e eu não gostávamos dessas demonstrações de ignorância camponesa, e repreendemos os homens com severidade, particularmente Müller.

No dia seguinte, uma situação muito problemática foi criada pela indisposição de alguns membros da tripulação. Eles estavam sofrendo, evidentemente, com a tensão nervosa de nossa longa viagem, e haviam tido pesadelos. Diversos pareciam bastante atordoados e estúpidos, e, depois de verificar a meu contento que não estavam fingindo sua fraqueza, dispensei-os de suas funções. O mar estava um tanto agitado, e assim descemos a uma profundidade na qual as ondas se mostravam menos problemáticas. Ali ficamos em comparativa calma, apesar de uma corrente meio intrigante, levando para o sul, que não conseguimos identificar por nossas cartas oceanográficas. Os gemidos dos homens doentes eram decididamente irritantes; contudo, como não pareciam desmoralizar o resto da tripulação, não recorremos a medidas extremas. Nosso plano era permanecer onde estávamos e interceptar o navio de carreira *Dacia*, mencionado em informação de agentes em Nova York.

No início da noite, subimos à superfície e encontramos o mar menos pesado. A fumaça de um navio de guerra se fez ver no horizonte ao norte, mas nossa distância e a capacidade de submergir nos deixavam em segurança. O que nos preocupou mais foi a conversa do contramestre Müller, que ficou ainda mais desvairada com o cair da noite. Ele mergulhara em um detestável estado infantil, balbuciando sobre certa ilusão de cadáveres flutuando diante das vigias submarinas, corpos que lhe lançavam olhares intensos e que ele reconhecia, apesar do inchaço desde quando suas mortes tinham sido testemunhadas durante algumas de nossas vitoriosas façanhas alemãs. E ele dizia que o jovem que havíamos encontrado e atirado ao mar era o líder. Isso era demasiado tenebroso e anormal, de modo que aferramos Müller e o chicoteamos em boa medida. Os homens não ficaram contentes com sua punição, mas a disciplina era necessária. Também negamos o pedido do uma delegação chefiada pelo marinheiro Zimmer para que a curiosa cabeça de marfim entalhada fosse lançada ao mar.

Em 20 de junho, os marinheiros Bohm e Schmidt, que haviam caído doentes no dia anterior, tornaram-se violentamente insanos. Lamentei que nenhum médico tivesse sido incluído em nosso número de oficiais, pois as vidas alemãs são preciosas, mas os constantes delírios dos dois a respeito de uma terrível maldição eram muitíssimo subversivos à disciplina, de modo que medidas drásticas foram tomadas. A tripulação aceitou o acontecimento de forma taciturna, mas aquilo pareceu acalmar Müller, que a partir dali não nos causou problemas. À noite nós o soltamos, e ele prosseguiu com suas funções em silêncio.

Na semana que se seguiu ficamos todos muito nervosos, à espera do *Dacia*. A tensão foi agravada pelo desaparecimento de Müller e Zimmer, que sem dúvida cometeram suicídio em decorrência dos temores que pareciam atormentá-los, embora não tivessem sido observados no ato de saltar ao mar. Fiquei bastante contente por me ver livre de Müller, pois até mesmo seu silêncio afetara desfavoravelmente a tripulação. Todos pareciam inclinados a se manter em silêncio agora, como que contendo um medo secreto. Vários estavam doentes, mas nenhum causou perturbação. O tenente Klenze se exacerbava sob a tensão, e se deixava irritar por meras ninharias – como o cardume de golfinhos que se reuniu em volta do U-29 em número cada vez maior e a crescente intensidade da corrente para o sul, que não aparecia em nossa carta.

Por fim tornou-se claro que havíamos perdido completamente o *Dacia*. Tais fracassos não são incomuns, e ficamos mais satisfeitos do que decepcionados, pois nosso regresso para Wilhelmshaven estava agora determinado. Ao meio-dia de 28 de junho, viramos para nordeste, e, apesar de alguns enredamentos um tanto cômicos com as massas inusitadas de golfinhos, logo nos pusemos a caminho.

A explosão na casa das máquinas às duas horas da manhã foi uma completa surpresa. Nenhum defeito no maquinário ou descuido por parte dos homens havia sido notado; no entanto, sem aviso, o navio foi abalado de uma extremidade à outra por um choque colossal. O tenente Klenze correu até a casa das máquinas, encontrando o tanque de combustível e a maior parte do mecanismo destruídos, e os engenheiros Raabe e Schneider instantaneamente mortos. Nossa situação, de súbito, tornara-se de fato grave, pois, embora os regeneradores químicos de ar estivessem intactos, e embora pudéssemos usar os dispositivos para elevar e submergir a embarcação e abrir as escotilhas contanto que o ar comprimido e as baterias recarregáveis pudessem aguentar, estávamos impotentes para impulsionar ou orientar o submarino. Buscar resgate nos botes salva-vidas seria como nos entregarmos às mãos de inimigos injustificadamente amargurados contra nossa grande nação alemã, e nosso rádio, desde o incidente com o *Victory*, deixara de nos colocar em contato com um submarino companheiro da Marinha Imperial.

Desde a hora do acidente até 2 de julho, derivamos de modo constante para o sul, quase sem planos e não encontrando nenhuma embarcação. Os golfinhos ainda circundavam o U-29, uma circunstância em certa medida notável, considerando a distância que cobríramos. Na manhã do dia 2 de julho, avistamos um navio de guerra ostentando cores americanas, e os homens ficaram muito inquietos em seu desejo de se render. Por fim o tenente

Klenze teve de atirar num marinheiro chamado Traube, que exortou esse ato não alemão com especial violência. Isso acalmou a tripulação de momento, e submergimos despercebidos.

Na tarde seguinte, um denso bando de aves marinhas apareceu pelo sul, e o oceano começou a se sublevar ominosamente. Fechando nossas escotilhas, aguardamos desdobramentos até percebermos que deveríamos ou submergir ou ser inundados pelas ondas avolumadas. Nossa pressão e nossa eletricidade perdiam força, e queríamos evitar qualquer uso desnecessário dos escassos recursos mecânicos, mas, nesse caso, não havia escolha. Não descemos longe; quando, depois de várias horas, o mar se mostrou mais calmo, decidimos voltar à superfície. Aqui, no entanto, um novo problema se desenvolveu, pois o navio não respondeu à nossa direção, apesar de tudo que os mecânicos podiam fazer. Enquanto os homens ficavam cada vez mais amedrontados com aquela prisão submarina, alguns deles começaram a murmurar de novo sobre a imagem de marfim do tenente Klenze, mas a visão de uma pistola automática os acalmou. Mantivemos os pobres-diabos tão ocupados quanto possível, mexendo no maquinário mesmo quando sabíamos que era inútil.

Klenze e eu costumávamos dormir em horários diferentes; e foi durante o meu sono, por volta das cinco da manhã de 4 de julho, que o motim geral se deflagrou. Os seis imundos marinheiros restantes, suspeitando que estivéssemos perdidos, irromperam de súbito numa fúria enlouquecida pela nossa recusa em nos entregarmos ao encouraçado ianque dois dias antes; encontravam-se num delírio de maldição e destruição. Rugiam como os animais que eram, quebrando instrumentos e mobiliário indiscriminadamente, gritando sobre disparates como a maldição da imagem de marfim e o jovem moreno morto que olhou para eles e nadou para longe. O tenente Klenze parecia paralisado e ineficiente, como se poderia esperar de um tipo delicado e afeminado da Renânia. Atirei nos seis homens, pois era necessário, e me certifiquei de que ninguém permanecesse vivo.

Expelimos os corpos através das escotilhas duplas e ficamos sozinhos no U-29. Klenze parecia muito nervoso e bebia sem parar. Foi decidido que permaneceríamos vivos pelo maior tempo possível, fazendo uso do grande estoque de provisões e do abastecimento químico de oxigênio, dos quais nenhum sofrera com as palhaçadas loucas dos porcos marinheiros. Nossas bússolas, nossos medidores de profundidade e outros instrumentos delicados estavam arruinados; de modo que, dali em diante, nossos únicos cálculos se dariam por conjectura, com base nos nossos relógios, no calendário e na nossa aparente deriva tal como julgada por quaisquer objetos que pudéssemos espiar pelas vigias ou na torre de comando. Por sorte, tínhamos baterias recarregáveis ainda passíveis de longo uso, tanto para a iluminação interior quanto para o holofote. Com frequência lançávamos um feixe de luz em torno do navio, mas víamos apenas golfinhos nadando em paralelo ao nosso próprio rumo derivante. Eu tinha um interesse científico por aqueles golfinhos, pois, embora o *Delphinus delphis* comum seja um mamífero cetáceo, incapaz de subsistir sem ar, observei um dos nadadores de perto por duas horas e não o vi alterar sua condição submersa.

Com o passar do tempo, Klenze e eu decidimos que ainda estávamos derivando para o sul, afundando mais e mais no meio-tempo. Notamos a fauna e a flora marinhas, e lemos muito sobre o assunto nos livros que eu levara comigo para momentos de folga. Não pude deixar de observar, entretanto, o inferior conhecimento científico do meu companheiro. Sua mente não era prussiana, mas dada a imaginações e especulações que não têm valor. O fato da nossa morte vindoura o afetava curiosamente, e com frequência ele rezava, cheio de remorso, pelos homens, mulheres e crianças que havíamos mandado para o fundo, esquecendo-se de que todas as coisas são nobres quando servem ao Estado alemão. Depois de um tempo, ele ficou perceptivelmente desequilibrado, fitando por horas sua imagem de marfim e narrando histórias fantasiosas a respeito das coisas perdidas e esquecidas embaixo do mar. Às vezes, como experimento psicológico, eu o incitava nesses devaneios, e ouvia suas intermináveis citações poéticas e seus contos de navios afundados. Senti muita pena dele, pois não gosto de ver sofrer um alemão; mas ele não era um bom homem com quem morrer. De mim eu estava orgulhoso, sabendo como a Pátria iria reverenciar minha memória e como meus filhos seriam ensinados a ser homens como eu.

Em 9 de agosto, avistamos o fundo do oceano e lançamos sobre ele um potente feixe de holofote. Era uma vasta planície ondulante, coberta na maior parte por algas marinhas e repleta de conchas de pequenos moluscos. Aqui e ali se viam objetos viscosos de contorno enigmático, envoltos por ervas e incrustados de cracas, que deviam ser, segundo Klenze declarou, navios antigos jazendo em seus túmulos. Ele ficou intrigado com uma coisa: um pico de matéria sólida projetando-se acima do leito do oceano em pouco mais de um metro até o ápice, tendo aproximadamente meio metro de espessura, com faces planas e superfícies superiores lisas que se uniam em um ângulo bastante obtuso. Chamei o pico de afloramento de rocha, mas Klenze pensou ter visto entalhes nele. Depois de um tempo, ele começou a tremer e se afastou da cena, como que assustado; contudo, não soube dar nenhuma explicação, exceto a de que se sentia subjugado com a vastidão, a escuridão, o isolamento, a antiguidade e o mistério dos abismos oceânicos. Sua mente estava cansada, mas eu sou sempre um alemão, e fui rápido em notar duas coisas: que o U-29 estava suportando esplendidamente a pressão de mar profundo e que os peculiares golfinhos ainda estavam ao nosso redor, mesmo a uma profundidade na qual a existência de organismos complexos é considerada impossível pela maioria dos naturalistas. Que eu havia superestimado antes a nossa profundidade, disso eu tinha certeza; mesmo assim, ainda devíamos estar profundos o suficiente para tornar notáveis esses fenômenos. Nossa velocidade rumo ao sul, tal como medida pelo fundo do oceano, era mais ou menos aquela que eu calculara pelos organismos encontrados em níveis mais elevados.

Foi às 3h15 da tarde de 12 de agosto que o pobre Klenze ficou totalmente louco. Ele estivera na torre de comando usando o holofote quando o vi saltar para dentro do compartimento da biblioteca onde eu me sentara para ler, e seu rosto no mesmo instante o traiu. Vou repetir aqui o que Klenze disse, sublinhando as palavras que ele enfatizou: "Ele está chamando! Ele está chamando! Eu o ouço! Precisamos ir!". Enquanto falava, pegou sua imagem de marfim na mesa, guardou-a no bolso e agarrou meu braço, num esforço para me arrastar até a escada que subia para o convés. No momento seguinte, entendi que ele pretendia abrir a escotilha e mergulhar comigo na água lá fora, um capricho de suicida e homicida para o qual eu mal estava preparado. Enquanto eu recuava e tentava tranquilizá-lo, ele ficou mais violento, dizendo: "Venha *agora* – não espere até depois; é melhor se arrepender e ser perdoado do que desafiar e ser condenado". Então tentei o oposto do plano tranquilizante, e lhe falei que ele estava louco – lastimavelmente demente. Mas ele não se abalou e gritou: "Se eu estou louco, é por misericórdia! Que os deuses tenham piedade do homem que, em sua insensibilidade, consegue permanecer são até o fim horrendo! Venha e fique louco enquanto *ele* ainda chama com misericórdia!".

Esse acesso pareceu aliviar uma pressão em seu cérebro, pois, quando terminou, ele caiu numa grande brandura, pedindo-me para deixá-lo partir sozinho se eu não quisesse acompanhá-lo. Meu procedimento ficou claro de uma só vez. Ele era um alemão, mas apenas um plebeu da Renânia; e agora ele era um louco potencialmente perigoso. Consentindo com seu pedido suicida, eu poderia me livrar imediatamente de alguém que não era mais um companheiro, mas uma ameaça. Pedi-lhe para me dar a imagem de marfim antes de ir, mas essa solicitação provocou nele tamanho riso fantástico que eu não a repeti. Então lhe perguntei se ele queria deixar qualquer lembrança ou mecha de cabelo para sua família na Alemanha, no caso de eu vir a ser resgatado, mas outra vez ele me deu aquele riso estranho. Assim, enquanto ele subia a escada, eu me dirigi às alavancas e, concedendo adequados intervalos de tempo, operei a maquinaria que o enviou para sua morte. Depois disso, vi que ele já não estava mais no barco, e projetei o holofote em torno da água num esforço de obter um último vislumbre dele; pois eu desejava verificar se a pressão da água o achataria como teoricamente deveria, ou se o corpo não seria afetado, como o daqueles golfinhos extraordinários. Não tive êxito, no entanto, em encontrar meu companheiro falecido, pois os golfinhos estavam amontoados espessa e obscurecedoramente ao redor da torre de comando.

Naquela noite, lamentei que não tivesse tomado a imagem de marfim sub-repticiamente do bolso do pobre Klenze enquanto ele saía, pois a memória da imagem me fascinava. Não conseguia esquecer a jovem e bela cabeça com sua coroa frondosa, embora eu não seja por natureza um artista. Eu também me sentia pesaroso por não ter ninguém com quem conversar. Klenze, embora não fosse meu semelhante mental, era muito melhor do que ninguém. Não dormi bem naquela noite, e me perguntei quando, exatamente, viria o fim. Sem dúvida, eu tinha bem pouca chance de ser resgatado.

No dia seguinte, subi à torre de comando e iniciei as costumeiras explorações com o holofote. Ao norte, a visão era bem a mesma que havia sido em todos os quatro dias desde que avistáramos o fundo, mas percebi que a deriva do U-29 estava menos rápida. Enquanto girava o feixe para o sul, notei que o leito oceânico à frente caía num declive acentuado, ostentando blocos de pedra curiosamente regulares em determinados locais, dispostos como que de acordo com padrões definidos. O barco não desceu de imediato para corresponder à maior profundidade do oceano, portanto logo fui forçado a ajustar o holofote de modo a lançar um feixe bruscamente para baixo. Devido ao caráter abrupto da mudança, um fio foi desconectado, o que exigiu um atraso de vários minutos para reparos; por fim, porém, a luz voltou a jorrar, inundando o vale marinho abaixo de mim.

Não sou dado a emoções de qualquer tipo, mas meu assombro foi muito grande quando vi o que se revelava naquele fulgor elétrico. E no entanto, como alguém cultivado na melhor *Kultur* prussiana, eu não deveria ter sentido assombro, pois tanto a geologia quanto a tradição nos falam de grandes transposições em áreas oceânicas e continentais. O que vi foi um extenso e elaborado conjunto de edifícios em ruínas, todos de arquitetura magnífica, mas inclassificável, e em vários estados de conservação. A maioria parecia ser de mármore, brilhando com brancura nos raios do holofote, e o plano geral era de uma enorme cidade no fundo de um vale estreito, com templos e vilas numerosos e isolados nas encostas íngremes acima. Os telhados estavam desabados, e as colunas, quebradas, mas permanecia um ar de esplendor imemorialmente antigo que nada era capaz de apagar.

Confrontado afinal com a Atlântida que anteriormente eu havia considerado em grande medida um mito, transformei-me no mais ávido dos exploradores. No fundo do vale, certa vez, um rio correra, pois, ao examinar a cena mais de perto, contemplei os restos de pontes e diques de pedra e mármore, bem como terraços e aterros outrora verdejantes e belos. Em meu entusiasmo, tornei-me quase tão idiota e sentimental quanto o pobre Klenze, e fui muito vagaroso em perceber que a corrente para o sul havia cessado afinal, permitindo ao U-29 que descesse devagar na cidade submersa, como um avião pousa em uma cidade na terra superior. Fui lento, também, em constatar que o cardume de golfinhos inusitados havia desaparecido.

Em cerca de duas horas, o barco repousou numa praça pavimentada perto da parede rochosa do vale. De um lado, eu conseguia ver a cidade toda baixando da praça até a margem velha do rio; do outro lado, em espantosa proximidade, fui confrontado pela fachada ricamente adornada e perfeitamente preservada de um grande edifício, evidentemente cavado na rocha sólida. Sobre a obra original daquela coisa titânica, só posso fazer conjecturas. A fachada, de imensa magnitude, aparentemente cobre um recesso oco contínuo, pois suas janelas são múltiplas e amplamente distribuídas. No centro escancara-se uma grande porta aberta, alcançada por um impressionante lance de escadas e rodeada por requintadas esculturas, como figuras de bacantes em relevo. Mais destacados em relação a tudo aparecem os grandes frisos e colunas, ambos decorados com esculturas de inexprimível beleza, obviamente retratando cenas pastorais idealizadas e procissões de sacerdotes e sacerdotisas que ostentam estranhos equipamentos cerimoniais na adoração de um deus radiante. A arte é a mais fenomenal perfeição, em grande parte helênica na ideia, mas estranhamente individual. Ela transmite uma impressão de terrível antiguidade, como se fosse o mais remoto, e não o ancestral imediato da arte grega. Tampouco posso duvidar de que cada detalhe desse produto maciço tenha sido formado a partir da virgem encosta rochosa de nosso planeta. É palpavelmente uma parte da parede do vale, embora eu não consiga imaginar de que maneira o vasto interior chegou a ser escavado. Talvez uma caverna ou uma série de cavernas tenha fornecido o núcleo. Nem a idade nem a submersão corroeram a grandeza prístina daquele espantoso santuário – pois santuário, de fato, por certo é –, e hoje, após milhares de anos, ele repousa imaculado e inviolado na noite silenciosa e sem fim de um precipício oceânico.

Não sei avaliar o número de horas que passei fitando a cidade submersa com seus edifícios, arcos, estátuas e pontes, além do templo colossal com sua beleza e mistério. Embora eu soubesse que a morte estava perto, minha curiosidade era devoradora; e lancei o feixe do holofote por todos os lados, em ávida busca. O raio de luz me permitiu desvendar vários detalhes, mas recusou-se a mostrar qualquer coisa dentro da porta escancarada do templo escavado na rocha; depois de um tempo, desliguei a corrente elétrica, ciente da necessidade de conservar energia. Os raios mostravam-se agora perceptivelmente mais fracos do que haviam sido durante as semanas de deriva. E, como que aguçado pela vindoura privação de luz, meu desejo de explorar os segredos aquosos aumentou. Eu, um alemão, seria o primeiro a trilhar aqueles caminhos esquecidos por éons!

Localizei e examinei um escafandro metálico para mar profundo, e testei a luz portátil e o regenerador de ar. Embora eu fosse ter prováveis problemas ao lidar sozinho com as escotilhas duplas, acreditei que poderia superar todos os obstáculos com minha perícia científica e de fato caminhar em pessoa pela cidade morta.

Em 16 de agosto, efetuei uma saída do U-29 e laboriosamente avancei pelas ruas arruinadas e sufocadas de lama até o rio antigo. Não encontrei esqueletos ou outros restos humanos, mas recolhi uma riqueza de conhecimento arqueológico pelas esculturas e moedas. Disso não posso falar agora, exceto para proferir meu pasmo perante uma cultura no pleno meio-dia da glória, quando os habitantes das cavernas percorriam a Europa e o Nilo fluía despercebido para o mar. Outros, guiados por este manuscrito, se ele um dia for encontrado, deverão desdobrar os mistérios sobre os quais só posso palpitar. Voltei para o barco com o enfraquecimento das minhas baterias elétricas, determinado a explorar o templo de pedra no dia seguinte.

No dia 17, com meu impulso de investigar o mistério do templo tornando-se deveras mais insistente, uma grande decepção me sobreveio, pois constatei que os materiais necessários para reabastecer a luz portátil haviam perecido no motim daqueles porcos em julho. Minha raiva não teve limites, mas meu bom senso alemão proibiu-me de me aventurar despreparado por um interior absolutamente negro que poderia provar ser o covil de algum indescritível monstro marinho, ou um labirinto com passagens de cuja tortuosidade eu jamais conseguiria me desvencilhar. Tudo que eu podia fazer era ligar o holofote minguante do U-29 e, com seu auxílio, subir a pé os degraus do templo e estudar as esculturas exteriores. O raio de luz entrava pela porta num ângulo ascendente, e espiei para ver se conseguia vislumbrar alguma coisa, mas tudo em vão. Nem sequer o teto era visível; embora eu tenha dado um passo ou dois para dentro depois de testar o chão com um bastão, não me atrevi a ir mais longe. Além disso, pela primeira vez na vida eu experimentei o pavor. Comecei a perceber como haviam surgido alguns dos humores do pobre Klenze, pois, com o templo atraindo-me mais e mais, temi seus abismos aquosos num terror cego e galopante. Voltando ao submarino, apaguei as luzes e fiquei pensando no escuro. A eletricidade precisava ser poupada, agora, para emergências.

O sábado, dia 18, eu passei em total escuridão, atormentado por pensamentos e lembranças que ameaçavam sobrepujar minha força de vontade alemã. Klenze havia enlouquecido e perecido antes de chegar àquele resquício sinistro de um passado insalubremente remoto, e tinha me aconselhado a seguir com ele. Estaria o Destino, de fato, preservando minha razão apenas para me atrair irresistivelmente a um fim mais horrível e impensável do que qualquer coisa jamais sonhada por um ser humano? Claramente, meus nervos estavam dolorosamente sobrecarregados, e devo rejeitar essas impressões de homens mais fracos.

Não consegui dormir na noite de sábado, e acendi as luzes, indiferente quanto ao futuro. Era irritante que a eletricidade não fosse durar mais do que o ar e as provisões. Reavivei minhas ideias a respeito da eutanásia e examinei minha pistola automática. Perto do amanhecer, devo ter caído no sono com as luzes acesas, pois acordei na escuridão ontem à tarde, encontrando as baterias extintas. Risquei diversos fósforos em sucessão, e lamentei desesperadamente a imprevidência que havia nos levado a usar, muito tempo antes, as poucas velas que tínhamos conosco.

Após a extinção do último fósforo que ousei desperdiçar, sentei-me com grande calma, sem luz. Enquanto eu ponderava sobre o fim inevitável, minha mente repassou acontecimentos anteriores e desenvolveu uma impressão, até então adormecida, que teria feito estremecer um homem mais fraco e mais supersticioso. *A cabeça do deus radiante nas esculturas do templo de pedra era idêntica à da peça entalhada de marfim que o marinheiro morto trouxe do mar e que o pobre Klenze levou de volta para o mar.*

Fiquei um pouco atordoado com essa coincidência, mas não me deixei apavorar. É só o pensador inferior que se apressa a explicar o singular e o complexo pelo atalho primitivo do sobrenatural. A coincidência era estranha, mas meu raciocínio era razoável demais para conectar circunstâncias que não admitem nenhuma conexão lógica, ou para associar de qualquer maneira sinistra os acontecimentos desastrosos que haviam levado do incidente com o *Victory* ao meu apuro presente. Sentindo a necessidade de mais descanso, tomei um sedativo e garanti mais um pouco de sono. Meu estado nervoso se refletiu em meus sonhos, pois eu parecia ouvir os gritos de pessoas que se afogavam e ver rostos mortos sendo pressionados contra as vigias do barco. E entre os rostos mortos estava o vivo e zombeteiro rosto do jovem com a imagem de marfim.

Preciso ter cuidado em como vou registrar hoje o meu despertar, pois estou esgotado, e muita alucinação estará necessariamente misturada aos fatos. Psicologicamente, meu caso é muitíssimo interessante, e lamento que não possa ser observado pelo olhar científico de uma autoridade alemã competente. Quando abri meus olhos, minha primeira sensação foi um desejo avassalador de visitar o templo de pedra, um desejo que crescia a cada instante, mas ao qual eu automaticamente procurava resistir por alguma emoção de medo que operava no sentido inverso. A seguir me veio uma impressão de *luz* em meio à escuridão das baterias descarregadas, e pareci ver, pela vigia que se abria em direção ao templo, uma espécie de fulgor fosforescente na água. Isso despertou minha curiosidade, pois eu não conhecia nenhum organismo de águas profundas capaz de emitir tal luminosidade. Porém, antes que eu pudesse investigar, sobreveio uma terceira impressão que, por causa de sua irracionalidade, me fez duvidar da objetividade de qualquer coisa que meus sentidos pudessem registrar. Era uma ilusão auricular; a sensação de um som rítmico e melódico, como que de algum cântico ou hino em coral bárbaro mas bonito, vindo de fora através do casco totalmente à prova de som do U-29. Convencido de minha anormalidade psicológica e nervosa, acendi alguns fósforos e servi uma espessa dose de solução de brometo de sódio, que pareceu me acalmar a ponto de dissipar a ilusão de som.

Mas a fosforescência permaneceu, e tive dificuldade para reprimir um impulso infantil de ir até a vigia e tentar localizar sua fonte. Era terrivelmente realístico, e logo consegui distinguir, com seu auxílio, os objetos familiares ao meu redor, bem como o copo vazio do brometo de sódio de cuja posição atual eu não tivera nenhuma impressão visual anterior. Esta última circunstância me fez refletir, e atravessei o recinto e toquei o copo. Este estava, na verdade, no lugar onde eu parecera vê-lo. Agora eu sabia que a luz era ou real ou então parte de uma alucinação tão fixa e consistente que eu não poderia esperar dispersá-la, e portanto, abandonando toda resistência, subi à torre de comando para procurar o agente luminoso. Não poderia de fato ser outro submarino, oferecendo possibilidades de resgate?

É normal que o leitor não aceite nada do que se segue como verdade objetiva, pois, uma vez que os acontecimentos transcendem a lei natural, eles são necessariamente as criações subjetivas e irreais da minha mente sobrecarregada. Quando alcancei a torre de comando, encontrei o mar, de um modo geral, bem menos luminoso do que eu havia esperado. Não havia nenhuma fosforescência animal ou vegetal em volta, e a cidade que baixava até o rio estava invisível no negrume. O que de fato vi não era espetacular, tampouco grotesco ou aterrorizante, mas eliminou meu último vestígio de confiança em minha consciência. *Pois a porta e as janelas do templo submarino escavado na colina rochosa se mostravam vividamente incandescentes com uma cintilação esplendorosa, como que vinda de um poderoso altar-flamejante no interior profundo.*

Os incidentes posteriores são caóticos. Enquanto eu olhava a porta e as janelas misteriosamente iluminadas, fui submetido às mais extravagantes visões – visões tão extravagantes que não consigo sequer relatá-las. Imaginei discernir objetos no templo – objetos tanto parados como móveis – e pareci ouvir outra vez o cântico irreal que havia flutuado até mim assim que acordei. E a tudo se sobrepunham pensamentos e temores centrados no jovem do mar e na imagem de marfim cujo entalhe se mostrava duplicado no friso e nas colunas do templo à minha frente. Pensei no pobre Klenze, e me perguntei onde seu corpo estaria repousando com a imagem que ele levara de volta para o mar. Ele me avisara de alguma coisa, e eu não lhe dera ouvidos – mas ele era um molenga da Renânia, passível de enlouquecer com problemas que um prussiano poderia suportar com facilidade.

O resto é muito simples. Meu impulso de visitar e entrar no templo tornou-se agora uma ordem inexplicável e imperiosa que, em última instância, não pode ser negada. Meu próprio arbítrio alemão já não controla meus atos, e doravante a volição só é possível em questões menores. Tal loucura foi o que levou Klenze à morte, desprotegido e de cabeça descoberta no oceano; mas eu sou um prussiano e um homem sensato, e vou usar até o último instante o pouco arbítrio que tenho. Quando me dei conta de que precisava ir, preparei meu traje de mergulho, o capacete e o regenerador de ar para colocação instantânea, e de pronto comecei a escrever esta crônica apressada, na esperança de que possa, algum dia, chegar ao mundo. Vou selar o manuscrito em uma garrafa e confiá-lo ao mar, pois estou abandonando o U-29 para sempre.

Não temo nada, nem mesmo as profecias do louco Klenze. O que vi não pode ser verdade, e sei que a minha própria loucura só levará, no máximo, ao sufocamento, quando meu ar estiver extinto. A luz no templo é pura ilusão, e eu morrerei com calma, como um alemão, nas profundezas negras e esquecidas. Este riso demoníaco que ouço enquanto escrevo vem apenas do meu próprio cérebro fragilizado. Portanto, vou vestir meu escafandro com cuidado e subir audaciosamente os degraus que adentram aquele santuário primitivo, aquele calado segredo de águas jamais sondadas e anos incontáveis.

# O brejo lunar

Para algum lugar, em qual região remota e temível eu não sei, Denys Barry se foi. Estive com ele na última noite em que viveu entre os homens, e ouvi seus gritos quando a coisa veio até ele, mas todos os camponeses e policiais de County Meath nunca conseguiram encontrá-lo, ou os outros, embora tenham procurado por muito tempo e longo alcance. E agora eu estremeço quando escuto as rãs pipilando nos pântanos, ou vejo a lua em lugares solitários.

Eu conhecera Denys Barry muito bem na América, onde ele havia enriquecido, e o felicitara quando ele comprou de volta o velho castelo junto ao brejo na sonolenta Kilderry. Fora de Kilderry que seu pai saíra, e era lá que ele desejava desfrutar de sua riqueza em meio a paisagens ancestrais. Homens de seu sangue, outrora, haviam governado Kilderry e construído e habitado aquele castelo, mas esses tempos eram muito remotos, de modo que, ao longo de gerações, o castelo se mantivera vazio e decadente. Depois de chegar à Irlanda, Barry me escrevia com frequência, contando-me como, sob seus cuidados, o castelo cinzento se elevava torre após torre a seu antigo esplendor, como a hera escalava lentamente as paredes restauradas, tal como a escalara tantos séculos atrás, e como os camponeses o abençoavam por trazer de volta os velhos tempos com seu ouro do além-mar. Com o tempo, porém, surgiram problemas, e os camponeses, deixando de abençoá-lo, fugiram como que de uma desgraça. Então ele mandou uma carta e me pediu para visitá-lo, pois estava sozinho no castelo, sem ninguém com quem conversar, exceto pelos novos criados e trabalhadores que trouxera do Norte.

O brejo foi a causa de todos aqueles problemas, como Barry me disse na noite em que fui ao castelo. Eu havia chegado a Kilderry no crepúsculo veranil, com o ouro do céu iluminando o verde das colinas e bosques e o azul do brejo, onde, numa ilhota distante, uma ruína estranha e vetusta reluzia de forma espectral. Esse crepúsculo era belíssimo, mas os camponeses de Ballylough haviam me alertado contra ele, afirmando que Kilderry se tornara amaldiçoada, de modo que eu quase estremeci ao ver as altas torretas do castelo douradas de fogo. O automóvel de Barry me pegara na estação de Ballylough, pois Kilderry fica fora da estrada de ferro. Os aldeões tinham evitado o carro e o motorista do Norte, mas haviam sussurrado para mim, com semblantes pálidos, quando viram que eu estava indo para Kilderry. E naquela noite, depois do nosso encontro, Barry me contou por quê.

Os camponeses haviam ido embora de Kilderry porque Denys Barry iria drenar o grande pântano. Por maior que fosse seu amor pela Irlanda, a América não deixara de afetá-lo, e ele odiava o lindo espaço desperdiçado onde a turfa podia ser cortada, e a terra, aberta. As lendas e superstições de Kilderry não o comoviam, e ele riu quando os camponeses se recusaram a ajudar pela primeira vez, amaldiçoando-o antes de partirem para Ballylough com seus poucos pertences quando constataram sua determinação. Para o lugar deles, Barry mandou chamar trabalhadores do Norte, e, quando os criados foram embora, substituiu-os do mesmo modo. Mas ele se sentia solitário entre desconhecidos, então me pedira para vir.

Quando eu soube quais eram os temores que haviam repelido as pessoas de Kilderry, ri tão alto quanto meu amigo rira, pois esses temores eram do mais vago, mais desvairado e mais absurdo caráter. Tinham a ver com certa lenda ridícula do pântano, e de um medonho espírito guardião que habitava a estranha e vetusta ruína na ilhota distante que eu vira ao crepúsculo. Havia histórias de luzes dançantes no escuro da lua, e de ventos gelados quando a noite estava quente; de aparições brancas pairando sobre as águas, e de uma imaginada cidade de pedra no fundo longínquo sob a superfície pantanosa. Mas em primeiro lugar entre as esquisitas fantasias, e único em sua unanimidade absoluta, estava o temor da maldição que aguardava quem ousasse tocar ou drenar o vasto atoleiro avermelhado. Havia segredos, diziam os camponeses, que não deviam ser revelados, segredos que haviam permanecido escondidos desde que a praga acometeu os filhos de Partholan nos fabulosos anos além da história. O *livro dos invasores* conta que esses filhos dos gregos foram todos enterrados em Tallaght, mas os anciãos de Kilderry afirmavam que uma cidade foi ignorada exceto por sua deusa-lua padroeira, de modo que apenas as colinas arborizadas a enterraram quando os homens de Nemed se precipitaram de Scythia em seus trinta navios.

Tais eram as histórias disparatadas que haviam feito os aldeões deixarem Kilderry, e, quando as ouvi, não me admirei com o fato de que Denys Barry tivesse se recusado a prestar atenção. Ele tinha, no entanto, um grande interesse por antiguidades, e propunha-se a explorar o brejo a fundo quando este fosse drenado. Ele visitara com frequência as ruínas brancas na ilhota, mas, embora fossem de uma idade claramente avançada, com um contorno muito pequeno, como ocorre na maioria das ruínas na Irlanda, elas encontravam-se dilapidadas demais para transparecer seus tempos de glória. Agora a obra de drenagem estava pronta para começar, e os trabalhadores do Norte logo iriam desprover o brejo proibido do musgo verde e da urze vermelha, bem como matar os minúsculos córregos pavimentados de conchas e as tranquilas poças azuis franjadas de juncos.

Quando Barry terminou de me contar essas coisas, eu já estava muito sonolento, pois a viagem do dia tinha sido cansativa, e o meu anfitrião havia falado até tarde da noite. Um criado me conduziu ao meu quarto, situado em uma torre afastada com vista para o vilarejo, a planície na extremidade do brejo e o próprio brejo, de modo que eu podia ver das minhas janelas, ao luar, os telhados silenciosos dos quais os camponeses haviam fugido, e que agora abrigavam os trabalhadores do Norte, e também a igreja paroquial com seu pináculo antigo, e bem longe, cruzando o brejo sombrio, a remota e vetusta ruína na ilhota, reluzindo numa brancura espectral. Tão logo peguei no sono, imaginei escutar sons fracos na distância, sons que eram selvagens, meio musicais, e me agitaram com uma emoção insólita que coloriu meus sonhos. Mas quando acordei, na manhã seguinte, senti que tudo tinha sido um sonho, pois as visões que eu tivera eram mais maravilhosas do que qualquer som de pipilos selvagens à noite. Influenciada pelas lendas que Barry contara, minha mente havia pairado, no sono, por uma cidade majestosa em um vale verde, onde as ruas e estátuas de mármore, vivendas e templos, esculturas e inscrições, tudo transparecia, em certos tons, a glória que foi a Grécia. Quando relatei esse sonho para Barry, ambos rimos, mas eu ri mais alto, porque ele estava perplexo com seus trabalhadores do Norte. Pela sexta vez, todos haviam dormido demais, acordando muito devagar, aturdidos, e agindo como se não tivessem descansado, embora se soubesse que haviam deitado cedo na noite anterior.

Naquela manhã e à tarde, vaguei sozinho pelo vilarejo dourado de sol e conversei vez por outra com trabalhadores ociosos, pois Barry estava ocupado com os planos finais para começar seu trabalho de drenagem. Os trabalhadores não se mostravam tão felizes como poderiam estar, pois a maioria parecia inquieta em função de um sonho que haviam tido, mas do qual tentavam em vão se lembrar. Eu lhes contei do meu sonho, mas não demonstraram interesse até que falei dos sons insólitos que eu julgara ter ouvido. Então me fitaram de maneira esquisita, dizendo que também pareciam se lembrar de sons insólitos.

À noite, Barry jantou comigo e anunciou que iria começar a drenagem em dois dias. Fiquei contente, pois, embora me desagradasse ver desaparecerem o musgo e as urzes e os pequenos córregos e lagos, eu sentia um desejo crescente de discernir os antigos segredos que a turfa profundamente emaranhada poderia esconder. E, naquela noite, meus sonhos de flautas pipilantes e peristilos de mármore chegou a um repentino e perturbador fim, pois sobre a cidade no vale eu vi descer uma peste, e então uma avalanche pavorosa de encostas arborizadas que cobriu os cadáveres nas ruas e deixou insepulto apenas o templo de Artemisa no pico elevado, onde a envelhecida sacerdotisa-lua Cleis jazia fria e silenciosa, com uma coroa de marfim em sua cabeça de prata.

Mencionei ter acordado de súbito, alarmado. Por algum tempo, não pude determinar se eu estava acordado ou dormindo, pois o som de flautas ainda reverberava de modo agudo em meus ouvidos; mas quando vi no chão os gélidos raios lunares e as linhas de uma janela gótica com treliças, decidi que eu devia estar acordado e no castelo em Kilderry. Então ouvi um relógio em algum remoto patamar abaixo bater o horário das duas, e me certifiquei de estar acordado. No entanto, ainda vinham de longe aqueles pipilos monótonos – selvagens e insólitas árias que me faziam pensar em certa dança de faunos no distante Menalo. Aquilo não me deixava dormir, e, impaciente, saltei de pé e fiquei andando pelo quarto. Foi só por acaso que me dirigi à janela norte e olhei para fora, avistando o vilarejo silencioso e a planície na extremidade do brejo. Não sentia nenhum desejo de observar o exterior, pois queria dormir, mas as flautas me atormentavam, e eu precisava fazer ou ver alguma coisa. Como poderia ter suspeitado do que eu estava prestes a contemplar?

Lá, no luar que inundava a espaçosa planície, deu-se um espetáculo que nenhum mortal, tendo-o visto, jamais poderia esquecer. Ao som de juncos pipilantes que ecoavam ao longo do brejo, deslizava silenciosa e sinistramente uma turba mista de figuras oscilantes, cambaleando em festim como os sicilianos podem ter dançado para Deméter nos velhos tempos, sob a lua de colheita, ao lado do Ciana. A planície ampla, o luar dourado, as obscuras formas em movimento e acima de tudo o monótono pipilar agudo produziam um efeito que quase me paralisou; mas notei, em meio a meu medo, que metade daqueles incansáveis dançarinos mecânicos eram os trabalhadores que eu julgara estarem adormecidos, enquanto a outra metade eram estranhas e aéreas criaturas de branco, meio indeterminadas em sua natureza, mas sugerindo pálidas e melancólicas náiades das fontes assombradas do brejo. Não sei por quanto tempo contemplei essa visão da janela de minha torreta solitária antes de cair de súbito num desmaio sem sonhos, do qual me despertou o sol alto da manhã.

Meu primeiro impulso, ao acordar, foi comunicar todos os meus temores e observações para Denys Barry, mas, quando vi a luz do sol brilhando pela treliça da janela leste, fiquei convencido de que não havia realidade alguma no que eu pensava ter visto. Sou dado a estranhas quimeras, mas nunca sou fraco a ponto de acreditar nelas; portanto, nessa ocasião, contentei-me em questionar os trabalhadores, que dormiram até muito tarde e nada recordavam da noite anterior salvo sonhos nebulosos de sons agudos. Essa questão do pipilar espectral me incomodou em grande medida, e me perguntei se os grilos outonais haviam chegado antes do tempo para irritar a noite e assombrar as visões dos homens. Mais tarde naquele dia, observei Barry na biblioteca, debruçado sobre seus planos para o grande trabalho que haveria de começar no dia seguinte, e pela primeira vez senti um toque do mesmo tipo de medo que repelira os camponeses. Por alguma razão desconhecida, eu receava a ideia de perturbar o brejo antigo e seus segredos intocados pelo sol, e imaginei panoramas terríveis jazendo, negros, sob a profundidade imensurável da turfa envelhecida. Que tais segredos devessem ser trazidos à luz me parecia ser algo imprudente, e comecei a ansiar por uma desculpa para sair do vilarejo e da aldeia. Cheguei a citar o assunto casualmente para Barry, mas não me atrevi a continuar depois de ouvir sua risada retumbante. Assim, fiquei calado quando o sol se pôs além das colinas longínquas, fulgurante, e Kilderry ardeu, toda em vermelho e ouro, numa chama que parecia um presságio.

Se os acontecimentos daquela noite foram realidade ou ilusão, disso eu nunca poderei me certificar. Sem dúvida transcendem qualquer coisa com a qual possamos sonhar na natureza e no universo, e de nenhuma maneira normal consigo explicar os desaparecimentos que chegaram ao conhecimento de todos depois de tudo ter acabado. Eu me retirei cedo, atemorizado, e por um longo tempo não pude dormir no misterioso silêncio da torre. Estava muito escuro, pois, embora o céu estivesse claro, a lua mostrava-se agora em pleno declínio, e não iria subir até altas horas. Deitado ali, pensei em Denys Barry e no que haveria de acometer o brejo quando chegasse o dia, e me vi quase cedendo ao impulso frenético de sair correndo pela noite, pegar o carro de Barry e dirigir loucamente para Ballylough, fora das terras ameaçadas. Mas antes que meus temores pudessem se cristalizar em ação eu adormeci, contemplando em sonho a cidade no vale, fria e morta sob uma mortalha de horrenda sombra.

Provavelmente foi o pipilar estridente o que me despertou, mas esse pipilar não foi o que notei primeiro quando abri meus olhos. Eu estava deitado com as costas voltadas à janela leste com vista para o brejo, onde a lua minguante subiria, e, portanto, esperava ver alguma luz projetada na parede oposta diante de mim; mas não presumira uma visão como a que apareceu então. A luz de fato resplandecia nos painéis à frente, mas não se tratava de uma luz qualquer emitida pela lua. Terrível e penetrante era o feixe de corada refulgência que jorrava pela janela gótica, e o quarto todo brilhava com um esplendor intenso e extraterreno. Minhas ações imediatas foram peculiares para tal situação, mas é apenas na ficção que um homem faz a coisa dramática e prevista. Em vez de examinar o brejo lá fora em busca da fonte da nova luz, mantive meus olhos afastados da janela, em pânico, e vesti desajeitadamente minhas roupas com certa ideia atordoada de fugir. Lembro-me de apanhar meu revólver e meu chapéu, mas antes de tudo acabar eu já perdera ambos, sem disparar o primeiro ou colocar o segundo.

Depois de um tempo, o fascínio da radiância vermelha superou meu pavor, e eu rastejei até a janela leste e olhei para fora enquanto o enlouquecedor pipilar incessante gemia e reverberava pelo castelo e sobre o vilarejo todo.

Ao longo do brejo havia um dilúvio de luz cintilante, escarlate, sinistra, vertendo da estranha ruína vetusta na ilhota distante. O aspecto daquela ruína não consigo descrever – eu devia estar louco, pois ela parecia se elevar majestosa e preservada, esplêndida e cingida de colunas, com o mármore de reflexos flamejantes de seu entablamento perfurando o céu como o ápice de um templo no topo de uma montanha. Flautas gritaram e tambores começaram a soar; enquanto eu observava, cheio de pasmo e terror, julguei avistar escuras formas saltantes, recortadas em grotescas silhuetas contra o panorama de mármore e refulgência. O efeito era titânico – completamente impensável –, e eu poderia ter olhado aquilo por tempo indeterminado, não tivesse o som do pipilar parecido ficar mais forte à minha esquerda. Tremendo com um terror excentricamente misturado ao êxtase, atravessei o quarto circular até a janela norte, de onde eu podia ver o vilarejo e a planície na extremidade do brejo. Ali, meus olhos dilataram-se outra vez com um assombro bárbaro, imenso, como se eu não tivesse acabado de me afastar de um cenário além do âmbito da Natureza, pois na planície medonha, inflamada de vermelho, uma procissão de criaturas movia-se de um modo que ninguém jamais viu salvo em pesadelos.

Meio deslizando, meio flutuando no ar, as aparições brejeiras vestidas de branco recuavam devagar em direção às águas paradas e à ruína da ilha em formações fantásticas, sugerindo alguma antiga e solene dança cerimonial. Seus braços translúcidos em aceno, guiados pelo pipilar detestável daquelas flautas invisíveis, faziam sinais num ritmo estrambótico para uma turba de trabalhadores que seguia cambaleando com obediência canina, em passos cegos, descerebrados e chafurdados, como que impelidos por uma desajeitada, mas irresistível, vontade demoníaca. Enquanto as náiades se aproximavam do brejo, sem alterar seu curso, uma nova linha de retardatários ziguezagueou embriagadamente, aos tropeços, saindo do castelo por alguma porta muito abaixo da minha janela, tateou sem ver através do pátio e pelo trecho intermediário de vilarejo, e juntou-se à coluna chafurdada de trabalhadores na planície. Apesar de sua distância abaixo de mim, no mesmo instante eu soube que eram os criados trazidos do Norte, pois reconheci o vulto feio e volumoso do cozinheiro, cuja própria absurdidade agora se tornara indizivelmente trágica. As flautas pipilavam horrivelmente, e de novo escutei o bater de tambores da direção da ruína na ilha. Em seguida, silenciosa e graciosamente, as náiades chegaram à água e se derreteram, uma por uma, no antigo brejo, ao passo que a linha de seguidores, não refreando em nenhum momento sua velocidade, estatelou-se sem jeito na superfície, atrás delas, e desapareceu em meio a um minúsculo vórtice de bolhas insalubres que eu mal consegui avistar na luz escarlate. E quando o último e patético retardatário, o cozinheiro gordo, afundou pesadamente naquela poça soturna, sumindo de vista, as flautas e os tambores ficaram em silêncio, e os ofuscantes raios vermelhos das ruínas apagaram-se de modo instantâneo, deixando o vilarejo da perdição solitário e desolado sob os lumes lívidos de uma lua recém-surgida.

Minha condição era agora um caos indescritível. Sem saber se eu estava louco ou são, dormindo ou acordado, fui salvo apenas por um entorpecimento misericordioso. Acredito ter feito coisas ridículas, como oferecer orações para Artemisa, Latona, Deméter, Perséfone e Plutão. Tudo o que eu recordava de uma juventude clássica me veio aos lábios enquanto os horrores da situação despertavam minhas mais profundas superstições. Senti que havia testemunhado a morte de um vilarejo inteiro, e soube que eu estava sozinho no castelo com Denys Barry, cujo arrojo acarretara uma perdição. Enquanto pensava nele, novos terrores me convulsionaram, e caí no chão, não desfalecendo, mas fisicamente desamparado. Então senti a gélida rajada vinda da janela leste, onde a lua subira, e comecei a ouvir os gritos no castelo muito abaixo de mim. Logo esses gritos haviam alcançado uma magnitude e uma qualidade que não podem ser representadas por escrito, e que quase me fazem desmaiar quando penso neles. Tudo o que posso dizer é que vinham de algo que eu conhecera na condição de amigo.

Em algum momento durante esse chocante período, o vento frio e os berros devem ter me despertado, pois minha impressão seguinte é de correr como louco por aposentos e corredores retintos, saindo pelo pátio rumo à noite horrenda. Encontraram-me ao amanhecer, vagando de modo irracional perto de Ballylough, mas o que me desequilibrava por completo não era qualquer um dos horrores que eu tinha visto ou escutado antes. O que murmurei enquanto saía devagar das sombras dizia respeito a um par de incidentes fantásticos que ocorreram na minha debandada – incidentes sem o menor significado, mas que me assombram incessantemente quando estou sozinho em certos lugares alagadiços ou sob o luar.

Enquanto fugia daquele castelo amaldiçoado pela extremidade do brejo, ouvi um som novo – comum, mas diferente de qualquer outro que eu tinha ouvido antes em Kilderry. As águas estagnadas, nos últimos tempos totalmente desprovidas de vida animal, agora fervilhavam com uma horda de enormes rãs limosas que soltavam pipilos agudos, sem cessar, em tons estranhamente incompatíveis com seus tamanhos. Elas reluziam sob os raios lunares, inchadas e verdes, e pareciam voltar os olhos para cima, na direção da fonte luminosa. Segui o olhar de uma rã muito gorda e feia, e vi a segunda das coisas que me fizeram perder os sentidos.

Avançando diretamente da estranha ruína vetusta na ilhota longínqua até a lua minguante, meus olhos pareceram traçar um feixe de trêmula e débil radiância sem nenhum reflexo nas águas do brejo. E para cima, ao longo desse caminho pálido, minha febril fantasia imaginou uma sombra delgada se retorcendo devagar – uma vaga sombra contorcida se debatendo, como que arrastada por demônios invisíveis. Enlouquecido como eu estava, vi na medonha sombra uma semelhança monstruosa – uma caricatura nauseabunda, inacreditável – uma efígie blasfema daquele que havia sido Denys Barry.

# O cão

Em meus ouvidos torturados ressoa sem cessar um pesadelo vibrado e batente, e um latido distante, débil, como de algum cão gigantesco. Não é sonho – não é, receio, nem mesmo loucura –, pois coisas demasiadas já ocorreram para que eu sinta essas dúvidas misericordiosas.

St. John é um cadáver mutilado; só eu sei por que, e meu conhecimento é tal que estou prestes a estourar meus miolos pelo receio de que serei mutilado da mesma forma. Por corredores ilimitados e sem luz de sobrenatural fantasia desce voando a Nêmesis negra, amorfa, que me induz à autoaniquilação.

Que o céu possa perdoar a insensatez e morbidade que nos levou ambos a tão monstruoso destino! Cansados dos lugares-comuns de um mundo prosaico, onde até mesmo as alegrias de aventura e romance logo emboloram, St. John e eu havíamos seguido com entusiasmo cada movimento estético e intelectual que prometesse refúgio para nosso enfado devastador. Os enigmas dos simbolistas e os êxtases dos pré-rafaelitas foram todos nossos em seu tempo, mas cada novo estado de espírito era esvaziado cedo demais de seu divertimento novo e sedutor.

Apenas a filosofia sombria dos decadentes pôde nos prender, e esta só nos foi poderosa enquanto aumentamos gradualmente a profundidade e o diabolismo de nossas penetrações. Baudelaire e Huysmans se exauriram de emoções, até que, por fim, só restaram para nós os estímulos mais diretos de aventuras e experiências pessoais antinaturais. Foi essa pavorosa necessidade emocional que acabou nos levando ao procedimento detestável que até mesmo em meu atual temor só menciono com vergonha e acanhamento, o horrendo extremo do ultraje humano, a prática abominável da violação de túmulos.

Não posso revelar os detalhes de nossas expedições chocantes, ou catalogar sequer em parte os piores dos troféus que adornam o museu sem nome preparado por nós na grande casa de pedra onde morávamos juntos, sozinhos e sem criados. Nosso museu era um lugar blasfemo e impensável, onde, com o gosto satânico de virtuoses neuróticos, montáramos um universo de terror e decadência para excitar nossas sensibilidades saturadas. Era um recinto secreto, no mais profundo subterrâneo, onde enormes demônios alados esculpidos em basalto e ônix vomitavam, de largas bocas arreganhadas, uma bizarra luz verde e laranja, e tubos pneumáticos escondidos ondulavam, em caleidoscópicas danças de morte, as linhas de coisas vermelhas e sepulcrais, tecidas de mãos dadas em volumosas tapeçarias pretas. Por esses tubos chegavam à vontade os odores pelos quais nossos humores mais ansiavam: às vezes o aroma de pálidos lírios fúnebres, às vezes o incenso narcótico de imaginados santuários orientais da realeza morta, e às vezes – como estremeço só de recordar! – os fedores pavorosos, capazes de sublevar a alma, do túmulo descoberto.

Ao longo das paredes dessa câmara repelente havia caixas com múmias antigas, alternando-se com graciosos corpos de vividez realista perfeitamente empalhados e curados pela arte do taxidermista, e com lápides arrebatadas dos cemitérios mais velhos do mundo. Nichos aqui e ali continham crânios de todas as formas e cabeças preservadas em diversos estágios de dissolução. Ali era possível encontrar as cacholas apodrecidas e calvas de nobres famosos, e as cabeças frescas e radiantemente douradas de crianças recém-enterradas.

Estátuas e pinturas havia lá, todas com temas diabólicos, e algumas executadas por St. John e por mim mesmo. Um portfólio trancado, encadernado em pele humana curtida, guardava certos desenhos desconhecidos e inomináveis que, segundo rumores, Goya perpetrara, mas não ousara reconhecer. Havia nauseabundos instrumentos musicais, de cordas, metal e sopro em madeira, com os quais St. John e eu às vezes produzíamos dissonâncias de morbidez requintada e tenebrosidade cacodemoníaca; ao passo que, numa infinidade de armários embutidos de ébano, repousava a mais incrível e inimaginável variedade de pilhagem tumular jamais reunida pela obstinada loucura humana. É dessa pilhagem em particular que não devo falar – graças a Deus, tive a coragem de destruí-la muito antes de pensar em destruir a mim mesmo!

As excursões predatórias nas quais coletávamos nossos tesouros inconfessáveis eram sempre acontecimentos artisticamente memoráveis. Não éramos carniçais vulgares, mas trabalhávamos apenas sob certas condições de humor, paisagem, ambiente, clima, estação e luar. Tais passatempos eram, para nós, a mais requintada forma de expressão estética, e dedicávamos a seus detalhes um meticuloso cuidado técnico. Uma hora imprópria, um efeito de iluminação dissonante ou uma manipulação desajeitada do torrão úmido significaria destruir quase de todo, para nós, a titilação extasiada que se seguia à exumação de algum sinistro e arreganhado segredo da terra. Nossa busca por novas cenas e condições picantes era febril e insaciável – St. John era sempre o líder, e foi ele quem mostrou o caminho, afinal, para o local zombeteiro, maldito, que nos trouxe a perdição horrenda e inevitável.

Por que fatalidade maligna fomos atraídos àquele terrível adro holandês? Creio que foram os sombrios rumores e lendas, as histórias de alguém enterrado por cinco séculos, que tinha sido ele mesmo um carniçal em seu tempo e roubara uma coisa potente de um poderoso sepulcro. Lembro-me da cena nestes momentos finais – a pálida lua outonal sobre os túmulos, lançando longas sombras horríveis; as árvores grotescas, inclinando-se taciturnamente para tocar a grama negligenciada e as lajes desmoronadas; as vastas legiões de morcegos estranhamente colossais que voavam sob a moldura da lua; a antiga igreja coberta de heras apontando um imenso dedo espectral para o céu lívido; os insetos fosforescentes que dançavam como fogos da morte sob os teixos em um canto distante; os odores de terra, vegetação e coisas menos explicáveis que se misturavam debilmente com o vento noturno vindo de pântanos e mares longínquos; e o pior de tudo, o latido fraco, em tom profundo, de algum cão gigantesco que não conseguíamos nem ver e tampouco situar de modo definido. Enquanto escutávamos essa insinuação de latidos, estremecemos, recordando as histórias dos camponeses; pois aquele que procurávamos havia sido encontrado séculos antes, nesse mesmíssimo local, rasgado e mutilado pelas garras e dentes de alguma besta indizível.

Recordo como mergulhamos na sepultura do carniçal com nossas pás, e como ficamos entusiasmados com o quadro formado por nós mesmos, a sepultura, a lua pálida nos observando, as sombras horríveis, as árvores grotescas, os morcegos titânicos, a igreja antiga, os dançantes fogos de morte, os odores repugnantes, o vento noturno de suaves gemidos e o estranho e mal ouvido ladrar sem direção, de cuja existência objetiva não podíamos ter certeza.

Em seguida, golpeamos uma substância mais dura do que a terra úmida, e contemplamos uma caixa oblonga e podre, incrustada com depósitos minerais do solo havia muito imperturbado. A caixa era incrivelmente dura e espessa, mas tão velha que por fim conseguimos abri-la, deleitando nossos olhos com seu conteúdo.

Muito – espantosamente muito – restava do objeto, apesar do lapso de quinhentos anos. O esqueleto, embora esmagado em certos lugares pelas mandíbulas da coisa que o matara, mantinha-se unido com uma firmeza surpreendente, e nos regozijamos com o crânio branco e limpo, seus longos dentes firmes, suas órbitas desprovidas de olhos que haviam outrora brilhado com uma febre sepulcral semelhante à nossa. No caixão havia um amuleto de confecção curiosa e exótica, que tinha sido usado, segundo parecia, em volta do pescoço do adormecido. Tratava-se da figura esquisitamente concebida de um cão alado agachado, ou de uma esfinge com rosto semicanino, produto do requintado entalhe, em antiga técnica oriental, de um pequeno fragmento de jade verde. A expressão em suas feições era repelente ao extremo, transparecendo ao mesmo tempo morte, bestialidade e malevolência. Ao redor da base havia uma inscrição em caracteres que nem St. John e tampouco eu soubemos identificar; na parte inferior, como um selo de fabricante, estava gravado um crânio grotesco e formidável.

Contemplando aquele amuleto, constatamos no mesmo instante que precisávamos possuí-lo; que tal tesouro, por si só, era o nosso saque lógico do túmulo secular. Mesmo se seus contornos tivessem se mostrado desconhecidos, nós o teríamos desejado, mas, enquanto o analisámos mais de perto, vimos que não era de todo desconhecido. Alienígena ele de fato era para qualquer arte ou literatura familiar a leitores equilibrados e sãos, mas nós o reconhecemos como a coisa insinuada no proibido *Necronomicon,* do louco árabe Abdul Alhazred – o medonho símbolo-alma do culto devorador de cadáveres da inacessível Leng, na Ásia Central. Demasiado bem nós rastreamos os delineamentos sinistros descritos pelo velho demonólogo árabe; delineamentos, escreveu ele, elaborados a partir de certa obscura e sobrenatural manifestação das almas dos que atormentavam e roíam os mortos.

Apanhando o objeto verde de jade, lançamos um último olhar ao branqueado rosto com órbitas cavernosas de seu dono e fechamos a sepultura tal como a encontráramos. Enquanto saíamos às pressas daquele local abominável, com o amuleto roubado no bolso de St. John, julgamos ter visto os morcegos descerem num agrupamento rumo à terra que poucos momentos antes havíamos salteado, como que procurando algum alimento amaldiçoado e profano. Mas a lua outonal brilhava fraca e pálida, e não pudemos ter certeza. Da mesma forma, também, quando zarpamos da Holanda no dia seguinte para o nosso lar, julgamos ter ouvido o latido fraco e distante de algum cão gigantesco ao fundo. Mas o vento outonal gemia triste e abatido, e não pudemos ter certeza.

Menos de uma semana depois do nosso retorno à Inglaterra, coisas estranhas começaram a acontecer. Vivíamos como reclusos, desprovidos de amigos, sozinhos e sem criados em poucos aposentos de uma antiga mansão senhorial num charco desolado e ermo, de modo que nossas portas raras vezes eram perturbadas pela batida do visitante.

Agora, entretanto, estávamos aflitos com o que pareciam ser frequentes tateios à noite, não só em torno das portas, mas em torno das janelas também, tanto as superiores como as inferiores. Numa ocasião, julgamos que um grande corpo opaco havia escurecido a janela da biblioteca enquanto a lua brilhava contra ela, e outra vez pensamos ter escutado um som vibrado ou batente não muito longe. Nas duas ocasiões, nossa investigação não revelou nada, e começamos a atribuir as ocorrências unicamente à imaginação – a mesma imaginação curiosamente perturbada que ainda prolongava em nossos ouvidos o fraco e longínquo ladrar que julgáramos ter escutado no adro holandês. O amuleto de jade agora repousava em um nicho no nosso museu, e às vezes queimávamos velas estranhamente perfumadas diante dele. Lemos muito no *Necronomicon* de Alhazred sobre suas propriedades e sobre a relação das almas de carniçais com os objetos simbolizados por ele; e ficamos perturbados com o que lemos.

Então veio o terror.

Na noite de 24 de setembro de 19—, ouvi uma batida na porta do meu quarto. Imaginando que fosse St. John, pedi ao autor da batida que entrasse, mas fui respondido apenas por uma risada estridente. Não havia ninguém no corredor. Quando despertei St. John de seu sono, ele professou completa ignorância do acontecimento, e ficou tão preocupado quanto eu. Foi naquela noite que o fraco e distante ladrar por sobre o charco tornou-se para nós uma realidade certa e temida.

Quatro dias depois, quando estávamos ambos no museu oculto, fez-se ouvir um baixo e cauteloso arranhar na única porta que levava à escadaria da biblioteca secreta. Nosso alarme se dividiu agora, pois, além de nosso medo do desconhecido, sempre havíamos nutrido um pavor de que nossa coleção macabra pudesse ser descoberta. Apagando todas as luzes, fomos até a porta e a escancaramos de súbito; com isso sentimos uma inexplicável corrente de ar, e ouvimos, como que recuando muito ao longe, uma esquisita combinação de farfalho, riso sufocado e palavrório articulado. Se nós estávamos loucos, sonhando ou na posse de nossos sentidos, não tentamos determinar. Apenas constatamos, com o mais negro dos receios, que o palavrório aparentemente desencarnado se dava, além de qualquer dúvida, *na língua holandesa*.

Depois disso, vivemos em horror e fascínio crescentes. Sobretudo nos apegávamos à teoria de que estávamos enlouquecendo em conjunto devido à nossa vida de excitações antinaturais, mas às vezes nos agradava mais dramatizar a nós mesmos como vítimas de certa perdição tenebrosa e rastejante. As manifestações bizarras eram agora frequentes demais para contar. Nossa casa solitária se avivara, segundo parecia, com a presença de algum ser maligno cuja natureza não podíamos adivinhar, e todas as noites aquele latido demoníaco atravessava o charco varrido pelo vento, sempre mais e mais alto. Em 29 de outubro, encontramos na terra macia embaixo da janela da biblioteca uma série de pegadas absolutamente impossíveis de descrever. Elas eram tão desconcertantes quanto as hordas de grandes morcegos que assombravam a velha casa senhorial em números crescentes e sem precedentes.

O horror atingiu um ponto culminante em 18 de novembro, quando St. John, caminhando da distante estação ferroviária para casa depois do anoitecer, foi apanhado por certa espantosa coisa carnívora e rasgado em tiras. Seus gritos haviam alcançado a casa, e eu correra até a cena terrível a tempo de ouvir um vibrar de asas e ver uma coisa vaga, nebulosa e preta em silhueta contra a lua em elevação.

Meu amigo estava morrendo quando falei com ele, e não pôde responder de forma coerente. Tudo que podia fazer era sussurrar:

– O amuleto... aquela coisa maldita...

Então ele desfaleceu, uma massa inerte de carne mutilada.

Eu o enterrei na meia-noite seguinte num dos nossos jardins negligenciados, e resmunguei por sobre seu corpo um dos rituais diabólicos que ele amara em vida. Ao pronunciar a última frase demoníaca, ouvi ao longe, no charco, o latido fraco de algum cão gigantesco. A lua estava alta, mas não me atrevi a olhá-la. E quando eu vi no charco de luz turva uma ampla sombra nebulosa o cobrindo de um morro a outro, fechei meus olhos e me atirei no chão com o rosto para baixo. Quando me levantei tremendo, não sei quanto tempo depois, cambaleei para dentro da casa e fiz reverências chocantes perante o consagrado amuleto de jade verde.

Tendo agora medo de viver sozinho naquela antiga casa no charco, parti no dia seguinte para Londres, levando o amuleto comigo depois de destruir por fogo e sepultamento o resto da coleção ímpia do museu. Mas depois de três noites escutei o ladrar de novo, e antes que uma semana se passasse comecei a sentir estranhos olhos dirigidos a mim sempre que eu me via no escuro. Certa noite, enquanto passeava por Victoria Embankment para tomar um necessário ar, vi um vulto negro obscurecer um dos reflexos das lâmpadas na água. Um vento mais forte do que o vento noturno passou por mim, e eu soube que aquilo que acontecera com St. John decerto logo aconteceria comigo.

No dia seguinte, embrulhei com grande cautela o amuleto de jade verde e zarpei para a Holanda. Que misericórdia eu poderia ganhar devolvendo a coisa a seu calado e adormecido dono, isso eu não sabia; mas senti que deveria pelo menos tentar dar qualquer passo concebivelmente lógico. O que era o cão, e por que motivo ele me perseguia, tais eram questões ainda vagas; mas eu escutara os latidos pela primeira vez naquele adro antigo, e todos os acontecimentos subsequentes, incluindo o sussurro moribundo de St. John, haviam servido para conectar a maldição ao roubo do amuleto. Assim, afundei aos mais baixos abismos do desespero quando, numa estalagem em Roterdã, descobri que ladrões haviam me despojado desse único meio de salvação.

O ladrar se mostrou alto naquela noite, e, pela manhã, li a respeito de um ato inominável no mais vil quarteirão da cidade. A plebe mergulhara em terror, pois sobre um cortiço maligno incidira uma morte vermelha que superava o mais imundo crime anterior da vizinhança. Num esquálido antro de ladrões, uma família inteira tinha sido rasgada em pedaços por uma coisa desconhecida que não deixara rastro, e os moradores do entorno haviam escutado a noite toda, por cima do clamor habitual de vozes embriagadas, um som fraco, profundo e insistente, como de um cão gigantesco.

Então, por fim, encontrei-me de novo naquele adro insalubre no qual uma pálida lua de inverno projetava sombras horrendas, e árvores desfolhadas pendiam, taciturnas, para tocar a gélida grama ressecada e as lajes rachadas, e a igreja coberta de heras apontava um dedo zombeteiro para o céu inamistoso, e o vento noturno uivava maniacamente, vindo de pântanos congelados e mares frígidos. O ladrar era muito fraco agora, cessando por completo quando me aproximei do túmulo antigo que outrora eu violara e afugentei uma horda anormalmente grande de morcegos que estivera pairando em volta dele com curiosidade.

Não sei por que razão acerquei-me dali, a não ser para rezar ou algaraviar súplicas e desculpas insanas para a calma e branca coisa que jazia dentro; porém, qualquer que fosse o meu motivo, ataquei o solo meio congelado com um desespero em parte meu e em parte de um arbítrio dominante fora de mim. A escavação foi muito mais fácil do que eu havia esperado, embora num ponto eu tenha encontrado uma interrupção esquisita; então um abutre magro disparou para baixo do céu frio e bicou freneticamente a terra do túmulo até que o matei com um golpe da minha pá. Por fim cheguei à podre caixa oblonga e removi a tampa úmida e nitrosa. Este foi o último ato racional que já cometi.

Pois agachado dentro daquele caixão secular, abraçado por um séquito cerrado, digno de pesadelo, formado por enormes e fibrosos morcegos adormecidos, encontrava-se a coisa ossuda que meu amigo e eu havíamos roubado – não limpa e plácida como a tínhamos visto na ocasião, mas coberta de sangue coagulado e fiapos alienígenas de carne e cabelo, e olhando para mim maliciosa e perceptivamente com órbitas fosforescentes e afiadas presas ensanguentadas, escancaradas e retorcidas para escarnecer da minha inevitável perdição. E quando ele deu por aqueles maxilares arreganhados um latido profundo e sardônico, como de algum cão gigantesco, e vi que ele segurava em sua imunda garra cruenta o perdido e fatídico amuleto de jade verde, meramente gritei e fugi como um idiota, meus gritos logo se dissolvendo em gargalhadas histéricas.

A loucura cavalga o vento estelar... garras e dentes afiados por séculos de cadáveres... a morte gotejante montada em uma bacanal de morcegos saídos das pretas ruínas noturnas dos templos enterrados de Belial... Agora, com o ladrar daquela monstruosidade morta e descarnada ficando mais e mais alto, e com a furtiva vibração batente daquelas malditas asas em forma de teia circulando mais e mais perto, buscarei com meu revólver o esquecimento, que é meu único refúgio perante o inominável sem nome.

# O inominável

Estávamos sentados numa sepultura dilapidada do século XVII, ao fim da tarde de um dia de outono, no velho campo-santo em Arkham, especulando sobre o inominável. Olhando para o salgueiro gigante no centro do cemitério, cujo tronco quase engolia uma antiga lápide ilegível, eu fizera um comentário fantástico sobre a espectral e impronunciável nutrição que as raízes colossais deviam estar sugando daquela venerável terra mortuária quando meu amigo me repreendeu por tal disparate, dizendo-me que, uma vez que nenhum sepultamento havia ocorrido ali por mais de um século, nada que não fosse corriqueiro poderia nutrir a árvore. Além disso, acrescentou, minha constante conversação sobre coisas "inomináveis" e "impronunciáveis" era um artifício muito pueril, bem de acordo com minha modesta posição como autor. Eu adorava terminar minhas histórias com visões ou sons que paralisavam as faculdades dos meus heróis e os deixavam sem coragem, palavras ou associações para contar o que haviam experimentado. Conhecemos as coisas, ele disse, apenas através dos nossos cinco sentidos ou de nossas intuições religiosas, por isso é completamente impossível referir qualquer objeto ou espetáculo que não possa ser representado com clareza por sólidas definições factuais ou corretas doutrinas teológicas – de preferência as dos congregacionalistas, com quaisquer modificações que a tradição e sir Arthur Conan Doyle venham a fornecer.

Com esse amigo, Joel Manton, eu já travara frequentes e lânguidas disputas. Ele era diretor da East High School, nascido e criado em Boston e aquinhoado pela surdez autossatisfeita da Nova Inglaterra em relação às nuanças delicadas da vida. Era sua opinião que apenas as nossas experiências objetivas e normais têm qualquer significado estético, e que é da competência do artista não tanto despertar emoções fortes por ação, êxtase ou espanto quanto manter um plácido interesse apreciativo pelas transcrições precisas e detalhadas dos assuntos cotidianos. Ele fazia especial objeção à minha preocupação com o místico e o inexplicável, pois, apesar de acreditar no sobrenatural muito mais plenamente do que eu, não admitia que este fosse trivial o bastante para tratamento literário. Que uma mente possa encontrar seu maior prazer em fugas da repetitiva labuta diária e em recombinações originais e dramáticas de imagens geralmente atribuídas por hábito e cansaço aos padrões vulgares da existência real, isso era algo virtualmente incrível para seu intelecto cristalino, prático e lógico. Para ele, todas as coisas e todos os sentimentos tinham dimensões, propriedades, causas e efeitos fixos; embora ele soubesse, de maneira vaga, que a mente às vezes detém visões e sensações de uma natureza bem menos geométrica, classificável e funcional, acreditava-se justificado em traçar uma linha arbitrária e deslegitimar tudo aquilo que não pode ser experimentado e compreendido pelo cidadão comum. Além disso, tinha quase certeza de que nada pode ser realmente "inominável". Isso não lhe soava sensato.

Embora eu bem percebesse a futilidade dos argumentos imaginativos e metafísicos contra a complacência de um ortodoxo ensolarado, alguma coisa no cenário daquele colóquio vespertino impelia-me a algo mais do que meu espírito contencioso habitual. As lápides de ardósia desmoronadas, as árvores patriarcais, os seculares telhados de ângulos duplos da velha cidade assombrada por bruxas que se estendia em torno, tudo se combinava para incitar meu espírito em defesa do meu trabalho, e logo me vi levando minhas investidas ao próprio território do inimigo. Não era difícil, de fato, começar um contra-ataque, pois eu sabia que Joel Manton, na verdade, em certa medida se agarrava a várias superstições da carochinha que pessoas sofisticadas havia muito já tinham superado – crenças no aparecimento de gente moribunda em lugares distantes ou nas impressões deixadas por rostos velhos nas janelas pelas quais haviam olhado durante a vida toda. Dar crédito a essas histórias cochichadas de avós rurais, insisti agora, indicava uma fé na existência de substâncias espectrais na terra separadas e sucessoras de suas contrapartes materiais. Indicava uma capacidade de acreditar em fenômenos além de todas as noções normais, pois, se um homem morto pode transmitir sua imagem visível ou palpável para o outro lado do mundo ou à reta final dos séculos, como poderá ser absurdo supor que casas abandonadas estejam cheias de misteriosas coisas perceptivas, ou que os velhos cemitérios fervilhem com a terrível e incorpórea inteligência das gerações? E uma vez que o espírito, de modo a causar todas as manifestações que lhe são atribuídas, não pode ser limitado por nenhuma das leis da matéria, por que seria extravagante imaginar coisas psiquicamente mortas-vivas em formas – ou ausências de formas – que por certo são, para espectadores humanos, total e pavorosamente "inomináveis"? O "senso comum" na reflexão sobre tais temas, assegurei ao meu amigo com certo ardor, é apenas uma estúpida ausência de imaginação e flexibilidade mental.

O crepúsculo agora se aproximara, mas nenhum de nós sentia qualquer desejo de cessar a conversa. Manton parecia pouco impressionado com meus argumentos, e ávido por refutá-los, tendo confiança em suas próprias opiniões, o que promovera, sem dúvida, seu sucesso como professor; eu, de minha parte, estava demasiado seguro de meus fundamentos para temer a derrota. O anoitecer caiu, e luzes brilharam fracas em algumas das janelas distantes, mas não nos mexemos. Nosso assento no túmulo era muito confortável, e eu sabia que o meu prosaico amigo não se importaria com a fenda cavernosa na alvenaria antiga e importunada por raízes logo atrás de nós, ou com a escuridão absoluta do ponto formado pela intervenção de uma instável e deserta casa setecentista entre nós e a estrada iluminada mais próxima. Ali, no escuro, em cima daquele túmulo rachado junto à casa deserta, seguimos conversando sobre o "inominável"; quando meu amigo terminou seu discurso de escárnio, eu lhe falei sobre a medonha evidência por trás da história da qual ele mais escarnecera.

Minha história se chamara "A janela do sótão", e fora publicada na edição de janeiro de 1922 de *Whispers*. Numa boa quantidade lugares, sobretudo no Sul e na costa do Pacífico, tiraram as revistas das bancas em função das queixas de tolos fracotes; mas a Nova Inglaterra não se arrepiou e apenas deu de ombros diante da minha extravagância. A coisa, segundo asseveravam, era biologicamente impossível, para começar; apenas mais um daqueles loucos resmungos rurais que Cotton Mather se mostrara crédulo o bastante para despejar em seu caótico *Magnalia Christi Americana*, e tudo tão mal autenticado que nem mesmo ele havia se aventurado a nomear a localidade onde ocorreu o horror. E quanto ao modo como eu amplificara o simplório memorando do velho místico – isso era completamente impossível, e característico de um escrevinhador estouvado e utopista! Mather havia de fato falado da coisa como tendo nascido, mas ninguém senão um sensacionalista barato pensaria em fazê-la crescer, olhar para dentro das janelas das pessoas à noite e ficar escondida no sótão de uma casa, em carne e em espírito, até que alguém a visse na janela séculos depois e não conseguisse descrever o que era que o deixara de cabelos grisalhos. Tudo isso era uma porcaria flagrante, e meu amigo Manton não demorou a insistir nesse fato. Então eu lhe contei o que havia encontrado num velho diário mantido entre 1706 e 1723, desenterrado entre documentos da família a pouco mais de um quilômetro de onde estávamos sentados; isso e a certa realidade das cicatrizes no peito e nas costas do meu antepassado, descritas no diário. Eu lhe falei, também, dos temores de outros naquela região, e como foram sussurrados de geração em geração; e como uma loucura nada mítica recaiu sobre o menino que, em 1793, entrou em uma casa abandonada para examinar certos vestígios que se suspeitava existirem lá.

Tinha sido uma coisa arcana – não admira que alunos sensíveis estremeçam na era puritana em Massachusetts. Tão pouco se sabe sobre o que se passava por baixo da superfície – tão pouco, mas uma supuração tão tenebrosa borbulha, putrescente, em ocasionais vislumbres macabros... O terror da bruxaria é um horrível raio de luz lançado sobre o que era cozinhado nos cérebros esmagados dos homens, mas mesmo isso é uma ninharia. Não havia nenhuma beleza; nenhuma liberdade – podemos fazer essa constatação a partir dos restos arquitetônicos e domésticos, e dos sermões venenosos dos rígidos eclesiásticos. E dentro dessa enferrujada camisa de força feita de ferro espreitava, balbuciante, a hediondez, a perversão e o diabolismo. Aqui estava, verdadeiramente, a apoteose do inominável.

Cotton Mather, naquele demoníaco sexto livro que ninguém deveria ler depois do anoitecer, não mediu palavras ao decretar seu anátema. Severo como um profeta judeu, e laconicamente impávido como nenhum outro depois de seu tempo poderia ser, ele falou sobre a besta que havia trazido à luz o que era mais do que besta, mas menos do que homem – a coisa com o olho manchado – e sobre o bêbado desgraçado que foi enforcado aos gritos por ter esse olho. Isso ele contou grosseiramente, mas sem dar pista do que veio depois. Talvez ele não soubesse, ou talvez soubesse e não se atrevesse a dizer. Outros sabiam, mas não se atreviam a dizer – não há nenhum indício público de por que sussurravam sobre a fechadura na porta das escadas do sótão na casa de um velho sem filhos, alquebrado e amargurado, que erguera uma lápide de ardósia em branco junto a uma sepultura evitada, embora seja possível traçar lendas evasivas em medida suficiente para coagular o mais fino sangue.

Está tudo naquele diário ancestral que encontrei – todas as insinuações abafadas e histórias furtivas de coisas com um olho manchado vistas em janelas à noite ou em prados desertos perto da mata. Algo apanhara meu antepassado na escura estrada de um vale, deixando-o com marcas de chifres em seu peito e de garras simiescas em suas costas; e quando procuraram pegadas na poeira pisoteada, encontraram as marcas misturadas de cascos fendidos e patas vagamente antropoides. Em certa ocasião, um cavaleiro de correio afirmou ter visto um velho perseguindo e chamando uma coisa espantosa e sem nome que trotava em Meadow Hill nas horas de débil luar antes do amanhecer, e muitos acreditaram nele. Houve sem dúvida um falatório estranho certa noite em 1710, quando o alquebrado velho sem filhos foi enterrado na cripta atrás de sua própria casa, à vista da laje de ardósia em branco. Nunca destrancaram aquela porta do sótão, mas deixaram a casa toda como estava, temida e deserta. Quando ruídos vinham dela, as pessoas sussurravam e tremiam, esperando que a fechadura naquela porta do sótão fosse forte. Então pararam de ter esperança quando o horror ocorreu no presbitério, não deixando sequer uma alma viva ou inteira. Com os anos, as lendas assumem um caráter espectral – suponho que a coisa, se era uma coisa viva, deva ter morrido. A memória permanecera horrendamente – tanto mais horrenda porque era tão secreta.

Durante essa narração, meu amigo Manton ficara muito silencioso, e eu vi que minhas palavras o tinham impressionado. Ele não riu quando parei, mas perguntou muito a sério sobre o menino que enlouqueceu em 1793 e que havia sido, presumivelmente, o herói da minha ficção. Eu lhe contei por que razão o menino tinha se dirigido àquela casa evitada e abandonada, e comentei que ele por certo iria se interessar, dada sua crença de que as janelas retinham imagens latentes de quem havia se sentado junto a elas. O menino tinha ido olhar as janelas daquele sótão horrível por causa das histórias de coisas vistas por trás delas, e voltara gritando maniacamente.

Manton permaneceu pensativo enquanto eu dizia isso, mas aos poucos voltou a seu estado de espírito analítico. Ele fez a concessão, pelo bem do argumento, de que algum monstro antinatural havia realmente existido, mas me lembrou de que até mesmo a mais mórbida perversão da natureza não precisa ser *inominável* ou cientificamente indescritível. Admirei sua clareza e persistência, e acrescentei mais algumas revelações que havia coletado entre os idosos. Essas lendas espectrais posteriores, deixei claro, diziam respeito a monstruosas aparições, mais tenebrosas do que qualquer coisa orgânica poderia ser – aparições de formas bestiais gigantescas, às vezes visíveis e às vezes apenas tangíveis, que flutuavam pelas noites sem lua e assombravam a velha casa, a cripta atrás dela e a sepultura onde um rebento havia brotado ao lado de uma lápide ilegível. Se tais aparições haviam ou não alguma vez chifrado ou sufocado pessoas até a morte, como relatavam tradições não corroboradas, elas haviam produzido uma impressão forte e consistente; e eram ainda sombriamente temidas por nativos muito idosos, embora em grande parte esquecidas pelas duas últimas gerações – talvez morrendo porque não se pensava mais nelas. Além disso, até onde a teoria estética estava envolvida, se as emanações psíquicas de criaturas humanas são distorções grotescas, que representação coerente poderia expressar ou retratar uma nebulosidade tão convexa e infame como o espectro de uma maligna e caótica perversão, ela própria uma blasfêmia mórbida contra a natureza? Moldado pelo cérebro morto de um pesadelo híbrido, não deveria um terror tão vaporoso constituir, na mais suprema e repulsiva verdade, o primorosamente, o gritantemente *inominável*?

A hora, àquela altura, já devia estar muito avançada.

Um morcego singularmente silencioso roçou por mim, e acredito que tenha tocado Manton também, pois, embora eu não conseguisse vê-lo, senti que ele levantou o braço. Pouco depois ele falou:

– Mas essa casa com a janela do sótão ainda está de pé e abandonada?

– Sim – respondi. – Eu a vi.

– E você encontrou algo nela, no sótão ou em outro lugar?

— Havia alguns ossos no alto, sob o beiral. Podem ter sido o que esse menino viu; se fosse sensível, ele não teria precisado de nada no vidro da janela para transtorná-lo. Se todos vinham do mesmo objeto, deve ter sido uma monstruosidade delirante, histérica. Teria sido blasfemo deixar tais ossos no mundo, por isso voltei com um saco e os levei para o túmulo atrás da casa. Havia uma abertura pela qual pude despejá-los. Não pense que foi tolice minha; você devia ter visto aquele crânio. Ele tinha chifres de dez centímetros, mas um rosto e uma mandíbula meio parecidos com os seus e os meus.

Afinal eu pude sentir um calafrio verdadeiro percorrer Manton, que se mexera muito próximo. Mas sua curiosidade não se intimidava.

— E quanto às vidraças?

— Não havia mais nenhuma. Uma janela perdera sua moldura toda, e na outra não havia qualquer vestígio de vidro nas pequenas aberturas em diamante. Elas eram desse tipo, as velhas janelas de treliça que saíram de uso antes de 1700. Não acredito que tenham recebido algum vidro por cem anos ou mais; talvez o menino tenha quebrado as vidraças, se é que chegou a esse ponto; a lenda não diz.

Manton estava refletindo de novo.

— Eu gostaria de ver essa casa, Carter. Onde ela fica? Com vidro ou sem vidro, preciso explorá-la um pouco. E o túmulo onde você colocou esses ossos, e a outra sepultura sem inscrição; a coisa toda deve ser um tanto terrível.

— Você a viu, até escurecer.

Meu amigo ficou mais afetado do que eu suspeitara, pois diante desse inofensivo toque de teatralidade ele se afastou neuroticamente de mim, num sobressalto, e chegou a gritar com uma espécie de arquejo engasgado que liberou uma tensão reprimida anterior. Foi um grito ímpar, e tanto mais terrível porque foi respondido. Pois, enquanto ainda ecoava, ouvi um rangido pela escuridão de breu, e soube que uma janela de treliça estava sendo aberta naquela maldita casa velha ao nosso lado. E porque todas as outras molduras haviam caído muito tempo antes, eu soube que se tratava da hedionda moldura sem vidro daquela demoníaca janela de sótão.

Então veio uma onda nociva de ar frígido e pernicioso dessa mesma direção temida, seguida de um grito incisivo bem ao meu lado naquele chocante túmulo fraturado de homem e monstro. No instante seguinte, fui derrubado do meu horripilante banco pelo coice diabólico de alguma entidade invisível de tamanho titânico e natureza indeterminada – derrubado e estatelado sobre a terra tomada de raízes daquele cemitério abominável, enquanto do túmulo veio tamanho alvoroço abafado de arquejos e zumbidos que minha imaginação povoou a treva espessa com legiões miltonianas dos condenados disformes. Houve um vórtice de vento gelado e paralisante, e depois o barulho de tijolos e reboco se soltando, mas eu desmaiara misericordiosamente antes que pudesse assimilar o significado desse ruído.

Manton, embora menor do que eu, é mais resistente, pois abrimos os olhos quase no mesmo instante, apesar de seus maiores ferimentos. Nossos leitos ficavam lado a lado, e constatamos em poucos segundos que nos encontrávamos no St. Mary's Hospital. Assistentes estavam agrupados em volta numa tensa curiosidade, ávidos por auxiliar nossa memória contando-nos como havíamos chegado ali, e logo fomos informados do fazendeiro que havia nos achado ao meio-dia em um campo ermo além de Meadow Hill, a um quilômetro e meio do velho campo-santo, num local onde supostamente existira um antigo matadouro. Manton tinha duas feridas malignas no peito, e alguns cortes ou talhos menos severos nas costas. Eu não estava tão gravemente ferido, mas encontrava-me coberto de equimoses e contusões do mais desconcertante gênero, incluindo a marca de um casco fendido. Era evidente que Manton sabia mais do que eu, mas ele nada disse aos intrigados e interessados médicos até tomar conhecimento do que eram os nossos ferimentos. Então ele falou que fôramos vítimas de um touro feroz – embora o animal fosse algo difícil de identificar e explicar.

Depois que os médicos e enfermeiros já tinham ido embora, sussurrei uma pergunta pasmada:

– Santo Deus, Manton, mas *o que era*? Essas cicatrizes... *era como aquilo*?

E fiquei atordoado demais para exultar quando ele sussurrou de volta uma coisa que eu esperava em certa medida:

– Não... *não era nem um pouco daquela maneira*. Estava em toda parte, uma gelatina, uma gosma, mas tinha formas, mil formas de horror além de toda memória. Havia olhos, e uma mancha. Era o poço, o sorvedouro, a abominação extrema. Carter, *era o inominável!*

# O forasteiro

> À noite o Barão sonhou pesares mil;
> E seus guerreiros todos, com forma e escuridão
> De bruxa, e diabo, e verme de caixão,
> Caíram em longo pesadelo.
> KEATS

Infeliz é aquele a quem as lembranças da infância trazem apenas medo e tristeza. Miserável é aquele que olha para trás nas horas solitárias em vastos e lúgubres aposentos com tapeçarias marrons e fileiras enlouquecedoras de livros antigos, ou nas vigílias espantadas em bosques crepusculares de árvores grotescas, gigantescas e sobrecarregadas de videiras que silenciosamente ondeiam galhos retorcidos nas imensas alturas. Tal sina me deram os deuses – a mim, o atordoado, o decepcionado; o estéril, o alquebrado. No entanto, sinto um contentamento estranho, e agarro-me desesperadamente a essas memórias murchas quando minha mente, por alguns instantes, ameaça ir além para *o outro*.

Não sei onde nasci, salvo que o castelo era infinitamente velho e infinitamente horrível, cheio de passagens escuras e tetos altos onde os olhos só encontravam teias de aranha e sombras. As pedras nos corredores em ruínas pareciam sempre horrivelmente úmidas, e havia um cheiro amaldiçoado por toda parte, como um odor de cadáveres empilhados de gerações mortas. Jamais havia luz, de modo que eu costumava, por vezes, acender velas e fitá-las fixamente, em busca de alívio; tampouco havia qualquer sol ao ar livre, uma vez que as árvores terríveis cresciam bem acima da mais alta torre acessível. Havia uma torre negra que passava por cima das árvores e atingia o desconhecido céu exterior, mas esta encontrava-se parcialmente destruída e não podia ser subida, salvo por uma escalada quase impossível pela parede pura, pedra por pedra.

Devo ter vivido por anos nesse lugar, mas não consigo mensurar o tempo. Alguém deve ter cuidado das minhas necessidades, mas não consigo me lembrar de nenhuma pessoa exceto eu, ou de qualquer coisa viva senão os silenciosos ratos, morcegos e aranhas. Quem quer que tenha tomado conta de mim, creio, deve ter sido chocantemente idoso, pois minha primeira concepção de uma pessoa viva era de algo zombeteiramente parecido comigo, mas distorcido, enrugado e decadente como aquele castelo. Para mim, não havia nada de grotesco nos ossos e esqueletos espalhados por algumas das criptas de pedra bem no fundo, entre os alicerces. Eu associava fantasticamente essas coisas com acontecimentos cotidianos, e as considerava mais naturais do que as imagens coloridas de seres vivos que encontrava em vários dos livros mofados. Em tais livros aprendi tudo o que sei. Nenhum professor me exortou ou guiou, e não me lembro de ouvir qualquer voz humana em todos aqueles anos – nem mesmo a minha própria, pois, embora eu tivesse lido sobre a fala, nunca me ocorrera tentar falar em voz alta. Meu aspecto era uma questão igualmente impensada, pois não havia espelhos no castelo, e eu apenas me encarava, por instinto, como semelhante às figuras jovens que via desenhadas e pintadas nos livros. Tinha noção de juventude porque recordava tão pouco.

Lá fora, além do fosso pútrido e sob as mudas árvores escuras, muitas vezes eu me deitava e sonhava por horas a respeito do que havia lido nos livros; e imaginava-me, com ânsia, em meio a multidões alegres no mundo ensolarado além da floresta interminável. Numa ocasião, tentei escapar da floresta, mas, quanto mais me afastava do castelo, mais a sombra ficava densa e mais o ar enchia-se de um medo mórbido; então corri de volta freneticamente para não me perder em um labirinto de silêncio anoitecido.

Assim, por intermináveis crepúsculos eu sonhei e esperei, mas sem saber o que esperava. Depois, na solidão sombria, meu anseio por luz tornou-se tão frenético que eu já não podia mais descansar, e levantei suplicantes mãos à única torre negra em ruínas que passava por cima da floresta e atingia o desconhecido céu exterior. E afinal resolvi escalar aquela torre, muito embora pudesse cair, pois era melhor vislumbrar o céu e perecer do que viver sem jamais contemplar dia.

No crepúsculo molhado, subi as gastas e envelhecidas escadas de pedra até alcançar o nível em que cessavam, e depois me firmei com grande perigo em pequenos apoios para os pés que conduziam para cima. Era medonho e terrível aquele cilindro rochoso morto e sem escada; preto, arruinado, deserto e sinistro, com morcegos assustados cujas asas não faziam ruído. Mas ainda mais medonha e terrível era a lentidão do meu progresso, pois, por mais que eu subisse, a escuridão acima não se abrandava, e assaltou-me um novo calafrio, como de um mofo assombrado e venerável. Eu tremia enquanto especulava sobre o motivo de não ter alcançado a luz, e quase me atrevi a olhar para baixo. Imaginei que a noite havia caído de súbito sobre mim, e em vão tateei com a mão livre buscando uma abertura de janela, de modo que pudesse espiar para fora e para cima e tentar julgar a altura que eu atingira.

De uma só vez, após uma infinidade de impressionantes rastejos cegos na escalada sobre o precipício côncavo e desesperado, senti minha cabeça tocar uma coisa sólida, e soube que devia ter chegado ao teto, ou pelo menos a alguma espécie de piso. Na escuridão, ergui minha mão livre e testei a barreira, encontrando-a pétrea e inamovível. Fiz então um circuito mortal pela torre, agarrando-me a quaisquer apoios que a parede viscosa pudesse fornecer, até que, por fim, meu teste manual sentiu a barreira cedendo, e eu me voltei para cima de novo, empurrando a laje ou porta com a cabeça enquanto usava ambas as mãos em minha ascensão temerária. Nenhuma luz revelou-se acima, e, com minhas mãos subindo mais alto, percebi que a escalada estava, de momento, terminada, pois a laje era o alçapão de uma abertura conduzindo a uma superfície plana de pedra com circunferência maior do que a torre inferior, sem dúvida o piso de certa câmara de observação elevada e espaçosa. Avancei rastejando com cuidado e tentei evitar que a pesada laje caísse de volta no lugar, mas fracassei nesta última tentativa. Deitado no piso de pedra, exausto, ouvi os ecos sinistros de sua queda, mas mantive a esperança de conseguir, quando necessário, abri-la outra vez.

Acreditando ter chegado, agora, a uma altura prodigiosa, muito acima dos malditos galhos da mata, levantei-me do piso e apalpei a parede à procura de janelas, de modo que eu pudesse avistar pela primeira vez o céu a lua e as estrelas sobre os quais havia lido. Mas em toda parte me vi decepcionado, pois tudo o que encontrei foram vastas prateleiras de mármore ostentando odiosas caixas retangulares de tamanho perturbador. Mais e mais eu refletia e me perguntava que segredos encanecidos poderiam habitar aquele alto apartamento separado do castelo havia tantos éons. Então, de forma inesperada, minhas mãos chegaram a um vão ocupado por um portal de pedra, áspero em seu cinzelamento estranho. Tentando abri-lo, encontrei-o trancado;

porém, com suprema explosão de força, superei todos os obstáculos e o escancarei para dentro. Enquanto eu fazia isso, veio a mim o mais puro êxtase que jamais conheci, pois, brilhando tranquilamente através de uma ornamentada grade de ferro e passando por um pequeno corredor de pedra com degraus que subiam da porta recém-descoberta, via-se a radiante lua cheia, que eu nunca vira antes, salvo em sonhos e em vagas visões que eu não ousava chamar de memórias.

Imaginando agora que eu alcançara o efetivo pináculo do castelo, comecei a correr pelos poucos degraus além da porta, mas o súbito encobrimento da lua por uma nuvem me fez tropeçar, e explorei meu caminho mais devagar no escuro. Ainda estava muito escuro quando cheguei à grade – que testei com cuidado e encontrei destrancada, mas que não abri por medo de cair da altura incrível à qual eu subira. Então a lua reapareceu.

Mais demoníaco entre todos os choques é o do abissalmente inesperado e grotescamente inacreditável. Nada que eu jamais experimentara poderia se comparar em terror com o que agora via, com as maravilhas bizarras oferecidas por aquela visão. A visão em si era tão simples quanto estonteante, pois era apenas isto: em vez de um panorama vertiginoso de copas arbóreas visto de uma eminência elevada, estendia-se ao meu redor num mesmo nível, através da grade, nada menos do que *o solo firme*, adornado e diversificado por lajes e colunas de mármore, e obscurecido por uma antiga igreja de pedra cuja ponta de torre arruinada brilhava, espectral, à luz da lua.

Meio inconsciente, abri a grade e saí cambaleando pelo caminho de cascalho branco que se estendia em duas direções. Minha mente, atordoada e caótica como estava, ainda detinha o frenético anseio por luz, e nem mesmo a maravilha fantástica que acontecera poderia interromper meu avanço. Eu não sabia e tampouco me importava se minha experiência era insanidade, sonho ou magia; mas estava determinado a observar o brilho e o júbilo a qualquer custo. Não sabia quem eu era ou o que eu era, ou o que poderia ser meu entorno, embora, continuando a tropeçar pelo caminho, ganhasse noção de uma espécie de temível memória latente que tornava meu progresso não de todo fortuito. Passei sob um arco, saindo da região de lajes e colunas, e vaguei pelo campo aberto – por vezes seguindo a estrada visível, mas por outras deixando-a com curiosidade para trilhar prados onde apenas ruínas ocasionais revelavam a antiga presença de uma estrada esquecida. Em certa altura, atravessei a nado um rio veloz, no qual uma alvenaria desmoronada e coberta de musgo indicava uma ponte havia muito desaparecida.

Mais de duas horas devem ter se passado antes de eu chegar ao que parecia ser meu objetivo, um venerável castelo coberto de heras em um parque densamente arborizado, enlouquecedoramente familiar, mas cheio de desconcertante estranheza para mim. Vi que o fosso estava preenchido, e que algumas das bem conhecidas torres encontravam-se demolidas, ao passo que existiam novas alas para confundir o espectador. Mas o que observei com mais interesse e prazer foram as janelas abertas – magnificamente incendiadas de luz e emitindo um som da mais jubilosa folia. Avançando para uma delas, espiei para dentro e vi um grupo excentricamente vestido, de fato – os convivas alegravam-se, conversando com animação. Ao que parecia, eu nunca tinha ouvido a fala humana antes, e só podia vagamente adivinhar o que era dito. Alguns dos rostos pareciam deter expressões que traziam lembranças incrivelmente remotas; outras eram desconhecidas no máximo grau.

Eu agora passei pela janela baixa, ingressando na sala brilhantemente iluminada, passando também, desse modo, do meu único momento de luzidia esperança para a minha mais negra convulsão de desespero e compreensão. O pesadelo veio rápido, pois, enquanto eu entrava, ocorreu de imediato uma das mais terríveis manifestações que eu jamais concebera. Eu mal atravessara o parapeito quando desceu sobre o grupo todo um súbito e não anunciado medo de intensidade horrenda, distorcendo todos os rostos e evocando os mais horríveis gritos de quase todas as gargantas. A fuga foi universal, e no clamor de pânico diversos desmaiaram e foram arrastados por seus companheiros em louca fuga. Vários cobriram seus olhos com as mãos e se projetaram cega e desajeitadamente na corrida para escapar, derrubando móveis e chocando-se nas paredes antes de conseguirem chegar a uma das várias portas.

Os gritos eram espantosos; e eu, parado sozinho e aturdido no brilhante aposento, enquanto ouvia seus ecos extinguindo-se, tremi ao pensar no que poderia estar à espreita perto de mim, invisível. Numa inspeção ocasional, o recinto pareceu estar deserto, mas, quando me dirigi para uma das alcovas, julguei ter detectado ali uma presença – uma insinuação de movimento além do vão sob um arco dourado que conduzia para outro e bastante similar recinto. Ao me aproximar do arco, comecei a perceber a presença com mais clareza; em seguida, com o primeiro e o último som que jamais proferi – uma ululação medonha que me revoltou quase tão pungentemente quanto sua causa nociva –, contemplei por inteiro, em sua vividez aterradora, a inconcebível, indescritível e impronunciável monstruosidade que havia, com seu simples aparecimento, transformado um grupo alegre numa manada de delirantes fugitivos.

Não posso sequer sugerir como aquilo era, pois tratava-se de um composto de tudo que é impuro, misterioso, indesejável, anormal e detestável. Era uma sombra macabra de decadência, antiguidade e desolação; o pútrido e gotejante ectoplasma da revelação insalubre; o terrível desnudamento daquilo que a terra misericordiosa deveria sempre ocultar. Sabe Deus que aquilo não era deste mundo – ou já não era deste mundo; contudo, para meu horror, notei em sua feição carcomida e de ossos expostos uma caricatura maliciosa, abominável, da forma humana, e em seu traje mofado, em desintegração, uma qualidade indizível que me gelou ainda mais.

Eu estava quase paralisado, mas não a ponto de impedir um débil esforço de fuga, um tropeço para trás que não conseguiu quebrar o encanto no qual me prendia o monstro sem voz e sem nome. Meus olhos, enfeitiçados pelas órbitas vítreas que os fitavam de maneira repugnante, recusavam-se a se fechar, embora estivessem misericordiosamente turvos e não mostrassem o terrível objeto senão de forma indistinta depois do primeiro choque. Tentei levantar minha mão para bloquear a visão, mas tão atordoados estavam os meus nervos que meu braço não pôde obedecer de todo à minha vontade. A tentativa, entretanto, bastou para perturbar meu equilíbrio, e precisei cambalear vários passos à frente para evitar uma queda. Fazendo isso, ganhei uma súbita e agonizante noção da *proximidade* da coisa putrefata, cuja horrenda respiração oca eu quase imaginava poder ouvir. Praticamente louco, vi-me, no entanto, capaz de projetar uma mão para repelir a fétida aparição que tanto se achegava, quando, num cataclísmico segundo de cósmico pesadelo e infernal acidente, *meus dedos tocaram a podre pata estendida do monstro sob o arco dourado.*

Não gritei, mas todos os carniçais diabólicos que cavalgam o vento noturno gritaram por mim quando, naquele mesmo segundo, desabou sobre minha mente uma única e fugaz avalanche de memória capaz de aniquilar a alma. Eu soube, naquele segundo, de tudo que houvera; lembrei-me de além do pavoroso castelo e das árvores, e reconheci o edifício alterado em que eu agora estava; reconheci, mais terrível entre tudo, a abominação profana que me fitava com malícia, parada diante de mim, enquanto eu retirava meus dedos maculados de seus próprios dedos.

Mas no cosmo há bálsamo, bem como amargura, e esse bálsamo é nepente. No horror supremo daquele segundo, esqueci o que havia me horrorizado, e a explosão de memória negra desapareceu num caos de imagens ecoantes. Em um sonho, fugi daquele prédio assombrado e maldito, e corri rápida e silenciosamente sob o luar. Quando voltei ao adro de mármore e desci os degraus, encontrei o alçapão de pedra inamovível; mas não lamentei, pois eu odiara o antigo castelo e as árvores. Agora cavalgo com os amigáveis carniçais zombeteiros o vento noturno, e brinco durante o dia entre as catacumbas de Nephren-Ka no vedado e desconhecido vale de Hadoth junto ao Nilo. Sei que essa luz não é para mim, exceto a da lua sobre os túmulos de pedra de Neb, tampouco qualquer alegria exceto pelos festins sem nome de Nitokris sob a Grande Pirâmide; contudo, em minha nova selvageria e liberdade, quase saúdo a amargura da alienação.

Pois embora o nepente tenha me acalmado, sei sempre que sou um forasteiro, um estrangeiro neste século e entre aqueles que ainda são homens. Disso eu soube desde que estendi meus dedos para a abominação dentro da grande moldura dourada – estendi meus dedos e toquei *uma superfície fria e inflexível de vidro polido.*

# A sombra sobre Innsmouth

I

Durante o inverno de 1927-1928, agentes do governo federal realizaram uma estranha e secreta investigação de certas condições no antigo porto marítimo de Innsmouth, em Massachusetts. O caso veio a público em fevereiro, quando ocorreu uma vasta série de batidas e prisões, seguida pela deliberada queima e dinamitação – com as adequadas precauções – de um enorme número de casas deterioradas, carcomidas por vermes e supostamente vazias ao longo da orla abandonada. Almas pouco inquiridoras deixaram passar essa ocorrência como um dos maiores confrontos em uma guerra intermitente contra as bebidas alcoólicas.

Leitores mais argutos do noticiário, no entanto, admiraram-se com o prodigioso número de prisões, o contingente de homens anormalmente grande usado para efetuá-las e o segredo envolvendo a destinação dos prisioneiros. Nenhum julgamento e sequer acusações definidas foram divulgadas; tampouco qualquer um dos prisioneiros foi visto depois nos cárceres regulares da nação. Houve vagas declarações sobre doença e campos de concentração, e mais adiante sobre uma dispersão por várias prisões navais e militares, mas nada de positivo jamais se desenrolou. A própria Innsmouth restou quase despovoada, e mesmo agora mal vai começando a mostrar sinais de uma existência morosamente reavivada.

Queixas de várias organizações liberais foram respondidas com longas discussões confidenciais, e os representantes foram levados em viagens para determinados campos e prisões. Como resultado, essas sociedades tornaram-se surpreendentemente passivas e reticentes. Os jornalistas eram mais difíceis de administrar, mas em grande parte pareceram cooperar com o governo no final. Apenas um jornal – um tabloide sempre desconsiderado por causa de sua orientação desvairada – mencionou o submarino de águas profundas que disparou torpedos para baixo no abismo marinho pouco além de Devil Reef. Essa informação, colhida por acaso num antro de marinheiros, parecia de fato bastante forçada, uma vez que o baixo recife negro encontra-se a não menos do que dois quilômetros e meio do ancoradouro de Innsmouth.

As pessoas da região e das cidades próximas murmuravam um bocado entre si, mas diziam bem pouco para o mundo exterior. Haviam falado sobre a moribunda e meio deserta Innsmouth por quase um século, e nada de novo poderia ser mais desvairado ou mais horrendo do que aquilo que haviam sussurrado e insinuado anos antes. O secretismo lhes tinha ensinado várias coisas, e agora não havia necessidade de pressioná-las. Além do mais, elas realmente sabiam muito pouco, pois amplos charcos salinos, desolados e despovoados, mantinham os vizinhos afastados de Innsmouth no lado terrestre.

Mas afinal vou desafiar a proibição de mencionar essa coisa. Os resultados, tenho certeza, são tão minuciosos que nenhum dano público, salvo um choque de repulsa, jamais poderia decorrer de uma insinuação do que foi encontrado por aqueles invasores horrorizados em Innsmouth. Além disso, o que foi encontrado poderia ter, possivelmente, mais de uma explicação. Não sei o quanto da história toda foi contado até mesmo para mim, e tenho muitas razões para não desejar ir mais fundo. Afinal meu contato com o caso foi mais estreito do que o de qualquer outro leigo, e carreguei comigo impressões que ainda me levarão a tomar medidas drásticas.

Fui eu quem fugiu freneticamente de Innsmouth nas primeiras horas da manhã de 16 de julho de 1927, e foram os meus apelos assustados por investigação e ação do governo que provocaram todo o episódio relatado. Eu estava bastante disposto a ficar calado com o caso ainda novo e incerto, mas, agora que é uma história velha, com o interesse e a curiosidade do público extintos, sinto uma ânsia esquisita por sussurrar sobre aquelas poucas horas pavorosas naquele malfalado e malignamente ensombrecido porto marítimo da morte e da anormalidade blasfema. A mera narração me ajuda a recuperar a confiança em minhas próprias faculdades, a me tranquilizar de que não fui simplesmente o primeiro a sucumbir a uma contagiosa alucinação de pesadelo. Ajuda-me, também, a tomar uma decisão a respeito de certo passo terrível que tenho à minha frente.

Nunca havia ouvido falar de Innsmouth até um dia antes de vê-la pela primeira e – até agora – última vez. Estava celebrando minha maioridade numa excursão pela Nova Inglaterra – com fins turísticos, antiquários e genealógicos – e planejara seguir direto da antiga Newburyport para Arkham, de onde provinha a família da minha mãe. Eu não tinha carro, mas estava viajando de trem, bonde e ônibus, buscando sempre a rota mais barata possível. Em Newburyport, disseram-me que o trem a vapor era o melhor meio de chegar a Arkham, e foi só na bilheteria da estação, quando contestei a alta tarifa, que fiquei sabendo sobre Innsmouth. O funcionário corpulento, de rosto astuto, cujo sotaque o revelava como alguém de fora dali, pareceu ficar solidário com meus esforços de economia, e fez uma sugestão que nenhum dos meus outros informantes havia oferecido.

– Você *podia* pegar o ônibus velho, acho – ele disse com certa hesitação –, mas ele não é muito levado em conta por aqui. Ele passa por Innsmouth, você pode ter ouvido falar a respeito, e por isso as pessoas não gostam dele. Guiado por um sujeito de Innsmouth, Joe Sargent, mas nunca pega nenhum passageiro daqui, e nem de Arkham, acho eu. Nem sei como é que continua rodando. Suponho que seja bem barato, mas nunca vi mais do que duas ou três pessoas nele, ninguém além daquele pessoal de Innsmouth. Sai da praça, na frente da farmácia Hammond's, às dez da manhã e às sete da noite, a não ser que tenham mudado recentemente. Parece um calhambeque terrível; eu nunca andei nele.

Essa foi a primeira vez em que ouvi falar da ensombrecida Innsmouth. Qualquer referência a uma cidade não mostrada nos mapas comuns ou não listada nos guias recentes teria me interessado, e o esquisito modo alusivo do funcionário despertou algo semelhante a uma verdadeira curiosidade. Uma cidade capaz de inspirar tamanho desgosto em seus vizinhos, pensei, devia ser no mínimo um tanto incomum e digna do interesse de um turista. Se viesse antes de Arkham, eu desceria lá – e por isso pedi ao funcionário que me contasse algo sobre ela. Ele se mostrou muito ponderado, e falou com o ar de quem se sente ligeiramente superior ao que diz.

– Innsmouth? Bem, é uma espécie de cidade bastante estranha lá na embocadura do Manuxet. Costumava ser quase uma cidade, um porto e tanto antes da guerra de 1812, mas tudo foi caindo aos pedaços nos últimos cem anos, mais ou menos. Nenhuma ferrovia agora; a

B. & M. nunca passou por lá, e o ramal de Rowley foi abandonado anos atrás.

"Mais casas vazias do que com gente, acho, e nenhum comércio decente exceto pegar peixes e lagostas. Todo mundo negocia em geral aqui, ou em Arkham, ou Ipswich. Eles já tiveram umas boas fábricas, mas agora não restou nada exceto uma refinaria de ouro funcionando num meio período dos mais minguados.

"Essa refinaria, porém, costumava ser um troço grande, e o velho Marsh, que é o dono, deve ser mais rico que Creso. Velhinho esquisito, porém, e não tira o pé de casa. Falam que pegou alguma doença de pele ou deformidade, agora no fim da vida, que faz ele ficar sempre fora de vista. Neto do capitão Obed Marsh, que fundou o negócio. Sua mãe parece ter sido alguma espécie de estrangeira, dizem que uma insulana dos Mares do Sul, aí todo mundo se alvoroçou quando ele se casou com uma moça de Ipswich cinquenta anos atrás. Sempre fazem isso com essa gente de Innsmouth, e o pessoal daqui e das proximidades sempre tenta esconder qualquer sangue de Innsmouth que tiver. Mas os filhos e netos de Marsh se parecem com qualquer outra pessoa, até onde eu consigo ver. Já me apontaram eles aqui, mas, pensando bem, não creio que os filhos mais velhos tenham aparecido nos últimos tempos. Nunca vi o velho.

"E por que todo mundo implica tanto com Innsmouth? Bem, meu jovem camarada, você não deve se fiar muito no que as pessoas daqui dizem. Elas são complicadas de começar, mas, quando começam mesmo, aí não param nunca. Elas vêm contando coisas a respeito de Innsmouth (cochichando, principalmente) pelos últimos cem anos, acho, e eu imagino que elas sintam mais medo do que qualquer outra coisa. Algumas das histórias fariam você dar risada: sobre o velho capitão

Marsh firmando pactos com o diabo e trazendo diabretes do inferno para viver em Innsmouth, ou sobre alguma espécie de adoração do diabo e sacrifícios medonhos em algum lugar perto do cais com o qual as pessoas toparam por volta de 1845 mais ou menos, mas eu sou de Panton, em Vermont, e esse tipo de história eu não engulo.

"Você devia ouvir, porém, o que alguns dos camaradas das antigas contam sobre o recife preto ao largo da costa. Devil Reef, eles chamam. Fica bem acima da água numa boa parte do tempo, e nunca muito embaixo, mas mesmo assim você mal ia poder chamar aquilo de ilha. A história é que uma legião inteira de demônios é avistada de vez em quando naquele recife, espalhada por todos os cantos, ou entrando e saindo em disparada de umas espécies de cavernas perto do topo. É uma coisa escarpada, irregular, a mais de um quilômetro de distância, e mais no final dos tempos da navegação os marinheiros costumavam fazer grandes desvios só para evitar aquilo.

"Isto é, os marinheiros que não eram de Innsmouth. Uma das coisas que eles tinham contra o velho capitão Marsh era que ele supostamente desembarcava lá durante a noite, quando a maré estava boa. Talvez ele fizesse isso, pois eu me arrisco a dizer que a formação rochosa era interessante, e é bem perto de ser possível que ele estivesse procurando pilhagem pirata e talvez encontrando, mas tinha o falatório de que ele lidava com demônios lá. O fato é que, acho eu de um modo geral, foi realmente o capitão que deu mesmo a má reputação ao recife.

"Isso foi antes da grande epidemia de 1846, quando mais da metade da gente de Innsmouth foi despachada. Nunca descobriram direito qual era o problema, mas era provavelmente alguma espécie de doença estrangeira trazida da China ou de outro lugar pelos navios. Foi sem dúvida péssimo; houve tumultos em função da peste, e toda sorte de maldades tenebrosas que eu não acredito que tenham chegado a sair da cidade, e ela deixou o lugar num estado pavoroso. Nunca voltou; não deve ter mais de trezentas ou quatrocentas pessoas vivendo lá agora.

"Mas a verdade por trás do jeito como as pessoas se sentem é simplesmente o preconceito racial, e não digo que estou culpando quem tem. Eu mesmo detesto aquele pessoal de Innsmouth, e nem quero saber de ir na cidade deles. Acho que você deve saber o bastante, mesmo eu conseguindo ver que você é do Oeste pelo seu jeito de falar, sobre o fato de que os nossos navios da Nova Inglaterra costumavam se meter nos portos exóticos da África, da Ásia e dos Mares do Sul, e por tudo que é lugar, e os tipos exóticos de gente que de vez em quando eles traziam de volta. Você provavelmente ouviu falar do homem de Salem que voltou para casa com uma esposa chinesa, e talvez saiba que tem ainda um bando de oriundos das Ilhas Fiji vivendo no entorno de Cape Cod.

"Bem, deve ter algo assim por trás da gente de Innsmouth. O lugar sempre ficou terrivelmente separado do resto da região por pântanos e córregos, e não dá para ter certeza sobre os prós e os contras da questão; mas é mais do que claro que o velho capitão Marsh deve ter trazido para casa alguns espécimes esquisitos quando ele tinha seus três navios todos em serviço lá pelos anos 20 e 30. Certamente ficou alguma estranha espécie de traço no pessoal de Innsmouth de hoje em dia; não sei como explicar, mas meio que dá um arrepio na gente. Você vai notar isso um pouco em Sargent, se pegar o ônibus dele. Alguns deles têm umas esquisitas cabeças estreitas com narizes achatados e bojudos, olhos arregalados que parecem nunca se fechar, e a pele deles não é bem normal, é áspera e sarnenta, e os lados do pescoço são enrugados ou vincados. Ficam carecas, também, muito cedo. Os sujeitos mais velhos têm a feição pior. O fato é o seguinte, não acredito que eu já tenha visto um camarada muito velho daquele tipo. Acho que eles devem morrer só de se olhar no espelho! Os animais detestam eles; eles costumavam ter um monte de problemas com os cavalos antes da chegada dos automóveis.

"Ninguém daqui das redondezas ou de Arkham ou Ipswich quer saber de ter algo a ver com eles, e eles mesmos agem de um jeito meio arisco quando vêm à cidade ou quando alguém tenta pescar na zona deles. É esquisito como os peixes sempre abundam junto do ancoradouro de Innsmouth quando não aparecem em nenhum outro lugar em volta, mas apenas tente pescar ali, vai ver só como aquele pessoal coloca você para correr! Essa gente costumava vir até aqui pela ferrovia, caminhavam e pegavam o trem em Rowley depois que o ramal foi desativado, mas agora eles usam o ônibus.

"Sim, tem um hotel em Innsmouth, chamado Gilman House, mas não acredito que seja grande coisa. Eu não o aconselharia você a experimentá-lo. Melhor ficar por aqui e pegar o ônibus das dez amanhã de manhã; depois você pode tomar um ônibus noturno de lá para Arkham às oito horas. Teve um inspetor de fábrica que parou no Gilman alguns anos atrás e viu um monte de indícios desagradáveis a respeito lugar. Parece que eles recebem uma turma bem esquisita por lá, pois esse sujeito ouviu vozes em outros quartos, ainda que a maioria estivesse sem ninguém, que lhe deram calafrios. Era um falatório estrangeiro, lhe pareceu, mas disse que o ruim naquilo era o tipo de voz que às vezes falava. Não soava nem um pouco natural (meio aguada, ele falou), e ele nem se atreveu a tirar a roupa e dormir. Só esperou acordado e deu no pé logo que amanheceu. A conversa continuou quase a noite toda.

"Esse sujeito, Casey era o nome dele, tinha muito para contar sobre como aquele pessoal de Innsmouth olhava para ele e parecia ficar meio que em guarda. Ele considerou a refinaria Marsh um lugar esquisito; é numa usina velha junto às quedas menores do Manuxet. O que ele disse fechou com o que eu tinha ouvido falar. Livros em péssimo estado, e nenhuma contabilidade clara de qualquer espécie de negócio. Sabe, sempre foi uma espécie de mistério onde é que os Marsh arranjam o ouro que eles refinam. Eles nunca pareceram fazer muita compra nessa linha, mas anos atrás embarcaram uma quantidade enorme de lingotes.

"Costumava ter um falatório sobre uma espécie esquisita de joia estrangeira que os marinheiros e os trabalhadores da refinaria vendiam às vezes na surdina, ou que foi vista uma ou duas vezes em algumas das mulheres dos Marsh. As pessoas admitiam que talvez o velho capitão Obed as tivesse permutado em algum porto pagão, sobretudo porque ele sempre ficava encomendando montanhas de contas de vidro e bijuterias do tipo que os homens do mar costumavam arranjar para trocar com os nativos. Outros achavam, e ainda acham, que ele tinha encontrado um velho esconderijo de pirata lá em Devil Reef. Mas tem uma coisa engraçada. O velho capitão já está morto faz sessenta anos, e não saiu um navio de bom tamanho daquele lugar desde a Guerra Civil, mas mesmo assim os Marsh continuam comprando um pouco dessas coisas nativas de permuta, na maior parte quinquilharias de vidro e de borracha, segundo me contam. Talvez o pessoal de Innsmouth goste delas para usar como enfeite; Deus sabe que eles ficaram quase tão feiosos quanto os canibais dos Mares do Sul e os selvagens da Guiné.

"Aquela peste de 46 deve ter eliminado o melhor sangue do lugar. De todo modo, eles agora são uma turma inconfiável, e os Marsh e outros ricos são ruins como qualquer um. Como eu lhe disse, provavelmente não tem mais do que quatrocentas pessoas na cidade toda, apesar de todas as ruas que eles dizem que existem. Acho que eles são o que chamam de 'lixo branco' lá no Sul: foras da lei e espertalhões, aprontando coisas secretas o tempo todo. Eles pegam montes de peixe e lagosta, e fazem a exportação por caminhão. É esquisito como os peixes pululam justamente lá e em nenhum outro lugar.

"Ninguém nunca consegue fazer contagem daquela gente, e as autoridades das escolas estaduais e os recenseadores enfrentam dificuldades infernais. Pode apostar que estranhos bisbilhoteiros não são bem-vindos em Innsmouth. Eu fiquei sabendo, pessoalmente, de mais de um negociante ou agente do governo que desapareceu por lá, e circula um certo falatório sobre um camarada que ficou louco e está lá em Danvers agora. Eles devem ter armado um susto medonho para o tal sujeito.

"É por isso que eu não iria lá de noite se fosse você. Nunca estive lá e não tenho nenhuma vontade de ir, mas acho que um passeio durante o dia não vai lhe fazer mal, mesmo que as pessoas por aqui aconselhem que você não vá. Se você está só fazendo um passeio turístico e procurando troços das antigas, Innsmouth deveria ser um lugar e tanto para você."

E, assim, passei parte daquela noite na biblioteca pública de Newburyport, pesquisando a respeito de Innsmouth. Quando eu tentara questionar os nativos nas lojas, no refeitório, nas garagens e no quartel dos bombeiros, eles haviam se mostrado até mais relutantes em começar a falar do que o bilheteiro havia previsto, e percebi que eu não podia perder tempo tentando vencer sua reticência instintiva inicial. Eles tinham uma espécie de obscura desconfiança, como se houvesse algo de errado em qualquer pessoa se interessar demais por Innsmouth. Na Y.M.C.A., onde fiquei hospedado, o recepcionista meramente desencorajou minha ida a um lugar tão lúgubre e decadente, e os funcionários da biblioteca demonstraram a mesmíssima atitude. Sem dúvida, aos olhos dos instruídos, Innsmouth era apenas um caso exagerado de degeneração cívica.

As histórias do condado de Essex nas estantes da biblioteca tinham bem pouco a dizer, exceto que a cidade foi fundada em 1643, notória pela construção naval antes da Revolução, um local de grande prosperidade naval no começo do século XIX e, mais tarde, um centro fabril de importância secundária que usava o Manuxet como fonte de energia. A epidemia e os tumultos de 1864 eram abordados de uma maneira muito esparsa, como se representassem uma desonra para o condado.

As referências ao declínio eram poucas, embora o significado do último registro fosse inconfundível. Depois da Guerra Civil, a vida industrial como um todo restringira-se à Marsh Refining Company, e a comercialização de lingotes de ouro representava o único resquício relevante de comércio além da eterna pesca. Essa pesca começou a render cada vez menos lucro com o preço da mercadoria caindo e corporações de grande porte oferecendo concorrência, mas nunca houve carência de peixe no entorno do ancoradouro de Innsmouth. Forasteiros raras vezes se estabeleceriam por lá, e havia certa evidência discretamente velada de que alguns poloneses e portugueses que haviam tentado se fixar tinham sido dispersos de um modo peculiarmente drástico.

O mais interessante de tudo era uma referência passageira às estranhas joias vagamente associadas a

Innsmouth. Elas haviam impressionado num nível mais do que considerável, era evidente, a região toda, pois havia menção de exemplares no museu da Miskatonic University, em Arkham, e na sala de exposições da Newburyport Historical Society. As descrições fragmentárias dessas coisas eram toscas e prosaicas, mas insinuaram-me uma tendência oculta de persistente estranheza. Algo nelas parecia ser tão estranho e provocador que não consegui tirá-las da cabeça, e, apesar do relativo avançado da hora, resolvi conferir a amostra local – que era, segundo se dizia, uma coisa enorme, de proporções ímpares, evidentemente uma pretensa tiara – se, de alguma forma, isso pudesse ser arranjado.

O bibliotecário me deu um bilhete de apresentação à curadora da Sociedade, certa srta. Anna Tilton, que vivia nas proximidades, e, depois de uma breve explicação, a idosa fidalga teve a bondade de introduzir-me no edifício fechado, pois ainda não era muito tarde. A coleção era notável, de fato, mas, no meu estado de espírito presente, eu só tinha olhos para o objeto bizarro que cintilava num armário de canto, sob as luzes elétricas.

Não foi necessária uma extrema sensibilidade à beleza para me fazer literalmente perder o fôlego perante o estranho esplendor sobrenatural da fantasia opulenta e alienígena que repousava em uma almofada púrpura de veludo. Mesmo agora, mal consigo descrever o que vi, embora fosse, com toda clareza, uma espécie de tiara, como a descrição havia dito. Era alta na frente, e tinha um contorno muito grande, curiosamente irregular, como que desenhado para uma cabeça de formato quase anormalmente elíptico. O material predominante parecia ser o ouro, embora um sinistro lustro mais claro sugerisse certa liga estranha com um metal igualmente belo e difícil de identificar. Sua condição era quase perfeita, e seria possível passar horas estudando seus motivos impressionantes, enigmaticamente não tradicionais – alguns geométricos e simples, outros plenamente marítimos –, gravados ou moldados em alto relevo em sua superfície com um artesanato de incrível perícia e graça.

Quanto mais eu a contemplava, tanto mais a coisa me fascinava; e nesse fascínio havia um elemento curiosamente perturbador, difícil de classificar ou explicar. A princípio, decidi que era a esquisita qualidade extraterrena da arte o que me deixava inquieto. Todos os outros objetos de arte que eu já vira ou pertenciam a certa vertente racial ou nacional conhecida, ou então eram conscientes desafios modernistas a todas as vertentes reconhecidas. Aquela tiara não era nem uma coisa nem outra. Pertencia claramente a certa técnica estabelecida de infinita maturidade e perfeição, mas essa técnica era de todo remota em relação a qualquer outra – ocidental ou oriental, antiga ou moderna – de que eu jamais tinha ouvido falar ou que vira exemplificada. Era como se o artesanato fosse de um outro planeta.

Entretanto, logo percebi que minha inquietação tinha uma segunda e talvez igualmente poderosa origem residindo nas sugestões pictóricas e matemáticas dos estranhos motivos. Os padrões todos insinuavam segredos remotos e abismos inimagináveis no tempo e no espaço, e a natureza monotonamente aquática dos relevos tornava-se quase sinistra. Entre tais relevos, havia monstros fabulosos de uma abominável característica grotesca e maligna – meio ictioides e meio batráquios na aparência – que não era possível dissociar de certa sensação assustadora e desconfortável de pseudomemória, como se evocassem uma imagem das células e tecidos profundos cujas funções retentivas são de todo primais e incrivelmente ancestrais. Por vezes, imaginei que cada contorno daqueles peixes-rãs blasfemos transbordava com a máxima quintessência de um mal desconhecido e inumano.

Formava estranho contraste com o aspecto da tiara sua história sucinta e prosaica tal como foi relatada pela srta. Tilton. Ela tinha sido penhorada por uma soma ridícula em uma loja da State Street em 1873, por um bêbado de Innsmouth, morto pouco tempo depois numa briga. A Sociedade a comprara diretamente do penhorista, dedicando-lhe de pronto uma exibição digna de sua qualidade. Estava etiquetada como tendo provável proveniência das Índias Orientais ou da Indochina, mas essa atribuição era francamente conjectural.

A srta. Tilton, comparando todas as hipóteses possíveis relacionadas a sua origem e presença na Nova Inglaterra, inclinava-se a crer que ela fizera parte de algum exótico tesouro pirata descoberto pelo velho capitão Obed Marsh. Essa opinião por certo não era enfraquecida pelas insistentes ofertas de aquisição por alto preço que os Marsh começaram a fazer tão logo souberam de sua existência e que repetiram até os dias atuais, apesar da invariável determinação da Sociedade em não a vender.

Enquanto me acompanhava na saída do edifício, a boa dama deixou claro que a teoria pirata quanto à fortuna dos Marsh era popular entre as pessoas inteligentes da região. Sua própria atitude para com a ensombrecida Innsmouth – que ela nunca conhecera – era de aversão por uma comunidade que caíra tão baixo na escala cultural, e ela me garantiu que os rumores de adoração do diabo eram em parte justificados por um peculiar culto secreto que ganhara força por lá e engolfara todas as igrejas ortodoxas.

Chamava-se, ela disse, "A Ordem Esotérica de Dagon" e era sem dúvida uma coisa vil, quase pagã, importada do Oriente um século antes, numa época em que as zonas de pesca de Innsmouth pareciam estar ficando estéreis. Sua persistência entre as pessoas mais simplórias era bastante natural, em vista do súbito e permanente retorno da pescaria boa e abundante, e logo veio a ser a principal influência na cidade, substituindo por completo a franco-maçonaria e fixando sua sede na velha Casa Maçônica em New Church Green.

Tudo aquilo, no entender da devota srta. Tilton, representava um excelente motivo para evitar a antiga cidade da decadência e da desolação; para mim, porém, foi só um incentivo a mais. A minhas expectativas arquitetônicas e históricas acrescentava-se, agora, um agudo entusiasmo antropológico, e mal consegui dormir em meu pequeno quarto na "Y" enquanto a noite se passava.

## II

Pouco antes das dez horas, na manhã seguinte, eu parei com uma pequena valise na frente da farmácia Hammond's, na velha Market Square, esperando pelo ônibus para Innsmouth. Quando se aproximou a hora de sua chegada, notei uma dispersão geral dos ociosos para outros lugares na rua ou para o Ideal Lunch, do outro lado da praça. O bilheteiro, era evidente, não havia exagerado o desgosto que os cidadãos locais nutriam por Innsmouth e seus habitantes. Dentro de poucos minutos, um pequeno veículo de uma suja cor cinzenta, decrépito ao extremo, desceu com estrépito a State Street, fez a curva e estacionou no meio-fio ao meu lado. Senti de imediato que era o ônibus certo, palpite que o letreiro pouco legível no para-brisa – *Arkham-Innsmouth--Newb'port* – logo confirmou.

Só havia três passageiros – homens escuros, desleixados, de fisionomia suja e aspecto mais ou menos jovem – e, quando o veículo parou, eles desceram bamboleando, desajeitados, e saíram caminhando pela State Street de uma maneira silenciosa, quase furtiva. O motorista também desceu, e eu o observei enquanto ele entrava na farmácia para comprar algo. Esse, refleti, devia ser o Joe Sargent mencionado pelo bilheteiro, e, antes mesmo de eu notar quaisquer detalhes, tomou conta de mim uma onda de aversão espontânea que não podia ser nem reprimida e nem explicada. De súbito, pareceu-me muito natural que os moradores locais não quisessem andar num ônibus pertencente àquele motorista, ou visitar com qualquer evitável frequência o habitat de tal homem e de sua gente.

Quando o motorista saiu do estabelecimento, olhei-o com mais atenção e tentei determinar a origem de minha impressão maligna. Ele era um homem magro, de ombros curvados, com não muito menos do que um metro e oitenta de altura, trajando surradas roupas azuis paisanas e usando um desgastado boné cinza de golfe. Tinha talvez 35 anos de idade, mas os vincos esquisitos e profundos na lateral de seu pescoço faziam-no parecer mais velho quando a pessoa não analisava seu rosto apático e inexpressivo. Tinha cabeça estreita, salientes e aquosos olhos azuis que pareciam jamais piscar, um nariz chato, testa e queixo recuados e orelhas singularmente pouco desenvolvidas. Seus lábios longos e grossos e as bochechas cinzentas e porosas pareciam quase imberbes, exceto por escassos e desgarrados fios amarelos que se enrolavam em tufos irregulares; em alguns lugares, a superfície parecia curiosamente irregular, como que descascada por alguma doença de pele. Suas mãos eram grandes e cheias de veias saltadas, com um matiz azul-cinzento muito incomum. Os dedos eram impressionantemente mais curtos na proporção com o resto da estrutura e pareciam ter uma tendência de se enrolar para dentro da palma enorme. Enquanto ele caminhava na direção do ônibus, observei seu andar peculiarmente cambaleante, e percebi que seus pés eram desordenadamente imensos. Quanto mais eu os analisava, tanto mais me perguntava de que modo ele conseguia comprar sapatos que lhes servissem.

Certa oleosidade geral no sujeito intensificou meu desgosto. Ele costumava, era evidente, trabalhar ou vadiar pelo cais de pesca, e carregava consigo, em grande medida, o cheiro característico desse cais. Não consegui sequer supor que tipo de sangue estrangeiro havia nele. Suas excentricidades por certo não lembravam traços asiáticos, polinésios, levantinos ou negroides, mas pude perceber por que razão as pessoas o consideravam alguém de fora. Eu mesmo teria pensado antes em degeneração biológica do que numa origem estrangeira.

Lamentei quando vi que não haveria nenhum outro passageiro no ônibus. De algum modo, não gostei da ideia de viajar sozinho com aquele motorista. Porém, com a hora da partida obviamente se aproximando, superei meus escrúpulos e entrei atrás do homem, estendendo-lhe uma nota de um dólar e murmurando a única palavra "Innsmouth". Ele me fitou com curiosidade por um segundo, enquanto me devolvia quarenta centavos de troco, sem falar nada. Tomei um assento bem afastado dele, mas do mesmo lado do ônibus, pois desejava observar a praia durante o percurso.

Por fim, o veículo decrépito arrancou com um solavanco e seguiu estrepitando pelos velhos prédios de tijolo da State Street, em meio a uma nuvem de vapor do escapamento. Observando as pessoas nas calçadas, julguei captar nelas um curioso desejo de evitar olhar para o ônibus – ou, pelo menos, um desejo de evitar parecer olhá-lo. Depois dobramos à esquerda pela High Street, onde o avanço foi mais suave, passando em velocidade pelas velhas mansões majestosas do início da República e as quintas coloniais ainda mais velhas, atravessando Lower Green e Parker River, e afinal emergindo num longo e monótono trecho de campo costeiro aberto.

O dia estava quente e ensolarado, mas a paisagem de areia, capim de junça e arbustos atrofiados foi se tornando mais e mais desolada enquanto prosseguíamos. Pela janela eu avistava a água azul e a linha de areia da Plum Island, e logo chegamos bem perto da praia quando nossa estrada estreita se afastou da rodovia principal para Rowley e Ipswich. Não havia casas à vista, e pude deduzir, pelo estado da estrada, que o tráfego era muito leve por ali. Os postes telefônicos pequenos e deteriorados pelo tempo carregavam apenas dois cabos. Vez por outra, cruzávamos rudes pontes de madeira sobre córregos de maré que serpenteavam por longa extensão continente adentro e acentuavam o isolamento geral da região.

De quando em quando, eu notava tocos de árvores mortas e fundações desmoronadas acima das dunas e recordava a velha tradição, citada em uma das histórias que havia lido, de que aquela tinha sido, outrora, uma área fértil e densamente povoada. A mudança, dizia-se, ocorrera em simultâneo com a epidemia de 1864 em Innsmouth, e a população simplória enxergava nela uma sombria relação com malignas forças ocultas. Na verdade, tinha sido causada pela insensata derrubada das matas perto da praia, o que roubara do solo sua melhor proteção e abrira caminho para ondas de areia soprada pelo vento.

Por fim perdemos Plum Island de vista e vimos a vastidão aberta do Atlântico à nossa esquerda. Nosso caminho estreito começou a subir de modo íngreme, e senti uma singular sensação de inquietude ao contemplar a solitária crista à frente onde a rodovia esburacada tocava o céu. Era como se o ônibus fosse manter sua ascensão, deixando por completo a sanidade da terra e se fundindo com os arcanos desconhecidos da atmosfera superior e do céu enigmático. O cheiro do mar assumia implicações ominosas, e as costas encurvadas e rígidas do motorista calado, bem como sua cabeça estreita, tornavam-se mais e mais detestáveis. Olhando para ele, percebi que a parte de trás de sua cabeça era tão desprovida de cabelos quanto seu rosto, ostentando apenas alguns tufos desgarrados de fios amarelos em uma superfície cinzenta e escabrosa.

Chegamos então à crista e avistamos o vale estendido além, onde o Manuxet encontra o mar bem ao norte da longa linha de penhascos que culmina em Kingsport Head e desvia na direção de Cape Ann. No horizonte longínquo e enevoado, distingui com dificuldade o perfil vertiginoso do topo, encimado pela esquisita casa antiga sobre a qual são contadas tantas lendas; porém, de momento, minha atenção foi atraída por inteiro pelo panorama mais próximo, logo abaixo de mim. Eu estava, constatei, frente a frente com Innsmouth e sua sombra de rumores.

Era uma cidade de ampla extensão e construção densa, mas com portentosa carência de vida visível. Do emaranhado de topes de chaminé mal saía um fiapo de fumaça, e os três campanários altos assomavam austeros e sem pintura contra o horizonte marinho. Um deles estava se desmoronando no topo, e neste bem como num outro só havia negros buracos escancarados onde deveriam estar os mostradores dos relógios. O vasto amontoado de decaídos telhados com inclinação dupla e cumeeiras pontiagudas transmitia, com ofensiva clareza, uma ideia de podridão carcomida, e, enquanto íamos nos aproximando pela estrada agora descendente, pude perceber que muitos telhados haviam desabado de todo. Viam-se também algumas grandes e quadradas casas georgianas, com telhados de quatro águas, cúpulas e "mirantes de viúva" gradeados. Estas ficavam, na maioria, bem recuadas da água, e uma ou duas pareciam estar em condições moderadamente razoáveis. Estendendo-se para o interior, entre elas, vi os trilhos enferrujados e tomados de relva da ferrovia abandonada, com os postes de telégrafo inclinados, agora desprovidos de cabos, e as linhas meio obscurecidas das antigas estradas de rodagem para Rowley e Ipswich.

A decadência era pior perto da orla, embora em seu âmago eu pudesse avistar o campanário branco de uma estrutura de tijolo em boa medida bem conservada que parecia uma pequena fábrica. O ancoradouro, havia muito obstruído pela areia, era encerrado por um antigo quebra-mar de pedra sobre o qual pude começar a discernir as formas minúsculas de alguns pescadores sentados, e em cuja extremidade havia o que aparentavam ser as fundações de um farol arcaico. Uma língua arenosa se formara no interior dessa barreira, e sobre ela vi algumas cabanas decrépitas, barquinhos chatos atracados e armadilhas para lagostas espalhadas. O único ponto de água profunda parecia ser o trecho onde o rio passava pela estrutura com o campanário e virava para o sul, unindo-se ao oceano na extremidade do quebra-mar.

Aqui e ali, as ruínas dos cais sobressaíam da praia e terminavam numa podridão indeterminada, com a extremidade mais ao sul parecendo ser a mais deteriorada. E mar adentro, na distância, apesar da maré alta, vislumbrei uma longa linha negra mal se elevando acima da água, mas transmitindo uma sugestão esquisita de latente malignidade. Aquilo, eu sabia, devia ser Devil Reef. Enquanto eu o observava, uma sensação sutil e curiosa de chamamento pareceu se somar à lúgubre repulsa, e, por mais esquisito que pareça, considerei essa nuança mais perturbadora do que a primeira impressão.

Não encontramos ninguém na estrada, mas dentro em pouco começamos a passar por fazendas desertas em variados estágios de ruína. Então notei algumas casas habitadas, com trapos forrando as janelas quebradas e conchas e peixes mortos esparramados pelos quintais repletos de lixo. Uma ou duas vezes, vi pessoas com aspecto apático trabalhando em jardins estéreis ou catando mariscos na praia fedendo a peixe logo abaixo, e grupos de crianças sujas, com semblante simiesco, brincando perto de soleiras tomadas de ervas daninhas. De alguma forma, aquelas pessoas pareciam mais inquietantes do que os prédios sombrios, pois quase todas tinham certas peculiaridades de rosto e movimentos que julguei desagradáveis de maneira instintiva, sem ser capaz de defini-las ou compreendê-las. Por um segundo, pensei que aquela compleição típica sugeria certo quadro que eu vira, talvez num livro, sob circunstâncias de particular horror ou melancolia, mas essa pseudorrecordação passou muito rápido.

Quando o ônibus chegou a um nível mais baixo, comecei a captar o tom constante de uma queda d'água em meio à quietude anormal. As casas inclinadas e sem pintura iam se adensando, alinhadas de ambos os lados da estrada, e exibiam tendências mais urbanas do que aquelas que estávamos deixando para trás. O panorama à frente se contraíra num cenário de rua; em alguns pontos eu conseguia identificar onde haviam existido, no passado, um pavimento de paralelepípedos e trechos de uma calçada de tijolos. Todas as casas aparentavam estar desertas, e viam-se ocasionais lacunas onde chaminés e paredes de porão desmoronados davam ideia das construções desabadas. Tudo era impregnado pelo mais nauseabundo fedor de peixe que se pode imaginar.

Dali a pouco, começaram a surgir ruas e cruzamentos; as da esquerda seguiam rumo à praia por domínios não pavimentados de miséria e decadência, enquanto as da direita mostravam vistas de uma grandeza extinta. Até então, eu não vira qualquer população na cidade, mas apareceram agora sinais de uma habitação esparsa – janelas acortinadas aqui e ali, um ocasional automóvel danificado junto ao meio-fio. O pavimento e as calçadas iam ficando cada vez mais bem definidos, e, embora as casas fossem, em sua maioria, bastante velhas – estruturas de tijolo e madeira do começo do século XIX –, elas eram obviamente mantidas em condições adequadas para habitação. Como antiquário amador, quase esqueci minha repugnância olfativa e minha sensação de ameaça e aversão em meio àquela rica e inalterada sobrevivência do passado.

Mas eu não iria chegar ao meu destino sem a impressão muito forte de uma qualidade pungentemente desagradável. O ônibus havia se aproximado de uma espécie de pátio aberto ou ponto radial com igrejas nos dois lados e os restos enlameados de um gramado circular no centro, e eu estava olhando para uma grande entrada de edifício sustentada por pilares na via da direita à frente. A pintura outrora branca da estrutura encontrava-se agora cinzenta e descascada, e a inscrição preta e dourada no frontão estava tão esmaecida que tive dificuldade para distinguir as palavras "Ordem Esotérica de Dagon". Era aquela, então, a antiga Casa Maçônica agora entregue a um culto infame. Enquanto eu me esforçava para decifrar a frase inscrita, minha atenção foi desviada pelos sons rouquenhos de um sino rachado do outro lado da rua, e me virei depressa para olhar pela janela no meu lado do ônibus.

O som vinha de uma igreja de pedra com torre achatada cuja data era manifestamente posterior à da maioria das casas, construída num estilo gótico desajeitado e tendo um porão desproporcionalmente alto com venezianas nas janelas. Embora os ponteiros de seu relógio estivessem ausentes no lado que eu avistava, eu sabia que aquelas badaladas roucas informavam o horário das onze. Então, de súbito, toda noção de tempo foi apagada por uma imagem impetuosa, de aguda intensidade e inexplicável horror, que me arrebatara antes de eu entender o que realmente era. A porta do porão da igreja estava aberta, revelando um retângulo de escuridão no interior. Enquanto eu olhava, certo objeto cruzou ou pareceu cruzar aquele retângulo escuro, imprimindo em meu cérebro uma momentânea e ardente concepção de pesadelo que era tanto mais enlouquecedora porque um exame não evidenciaria naquilo uma única qualidade de pesadelo.

Era um objeto vivo – o primeiro que eu via, com exceção do motorista, desde a entrada na parte compacta da cidade – e, estivesse eu num estado de espírito mais equilibrado, nada nele, em absoluto, teria me parecido aterrorizante. Era claramente, como constatei um momento depois, o pastor, trajando certa vestimenta peculiar, sem dúvida introduzida desde que a Ordem de Dagon modificara o ritual das igrejas locais. A coisa que provavelmente captara meu primeiro olhar subconsciente, e que infundira o toque de horror bizarro, tinha sido a tiara alta usada por ele, uma duplicata quase exata da tiara que a srta. Tilton me mostrara na noite anterior. Aquilo, agindo na minha imaginação, infundira qualidades inconcebivelmente sinistras ao rosto indeterminado e ao vulto bamboleante sob a túnica. Não havia, logo decidi, nenhuma razão para eu ter sentido aquele toque arrepiante de maligna pseudomemória. Não era natural que um culto secreto local adotasse, entre seus uniformes, um tipo exclusivo de adereço de cabeça, familiar à comunidade de alguma maneira estranha – talvez como um tesouro encontrado?

Um punhado muito escasso de pessoas jovens com feições repelentes tornou-se agora visível nas calçadas – indivíduos isolados e silenciosos grupelhos de dois ou três. Os andares térreos das casas arruinadas por vezes abrigavam pequenas lojas com placas desbotadas, e notei um ou dois caminhões estacionados enquanto avançávamos chocalhando. O som de quedas d'água tornava-se cada vez mais distinto, e dentro em pouco avistei à frente uma garganta de rio razoavelmente profunda, atravessada por uma larga ponte com parapeitos de ferro além da qual se abria uma ampla praça. Enquanto cruzávamos a ponte com estrépito, olhei para ambos os lados e observei alguns prédios de fábrica à beira das encostas relvadas ou mais embaixo. A água bem abaixo era muito abundante, e consegui avistar dois vigorosos conjuntos de quedas d'água corrente acima, à minha direita, e pelo menos um corrente abaixo, à minha esquerda. Daquele ponto em diante, o barulho era quase ensurdecedor. Então saímos rodando pela grande praça semicircular do outro lado do rio e estacionamos no lado direito, na frente de um edifício alto, coroado por cúpula, com vestígios de pintura amarela e com uma placa meio apagada proclamando-a como Gilman House.

Fiquei contente por saltar daquele ônibus, e sem demora tratei de registrar minha valise no saguão surrado do hotel. Só havia uma pessoa à vista – um senhor idoso sem aquilo que eu havia passado a chamar de "feitio de Innsmouth" –, e decidi não lhe fazer nenhuma das perguntas que me preocupavam, recordando que coisas esquisitas tinham sido notadas no hotel. Em vez disso, saí caminhando pela praça, da qual o ônibus já partira, e estudei o cenário num exame minucioso.

Um lado do espaço aberto e calçado com paralelepípedos era formado pela linha reta do rio; o outro era um semicírculo com prédios de tijolos e telhados inclinados, mais ou menos do período oitocentista, do qual várias ruas se irradiavam para sudeste, sul e sudoeste. As lâmpadas eram deprimentemente poucas e pequenas – todas incandescentes, de baixa potência –, e fiquei alegre com o fato de que meus planos previam partir antes do escurecer, mesmo sabendo que a lua se faria luminosa. Os prédios estavam todos em razoável condição, e acolhiam, talvez, uma dúzia de lojas em funcionamento normal – uma delas era uma mercearia da rede First National, outras um restaurante lúgubre, uma farmácia e o escritório de um atacadista da pesca, e outra ainda, no extremo leste da praça, perto do rio, um escritório da única indústria da cidade: a Marsh Refining Company. Havia talvez dez pessoas visíveis, e quatro ou cinco automóveis e caminhões estavam parados aqui e ali. Ninguém precisava me dizer que aquele era o centro cívico de Innsmouth. Na direção leste, pude captar vislumbres azuis do ancoradouro, contra os quais se erguiam os restos decadentes de três campanários georgianos, outrora belíssimos. E na direção da praia, na margem oposta do rio, vi a torre branca encimando aquilo que julguei ser a refinaria Marsh.

Por algum motivo, optei por fazer minhas primeiras indagações na mercearia da rede, cujos funcionários não deviam ser nativos de Innsmouth. Encontrei no atendimento um rapaz solitário, com cerca de dezessete anos, e me agradou notar a vivacidade afável que prometia informações joviais. Ele parecia excepcionalmente ávido por falar, e logo deduzi que não gostava do lugar, de seu fedor de peixe ou de sua gente furtiva. Trocar uma palavra com qualquer forasteiro era um alívio para ele. O rapaz era de Arkham, alojara-se com uma família que vinha de Ipswich e voltava para casa sempre que conseguia uma folga. Sua família não gostava de tê-lo trabalhando em Innsmouth, mas a rede o transferira, e ele não queria largar o emprego.

Não havia, ele disse, nenhuma biblioteca pública ou câmara de comércio em Innsmouth, mas eu provavelmente conseguiria me virar. A rua pela qual eu viera era a Federal. A oeste dela ficavam as requintadas e antigas ruas residenciais – Broad, Washington, Lafayette e Adams –, e a leste ficavam os cortiços à beira-mar. Era nesses cortiços – ao longo da Main Street – que eu iria encontrar as velhas igrejas georgianas, mas elas estavam havia muito abandonadas. Seria bom não eu não me fazer conspícuo demais nessas vizinhanças – em especial ao norte do rio –, uma vez que as pessoas eram carrancudas e hostis. Alguns forasteiros haviam até desaparecido.

Certos pontos eram território quase proibido, como ele aprendera a um considerável custo. Não era recomendável, por exemplo, a pessoa se demorar muito no entorno da refinaria Marsh, ou no entorno de qualquer uma das igrejas ainda ativas, ou no entorno dos pilares da Casa da Ordem de Dagon em New Church Green. Essas igrejas eram muito esquisitas – todas violentamente repudiadas por suas respectivas congregações em outros lugares, e aparentemente usando as mais estrambóticas espécies de cerimoniais e vestes clericais. Seus credos eram heterodoxos e misteriosos, envolvendo insinuações de certas transformações maravilhosas conduzindo à imortalidade corporal – de algum tipo – nesta terra. O pastor do próprio jovem – o dr. Wallace, da Igreja Metodista Asbury de Arkham – fizera-lhe uma severa exortação para que não frequentasse nenhuma igreja em Innsmouth.

Quanto à população de Innsmouth, o jovem mal sabia como defini-la. Eram pessoas tão furtivas e pouco vistas quanto animais que vivem em tocas, e mal se podia imaginar como gastavam o tempo a não ser pela pesca inconstante. Talvez – a julgar pela quantidade de bebida contrabandeada que consumiam – passassem a maior parte das horas diurnas num estupor alcoólico. Pareciam agrupadas numa espécie carrancuda de camaradagem e entendimento – desprezando o mundo como se tivessem acesso a outras e preferíveis esferas de existência independente. Sua aparência – em especial aqueles olhos arregalados que nunca piscavam e ninguém jamais via fechados – era por certo bastante chocante, e suas vozes eram repulsivas. Era tenebroso ouvi-las entoando cânticos nas igrejas à noite, e sobretudo durante suas principais festividades e despertares religiosos, celebrados duas vezes por ano, em 30 de abril e 31 de outubro.

Eram muito apegadas à água, e nadavam um bocado, tanto no rio como no ancoradouro. As disputas de natação até Devil Reef eram muito comuns, e todos à vista pareciam ser capazes de participar do árduo esporte. Pensando bem, em geral eram apenas pessoas um tanto jovens que costumavam ser vistas em público, e, destas, as mais velhas tendiam a ter o aspecto mais corrompido. Quando exceções ocorriam, na maior parte eram pessoas sem nenhum traço de aberração, como o velho recepcionista do hotel. Era de se perguntar que fim havia levado a maioria dos indivíduos mais velhos, e se o "feitio de Innsmouth" não seria um estranho e insidioso fenômeno doentio que intensificava seus efeitos com o avanço dos anos.

Só uma moléstia muito rara, é claro, poderia provocar transformações anatômicas tão vastas e radicais num único indivíduo depois da maturidade – transformações envolvendo fatores ósseos tão básicos quanto o formato do crânio; entretanto, mesmo esse aspecto não era mais desconcertante ou inédito do que as feições visíveis da enfermidade como um todo. Seria difícil, sugeriu o jovem, formar qualquer conclusão verdadeira sobre tal assunto, pois ninguém jamais chegava a conhecer os nativos em pessoa, por mais que vivesse desde longo tempo em Innsmouth.

O jovem tinha certeza de que vários espécimes ainda piores do que os piores visíveis eram mantidos trancados entre quatro paredes em alguns lugares. As pessoas por vezes escutavam sons da mais bizarra espécie. As vacilantes choupanas da orla, ao norte do rio, eram conectadas por túneis ocultos, segundo se dizia, sendo assim um legítimo viveiro de anormalidades invisíveis. Era impossível dizer que tipo de sangue estrangeiro aquelas criaturas tinham – se é que tinham algum. Elas por vezes mantinham certos indivíduos especialmente repulsivos fora de vista quando agentes do governo e outras pessoas do mundo exterior chegavam à cidade.

Não adiantaria nada, meu informante disse, perguntar aos nativos qualquer coisa sobre o lugar. O único que falaria era um homem muito idoso, mas de aparência normal, que vivia no albergue de pobres na periferia norte da cidade e passava as horas andando para lá e para cá ou matando tempo no quartel dos bombeiros. Esse sujeito encanecido, Zadok Allen, tinha 96 anos de idade e não batia bem da cabeça, além de ser o bêbado da cidade. Era uma criatura estranha, furtiva, que ficava olhando sem parar por cima do ombro, como que temendo alguma coisa, e, quando estava sóbrio, jamais era persuadido a trocar sequer uma palavra com estranhos. Ele era, no entanto, incapaz de resistir a qualquer oferta de seu veneno predileto; uma vez bêbado, forneceria os mais assombrosos fragmentos de reminiscência sussurrada.

No fim das contas, porém, poucos dados úteis poderiam ser obtidos com ele, pois suas histórias eram todas insanas, insinuações incompletas e malucas de prodígios e horrores impossíveis que não poderiam ter outra fonte além de sua própria imaginação desordenada. Ninguém jamais acreditava nele, mas os nativos não gostavam de vê-lo bebendo e conversando com estranhos, e nem sempre era seguro ser visto lhe fazendo perguntas. Era decerto dele que provinham alguns dos mais desvairados rumores e delírios populares.

Diversos residentes não nativos haviam relatado vislumbres monstruosos de tempos em tempos, mas, entre as histórias do velho Zadok e os habitantes malformados, não era de admirar que tais ilusões fossem correntes. Nenhum dos não nativos jamais permanecia fora de casa tarde da noite, existindo uma impressão muito difundida de que fazê-lo não seria sensato. Além do mais, as ruas eram tomadas por uma escuridão repugnante.

Quanto aos negócios, a abundância de peixe era sem dúvida quase sinistra, mas os nativos tiravam cada vez menos proveito dela. Além disso, os preços estavam caindo, e a competição estava crescendo. Claro, o verdadeiro negócio da cidade era a refinaria, cujo escritório comercial ficava na praça, bem poucas portas a leste de onde nos encontrávamos. O velho Marsh não era visto nunca, mas ia por vezes à fábrica num carro fechado e acortinado.

Corriam os mais diversos tipos de boatos a respeito da aparência recente de Marsh. Ele tinha sido um grande dândi outrora, e as pessoas afirmavam que ainda usava elegantes sobrecasacas do período eduardiano, curiosamente adaptadas para certas deformidades. Seus filhos haviam gerido anteriormente o escritório na praça, mas nos últimos tempos mantinham-se fora de vista em boa medida, deixando a parte pesada dos negócios para a geração mais nova. Os filhos e suas irmãs haviam ganhado uma aparência muito esquisita, em especial os mais velhos, e se dizia que sua saúde estava se debilitando.

Uma das filhas de Marsh era uma mulher repelente, com aspecto de réptil, que usava um excesso de joias bizarras, claramente da mesma tradição exótica à qual pertencera a estranha tiara. Meu informante havia reparado nelas diversas vezes, e ouvira dizer que vinham de algum tesouro escondido, ou de piratas ou de demônios. Os clérigos – ou padres, ou seja lá como são chamados hoje em dia – também usavam esse tipo de ornamento como adorno de cabeça, mas raras vezes se deixavam ver. Outros espécimes o jovem não vira, mas havia o rumor de que havia vários nos arredores de Innsmouth.

Os Marsh, bem como as outras três famílias nobres da cidade – os Waite, os Gilman e os Eliot –, eram todos muito reservados. Moravam em casas imensas ao longo da Washington Street, e vários tinham certa reputação de abrigar, ocultos, alguns parentes vivos cuja aparência proibia uma exposição pública e cujas mortes haviam sido relatadas e registradas.

Advertindo-me de que muitas das placas de rua haviam caído, o jovem desenhou para mim um esboço de mapa rudimentar, mas amplo e esmerado, das feições proeminentes da cidade. Depois de estudá-lo por um momento, tive certeza de que me ajudaria bastante, e o coloquei no bolso com profusos agradecimentos. Sentindo asco da imundície do único restaurante que eu vira, comprei um bom suprimento de biscoitos de queijo e wafers de gengibre que pudesse me servir de almoço mais tarde. Meu programa, decidi, seria percorrer as ruas principais, conversar com quaisquer não nativos que pudesse encontrar e pegar o ônibus das oito para Arkham. A cidade, eu percebia, representava um exemplo significativo e exagerado de decadência comunitária, mas, não sendo sociólogo, eu limitaria minhas observações sérias ao campo da arquitetura.

E assim comecei minha excursão sistemática, porém meio desnorteada, pelas vias estreitas e infestadas por sombras de Innsmouth. Atravessando a ponte e virando em direção ao rugido das quedas d'água inferiores, passei perto da refinaria Marsh, que parecia estranhamente destituída do ruído industrial. Esse prédio erguia-se acima na encosta íngreme do rio, perto de uma ponte e de uma confluência aberta de ruas que julguei ser o mais antigo centro cívico, substituído depois da revolução pelo atual, na Town Square.

Reatravessando a garganta pela ponte da Main Street, topei com uma região de deserção absoluta que por algum motivo me fez estremecer. Um amontoado de telhados de inclinação dupla em desmoronamento formava um horizonte denteado e fantástico, acima do qual se elevava o campanário macabro e decapitado de uma igreja antiga. Algumas casas ao longo da Main Street encontravam-se habitadas, mas a maioria estava vedada hermeticamente com tábuas. Descendo por ruas laterais sem pavimento, vi as janelas negras escancaradas de choupanas desertas, muitas das quais se inclinavam em ângulos perigosos e inacreditáveis no afundamento de parte das fundações. Essas janelas me fitavam de maneira tão espectral que precisei de coragem para virar na direção leste, rumo à orla. Sem dúvida, o terror de uma casa deserta se avoluma em progressão mais geométrica do que aritmética quando as casas vão se multiplicando para formar uma cidade de total desolação. A visão de tais avenidas intermináveis, com seu aspecto baço de abandono e morte, e a ideia de tais infinidades interligadas de compartimentos negros e soturnos, entregues a teias de aranha e memórias e o verme conquistador, deflagravam medos e aversões vestigiais que nem mesmo a mais sólida filosofia é capaz de dissipar.

A Fish Street estava tão deserta quanto a Main, embora diferisse pelo fato de ter vários armazéns de pedra e tijolo ainda em excelente estado. A Water Street era quase uma duplicata dela, salvo pelas grandes lacunas no lado do mar onde antes haviam existido docas. Sequer uma alma viva eu vi, com exceção dos pescadores dispersos no quebra-mar distante, e sequer um som eu escutei, salvo pelo marulho das águas no ancoradouro e pelo rugido das quedas no Manuxet. A cidade estava me irritando cada vez mais, e olhei furtivamente para trás enquanto tomava o caminho de volta pela vacilante ponte da Water Street. A ponte da Fish Street, de acordo com o esboço, estava em ruínas.

Ao norte do rio havia traços de vida miserável – estabelecimentos ativos de acondicionamento de peixes na Water Street, chaminés fumegantes e telhados remendados aqui e ali, sons ocasionais de fontes indeterminadas e raras formas cambaleantes nas ruas funestas e vielas não pavimentadas –, mas esse fato me pareceu ser ainda mais opressivo do que a deserção ao sul. Para começar, as pessoas eram mais horrendas e anormais do que as de perto do centro da cidade, de modo que me ocorreu várias vezes a maligna lembrança de algo absolutamente fantástico que não consegui definir ao certo. Sem dúvida, a marca alienígena na gente de Innsmouth era mais forte aqui do que mais adentro no continente – a menos, de fato, que o "feitio de Innsmouth" fosse antes uma doença do que uma característica hereditária, e, nesse caso, o distrito poderia ser usado para refugiar os casos mais avançados.

Um detalhe que me aborrecia era a distribuição dos poucos e débeis sons que eu ouvia. Seria natural que viessem de todo das casas visivelmente habitadas, mas, na realidade, muitas vezes eles eram mais fortes no interior das fachadas cuja vedação de tábuas era mais rígida. Havia rangidos, passos apressados e duvidosos ruídos ásperos, e eu pensava, com grande desconforto, sobre os túneis ocultos sugeridos pelo rapaz da mercearia. De súbito, vi-me tentando imaginar como seriam as vozes daqueles residentes. Eu não escutara nenhuma fala até então naquela área, e me sentia misteriosamente ávido por não ouvi-la.

Parando apenas pelo tempo suficiente para olhar duas velhas igrejas, belas mas arruinadas, nas ruas Main e Church, apressei-me para sair daquele vil cortiço da orla. Minha lógica meta seguinte era New Church Green, mas, por uma razão ou outra, não consegui suportar a ideia de passar de novo pela igreja em cujo porão eu havia vislumbrado a forma inexplicavelmente assustadora daquele padre ou pastor com seu estranho diadema. Além disso, o jovem da mercearia me dissera que as igrejas, bem como a Casa da Ordem de Dagon, não eram vizinhanças recomendáveis para forasteiros.

Assim, avancei no sentido norte ao longo da Main rumo à Martin e então virei para o interior, cruzando a Federal Street com segurança ao norte de Green e entrando no decadente bairro aristocrático das vias Broad, Washington, Lafayette e Adams ao norte. Embora essas velhas e majestosas avenidas estivessem acidentadas e malconservadas, sua dignidade sombreada por olmos não havia sumido por inteiro. Mansão após mansão demandava meu olhar, a maioria delas decrépita e vedada com tábuas em meio a terrenos abandonados, mas uma ou duas em cada rua revelavam sinais de ocupação. Na Washington Street, havia uma fileira de quatro ou cinco em excelente conservação, com gramados e jardins bem cuidados. A mais suntuosa destas – com amplos jardins ornamentais em terraço estendendo-se para trás até a Lafayette Street – eu julguei ser o lar do velho Marsh, o flagelado dono da refinaria.

Em todas essas ruas não se via uma alma viva, e eu me espantei com a completa ausência de cães e gatos em Innsmouth. Outra coisa que me intrigou e perturbou, inclusive em alguma das mansões mais bem preservadas, foi a condição de hermético fechamento em várias janelas de terceiro andar e de sótão. O ar furtivo e secreto parecia ser universal naquela cidade silenciada da alienação e da morte, e não consegui me esquivar da sensação de estar sendo observado de todos os lados por olhos emboscados, maliciosos e arregalados que nunca se fechavam.

Estremeci quando soaram as badaladas rachadas das três horas num campanário à minha esquerda. Eu me lembrava bem demais da igreja atarracada de onde vinham aquelas notas. Seguindo pela Washington Street na direção do rio, deparei-me então com uma nova zona onde houvera outrora indústria e comércio, notando à frente as ruínas da fábrica e avistando outras, com os vestígios de uma velha estação ferroviária e uma ponte ferroviária coberta mais além, sobre a garganta, à minha direita.

A ponte vacilante agora diante de mim ostentava uma placa de advertência, mas assumi o risco e atravessei-a de novo até a margem sul, onde reapareceram os vestígios de vida. Criaturas furtivas e cambaleantes lançavam olhares fixos e enigmáticos na minha direção, e rostos mais normais me fitavam com frieza e curiosidade. Innsmouth estava se tornando intolerável com muita rapidez, e eu virei pela Paine Street, rumo à praça, na esperança de arranjar algum veículo que me levasse para Arkham antes do ainda distante horário de partida daquele ônibus sinistro.

Foi então que vi o dilapidado quartel dos bombeiros à minha esquerda e notei o velho de rosto avermelhado, barba espessa e olhos aquosos, trajando farrapos inclassificáveis, sentado num banco na frente do prédio, conversando com um par de bombeiros desleixados, mas cuja aparência não era anormal. Aquele só podia ser, claro, Zadok Allen, o nonagenário meio louco e beberrão cujas histórias a respeito da velha Innsmouth e de sua sombra eram tão horrendas e incríveis.

## III

Deve ter sido algum demônio da impulsividade – ou alguma força sardônica de origem obscura e oculta – que me fez mudar de planos. Eu já tinha decidido, muito antes, limitar minhas observações apenas à arquitetura, e já estava, naquele momento, caminhando depressa rumo à praça num esforço de obter um transporte veloz para fora daquela cidade purulenta da morte e da decadência; mas a visão do velho Zadok Allen firmou novas diretrizes em meus pensamentos, fazendo-me desacelerar o passo, de modo incerto.

Eu tinha sido assegurado de que o velho não poderia senão insinuar lendas desvairadas, desconjuntadas e incríveis, e eu tinha sido advertido de que seria perigoso ser visto pelos nativos conversando com ele; no entanto, a ideia dessa antiga testemunha da decadência da cidade, com memórias remontando aos primeiros tempos dos navios e das fábricas, era um chamariz ao qual nenhuma dose de razão me faria resistir. Afinal, os mais estranhos e mais loucos mitos não passam, com frequência, de meros símbolos ou alegorias baseados na verdade – e o velho Zadok por certo vira tudo o que acontecera em Innsmouth nos últimos noventa anos. A curiosidade se incendiou além da sensatez e da cautela, e, em meu egocentrismo juvenil, imaginei que poderia ser capaz de peneirar um núcleo de história real do derramamento confuso e extravagante que eu provavelmente extrairia com o auxílio do uísque vagabundo.

Eu sabia que não poderia abordá-lo ali, naquele instante, pois os bombeiros com toda certeza perceberiam e objetariam. Em vez disso, refleti, eu iria me preparar arranjando alguma bebida clandestina num lugar onde, pelo que o rapaz da mercearia me dissera, havia álcool de sobra. Depois eu ficaria vadiando perto do quartel dos bombeiros numa postura de aparente casualidade, topando com o velho Zadok quando ele partisse numa de suas frequentes perambulações. O jovem havia dito que ele era muito inquieto, raramente permanecendo sentado junto ao posto por mais do que uma hora ou duas de cada vez.

Pude obter uma garrafa de um litro de uísque com grande facilidade, mas não a preço baixo, nos fundos de uma imunda loja de variedades logo depois da praça, na

Eliot Street. O sujeito de aspecto sujo que me atendeu tinha um toque do arregalado "feitio de Innsmouth", mas era, a seu modo, bastante cortês, estando talvez habituado ao convício social com os forasteiros – caminhoneiros, compradores de ouro, gente do tipo – que passavam ocasionalmente pela cidade.

Repassando pela praça, percebi que a sorte estava do meu lado, pois – saindo da Paine Street e arrastando-me pela esquina do Gilman House – vislumbrei nada menos que o vulto alto, magro e andrajoso do velho Zadok Allen em pessoa. Agindo de acordo com meu plano, atraí a sua atenção brandindo minha garrafa recém-adquirida, e logo constatei que ele havia começado a arrastar os pés atrás de mim, desejoso, enquanto eu dobrava pela Waite Street a caminho da região mais deserta em que consegui pensar.

Eu estava me orientando pelo mapa que o rapaz da mercearia preparara, e minha meta era o trecho em total abandono na parte sul da orla que eu visitara antes. As únicas pessoas à vista tinham sido os pescadores no quebra-mar distante, e, avançando por algumas quadras no rumo sul, eu poderia ficar fora do alcance deles, encontrando um par de assentos em algum cais abandonado e me vendo livre para interrogar o velho Zadok, sem ser observado, por tempo indefinido. Antes de chegar à Main Street, pude ouvir às minhas costas um débil e ofegante "Ei, senhor!", e dentro em pouco permiti que o velho me alcançasse e desse copiosos goles na garrafa de litro.

Comecei a lançar alguns balões de ensaio enquanto caminhávamos rumo à Water Street e virávamos para o sul em meio à desolação onipresente e às ruínas loucamente inclinadas, mas constatei que a velha língua não se soltaria tão depressa como eu esperava. Por fim avistei uma abertura tomada de relva na direção do mar, entre paredes de tijolo desmoronadas, com o prolongamento de um cais de terra e alvenaria, cheio de ervas daninhas, projetando-se além. Pilhas de pedras cobertas de musgo perto da água prometiam assentos toleráveis, e o cenário era protegido de qualquer visão possível por um armazém em ruínas ao norte. Aquele, pensei, era o lugar ideal para um longo colóquio secreto; portanto, conduzi meu companheiro pela viela e escolhi pontos de assento entre as pedras musgosas. O ar de morte e deserção era macabro, e o fedor de peixe, quase insuportável; mas eu estava determinado a não deixar que nada me detivesse.

Restavam cerca de quatro horas para conversar, se eu quisesse pegar o ônibus das oito horas para Arkham, e comecei a ministrar mais álcool ao bebedor vetusto, comendo, enquanto isso, minha frugal refeição. Em minha dosagem, tomei o cuidado de não ultrapassar a medida certa, pois não desejava que a tagarelice vinosa de Zadok se transformasse num estupor. Uma hora depois, sua taciturnidade furtiva deu sinais de estar desaparecendo, mas, para minha grande frustração, ele continuava se esquivando das minhas perguntas acerca de Innsmouth e seu passado acossado por sombras. Balbuciava sobre tópicos correntes, revelando enorme familiaridade com jornais e uma grande tendência de filosofar ao modo sentencioso dos vilarejos.

Ao fim da segunda hora, temi que meu litro de uísque não fosse ser suficiente para produzir algum resultado, e já estava ponderando se não seria melhor deixar o velho Zadok ali para ir buscar mais. Bem naquele momento, contudo, o acaso propiciou a abertura que minhas perguntas tinham sido incapazes de proporcionar, e as divagações ofegantes do ancião tomaram um rumo que fez com que eu me inclinasse à frente, ouvindo com atenção. Eu estava de costas para o mar fedendo a peixe, mas ele estava de frente, e alguma coisa ou outra fizera seu olhar errante pousar na linha baixa e distante de Devil Reef, que então se mostrava de maneira nítida – e quase fascinante – acima das ondas. A visão pareceu desagradá-lo, pois ele começou a proferir uma série de fracas imprecações que terminaram num sussurro confidencial e num sagaz olhar de soslaio. Ele se inclinou na minha direção, agarrou a lapela do meu casaco e soprou algumas insinuações que eram inequívocas.

– Foi lá que tudo começou; naquele lugar maldito da pura maldade onde as água profunda começa. Portão do inferno, desce direto pra uma profundidade que nenhuma sonda não consegue alcançar. O velho capitão Obed fez, ele que descobriu mais do que era bom pra ele nas ilha dos Mar do Sul.

"Todo mundo tava no fundo do poço naqueles tempo. Os comércio quebrando, as fábrica perdendo negócio, inclusive as nova, e os melhor dos nossos homem tudo morto pirateando na guerra de 1812 ou perdido com o brigue pequeno *Elizy* e o brigue pequeno *Ranger*, os dois emprendimento do Gilman. O Obed Marsh, ele tinha três navio na água, o bergantim *Columby*, o brigue *Hetty* e a barca *Sumatry Queen*. Foi o único que manteve o comércio com as Índia Oriental e o Pacífico, se bem que a goleta *Malay Bride* do Esdras Martin fez emprendimento até lá por 28.

"Nunca teve ninguém que nem o capitão Obed... tinha parte com o demo! He, he! Ainda consigo ver ele falando das terra estrangeira, e chamando todo mundo de idiota porque eles ficavam indo nos encontro cristão e suportando seus fardo que nem ovelhinha mansa. Diz que eles tinham era que arranjar uns deus melhor que nem daquele pessoal das Índia, uns deus pra lhes dar boa pescaria em troca deles fazer sacrifício, e que iam atender de verdade as prece do pessoal.

"Matt Eliot, o imediato dele, falava um monte também, só que ele era contra o pessoal fazer qualquer coisa pagã. Falava duma ilha no leste de Otaheite onde tinha um monte de ruína de pedra muito velha que ninguém sabia nada o que era, meio como aquelas em Ponape, nas Carolina, mas com uns rosto esculpido que parecia que nem as estátua grande da Ilha de Páscoa. Tinha uma ilhazinha vulcânica lá perto, também, onde tinha outras ruína com umas escultura diferente, umas ruína tudo gasta, como se elas tivessem existido embaixo do mar uma vez, e com desenhos de uns monstros medonho tudo por cima delas.

"Bem, senhor, o Matt, ele diz que os nativo por lá tinham todos os peixe que eles conseguissem pegar, e usavam bracelete e pulseira e enfeite de cabeça feito de um tipo esquisito de ouro e tudo coberto com desenhos de monstro iguais que nem aqueles esculpido nas ruína da ilhazinha, meio que nem rã parecendo peixe ou peixe parecendo rã que eram desenhado em tudo quanto é tipo de posição como se fossem ser humano. Ninguém não conseguiu arrancar deles de onde eles tinham arranjado todo aquele troço, e todos os outros nativo não entendiam como eles conseguiam encontrar tanto peixe abundante justo quando nas ilhas bem do lado não rendia nem uma miséria. O Matt também ficou sem entender, e o capitão Obed também. O Obed, ele percebe, além disso, que um monte dos jovem bonito sumia de vista pra valer de um ano pro outro, e que não tinha muito pessoal mais velho por lá. Ele também achou que alguns entre aquele pessoal tinham aparência pra lá de esquisita, mesmo pra um Kanaky.

"O Obed precisou arrancar a verdade daqueles pagão. Não sei como foi que ele fez, mas ele começou permutando por aquelas coisa tipo ouro que eles usavam. Perguntou de onde era que elas vinham, e se eles conseguiam arranjar mais, e finalmente desentocou a história pelo velho chefe, Walakea, chamavam ele. Ninguém a não ser o Obed nunca que ia ter acreditado naquele velho diabo amarelo, mas o capitão conseguia ler as pessoas que nem se elas fossem um livro. He, he! Ninguém nunca acredita em mim agora quando eu lhes conto, e não suponho que você vai também, jovem rapaz, se bem que, olhando bem pra você, você meio que tem esses olho de ler afiado que nem o Obed tinha."

O sussurro do velho foi perdendo força, e eu me vi estremecendo com o terrível e sincero portento de sua entonação, mesmo sabendo que sua história poderia não passar de uma fantasia bêbada.

– Bem, senhor, o Obed, ele aprendeu que tem coisa nesse mundo que a maioria das pessoa nunca ouviu falar, e nem ia acreditar, se ouvisse. Parece que aqueles Kanakys andavam sacrificando uma porção dos jovem e das donzela deles pra umas espécie de deus-coisa que viviam embaixo do mar, e ganhando todo tipo de favorecimento em troca. Eles encontravam as coisa na ilhazinha com as ruína esquisita, e parece que aqueles desenho medonho dos monstro rã-peixe eram pra ser desenho dessas coisa. Talvez eles eram o tipo de criatura que deu origem pra todas as história de sereia e coisa do gênero. Eles tinham tudo que é tipo de cidade no fundo do mar, e essa ilha tinha levantado de lá. Parece que tinha algumas das coisa viva nos prédio de pedra quando a ilha subiu de repente na superfície. Foi assim que os Kanakys ficaram sabendo que eles tavam lá. Falaram por sinal assim que eles pararam de ficar apavorado, e logo logo fecharam um acordo.

"Aquelas coisa gostavam de sacrifício humano. Faziam isso eras antes, mas perderam noção do mundo de cima depois de um tempo. O que eles faziam com as vítima, eu é que não vou saber dizer, e acho que o Obed não fez questão de insistir muito na pergunta. Mas pros pagão não tinha problema, porque eles tavam passando por uma dureza, e tavam desesperado por causa de tudo. Eles davam um certo número de jovens pras coisa do mar duas vezes cada ano, véspera de maio e Halloween, na maior regularidade. Também davam algumas das bugiganga entalhada que eles faziam. O que as coisa concordavam de dar em troca era peixe abundante (eles empurravam peixe de tudo que é canto do mar) e algumas coisinha meio de ouro de vez em quando.

"Bem, como eu disse, os nativo encontravam as coisa na ilhotazinha vulcânica, indo até lá de canoa com os jovem de sacrifício e etecétera, e trazendo de volta tudo que é joia meio de ouro que eles ganhavam. Nos primeiros tempo, as coisa nunca não entravam na ilha principal, mas, depois de um tempo, elas começaram a querer. Parece que ficaram com desejo de se misturar com o pessoal, e fazer cerimônia junto nos dia grande, véspera de maio e Halloween. Sabe, eles tinham capacidade pra viver tanto dentro como fora d'água, o que chamam de anfíbios, eu acho. Os Kanakys falam pra eles como os pessoal das outras ilha podiam querer acabar com eles se ficassem sabendo da presença deles, mas eles diziam que não se importavam muito, porque podiam acabar com a laia humana toda se ficassem com vontade, isso é, com qualquer um que não tivesse certos sinais tipo aqueles que eram usado certa vez pelos perdido Antigos, seja lá quem fosse esses. Só que, não tendo vontade, eles ficavam na moita quando alguém visitava a ilha.

"No que diz respeito ao casalamento com aqueles peixe com aparência de sapo, os Kanakys meio que empacavam, mas no fim acabaram aprendendo uma coisa que colocou uma cara nova na questão. Parece que o pessoal humano conseguiu ter uma espécie de relação com aquelas besta da água; que tudo que era vivo tinha saído da água certa vez, e só precisa de uma pequena mudança pra voltar de novo. Aquelas coisa disseram pros Kanakys que, se eles misturassem sangue, podia nascer criança com cara de humano, no começo, mas depois iam se transformar mais e mais que nem as coisa, até que finalmente elas iam pular na água pra se juntar com a maioria das coisa lá no fundo. E essa é a parte importante, meu jovem rapaz, aqueles que virassem coisa-peixe e entrassem na água nunca não iam morrer. As coisa nunca morriam, exceto se fossem matada com violência.

"Bem, senhor, parece que, na altura que o Obed conheceu aqueles ilhéu, eles tavam cheio de sangue de peixe daquelas coisa das água profunda. Quando eles ficavam velho e começavam a mostrar, eles eram deixado escondido até lhes dar vontade de pular na água e deixar o lugar. Alguns eram mais afetados que os outro, e alguns nunca chegavam a mudar o suficiente pra entrar na água; mas na maioria eles viravam bem do jeito que as coisa dizia. Aqueles que tivessem nascido mais parecido com as coisa se transformavam cedo, mas os que eram quase humano às vezes permaneciam na ilha até passar dos setenta, se bem que antes eles geralmente desciam lá pro fundo em viagem de teste. Os pessoal que entravam na água costumavam retornar bastante pra visitar, de modo que um homem podia volta e meia estar falando com seu próprio avô do avô cinco vezes pra trás, que tinha deixado terra firme uns duzentos ano antes ou algo assim.

"Todo mundo perdeu a noção de morrer, exceto nas guerra de canoa com os outro ilhéu, ou em sacrifício pros deus do mar lá no fundo, ou por mordida de cobra ou peste ou moléstia galopante aguda ou algo antes de eles poderem entrar na água, mas eles simplesmente ficavam esperando uma espécie de mudança que não era nem um pouco horrível depois de um tempo. Eles achavam que isso que eles ganhavam valia muito a pena por tudo que tinham desistido, e eu acho que o próprio Obed meio que acabou pensando a mesma coisa quando ele ruminou a história do velho Walakea um pouco. O Walakea, porém, era um dos pouco que não tinha nenhum sangue de peixe, sendo ele duma linhagem real que só se casava com linhagem real das outras ilha.

"O Walakea, ele mostrou pro Obed um monte de rito e encantamento que tinham a ver com as coisa do mar, e deixou ele ver algumas das gente do vilarejo que tinham mudado um monte da forma humana. De um jeito ou de outro, porém, ele nunca deixou ele ver uma das coisa regular saindo direto da água. No final, ele deu pra ele um trocinho engraçado feito de chumbo ou algo assim, que ele dizia que podia chamar as coisa-peixe de qualquer lugar da água onde pudesse ter um ninho delas. A ideia era deixar o troço cair com o tipo certo de reza e coisa do gênero. O Walakea reconhecia que as coisa estavam espalhada pelo mundo todo, então qualquer um que procurasse por aí podia encontrar um ninho delas e chamar elas pra cima, se precisasse delas.

"O Matt, ele não gostou nem um pouco desse negócio, e queria que o Obed ficasse longe da ilha; mas o capitão estava doido por lucro, e achou que podia conseguir aquelas coisa meio de ouro bem barato, que uma especialização naquilo lhe daria ganho. As coisas andaram desse jeito por anos, e o Obed conseguiu bastante daquele material parecido com ouro pra poder abrir a refinaria na velha tecelagem acabada do Waite. Ele não ousava vender as peça como elas eram, porque o pessoal ia ficar fazendo pergunta o tempo todo. Mesmo assim, a tripulação dele pegava e usava uma peça de vez em quando, mesmo tendo jurado que nunca iam contar nada; e ele deixava as mulher usar algumas das peça que tinham mais aparência humana do que as outra.

"Bem, lá por volta de 38, quando eu tinha sete anos de idade, o Obed descobriu que o povo da ilha tinha todo sumido entre uma viagem e outra. Parece que os outros ilhéu tinham ficado sabendo do que tava acontecendo e tinham assumido controle. Suponho que decerto eles deviam ter, afinal de contas, aqueles velho sinal mágico que, pelo que as coisa do mar falavam, eram as única coisa que elas tinham medo. Nem dá pra imaginar o que qualquer um daqueles Kanakys pode por acaso se apoderar quando o fundo do mar vomita alguma ilha com umas ruína mais velha que o dilúvio. Uns maldito devoto, aqueles eram; não deixaram nada de pé nem na ilha principal nem na ilhotazinha vulcânica exceto as parte das ruína que eram grande demais pra derrubar. Em alguns lugar, tinha umas pedrinha espalhada, que nem talismã, com algo nelas como isso que vocês chamam de suástica hoje em dia. Provavelmente era os sinais dos Antigos. O pessoal todo sumido, nem vestígio das coisa meio de ouro, e nenhum dos Kanakys das redondeza deixava escapar uma palavra sobre o assunto. Nem mesmo admitiam que jamais tinha existido qualquer gente naquela ilha.

"Foi naturalmente um golpe muito duro, pro Obed, ver que o negócio normal dele ia de mal a pior. Aquilo golpeou Innsmouth toda, também, porque nos tempo da navegação o que dava lucro pro comandante dum navio geralmente dava lucro proporcional pra tripulação. A maioria do pessoal pela cidade aceitou os tempo duro meio que nem ovelhinha resignada, mas eles tavam no fundo do poço, porque a pesca tava esgotando e as usina também não iam nada bem.

"Foi nesse tempo que o Obed, ele começou a praguejar contra o pessoal por serem umas ovelha burra e rezarem pra um céu cristão que não ajudava eles em nada. Dizia pra eles que conhecia um pessoal que rezava pra uns deus que lhe dava o que você realmente precisava, e falava que, se uma boa penca de homens apoiasse ele, ele talvez conseguisse arranjar certos poderes pra trazer peixe abundante e uma bela quantidade de ouro. É claro que aqueles que serviram no *Sumatra Queen* e tinham visto a ilha sabiam o que ele tava dizendo, e não tavam tão ansioso assim pra chegar perto das coisa do mar como eles tinham ouvido falar, mas aqueles que não sabiam do que se tratava ficaram meio balançados pelo que o Obed tinha pra dizer, e começaram a perguntar pra ele o que ele podia fazer pra colocar eles no caminho da fé que lhes desse resultado."

Aqui o velho vacilou, resmungou e recaiu num silêncio taciturno e apreensivo, olhando com nervosismo por cima do ombro e depois voltando para fitar, de maneira fascinada, o distante recife negro. Quando lhe falei, ele não respondeu, por isso eu soube que precisaria deixá-lo terminar a garrafa. A narrativa insana que eu estava ouvindo interessava-me profundamente, pois imaginava que havia, contida nela, alguma espécie de alegoria rude, baseada na estranheza de Innsmouth e elaborada por uma imaginação ao mesmo tempo criativa e repleta de fragmentos de lendas exóticas. Nem por um instante acreditei que a história tivesse qualquer fundamento realmente substancial, mas, não obstante, o relato insinuava um toque de genuíno terror, quando menos porque apresentava referências a joias estranhas claramente relacionadas à tiara maligna que eu vira em Newburyport. Talvez os ornamentos tivessem vindo, afinal, de certa ilha estranha, e era possível que as histórias desvairadas fossem mentiras do próprio falecido Obed, e não daquele velho beberrão.

Entreguei a garrafa para Zadok, e ele a secou até a última gota. Era curioso como ele aguentava tanto uísque, pois sequer um traço de turvação aparecera em sua voz alta e ofegante. Ele lambeu o gargalo da garrafa e a enfiou no bolso, começando então a cabecear e sussurrar baixinho consigo mesmo. Inclinei-me mais perto para captar quaisquer palavras articuladas que ele pudesse proferir, e pensei ter visto um sorriso sardônico por trás dos espessos bigodes manchados. Sim – ele estava de fato articulando palavras, e eu consegui apanhar uma razoável porção delas.

– Pobre do Matt; o Matt, ele tava sempre contra; tentou alinhar o pessoal no lado dele, e tinha longas conversa com os pregador, não adiantou nada, eles correram o pastor congregacional da cidade, e o sujeito metodista deu no pé; nunca mais que eu vi o Resolved Babcock, o pastor batista, Ira de Jeová, eu era uma criaturinha de nada, mas cscutei o que eu escutei, e vi o que eu vi, Dagon e Ashtoreth, Belial e Belzebu, Bezerro de Ouro e os ídolo de Canaã e dos Filisteus, umas abominação babilônica, *Mene, mene, tequel, ufarsim...*

Ele parou de novo e, pelo aspecto de seus aquosos olhos azuis, temi que estivesse à beira do estupor, afinal. Contudo, quando sacudi seu ombro de leve, ele se virou para mim, espantosamente alerta, e disparou mais algumas frases obscuras.

– Não acredita em mim, hein? He, he, he, então só me diz uma coisa, meu jovem rapaz, por que o capitão Obed e uns vinte outros costumavam remar até Devil Reef na calada da noite e cantar umas coisa tão alto que você conseguia ouvir na cidade toda quando o vento tava certo? Me responde isso, hein? E, me responde, por que o Obed tava sempre jogando umas coisa pesada na água profunda do outro lado do recife onde o leito desce direto que nem um penhasco tão fundo que não dá pra sondar? Me responde o que ele fez com aquele trocinho de chumbo de formato engraçado que o Walakea deu pra ele? Hein, menino? E o que eles tudo uivavam na véspera de maio e de novo no Halloween seguinte? E por que os novo pastor da igreja, uns camarada que antes eram marinheiro, vestiam aqueles manto esquisito e se cobriam com aquelas coisa meio de ouro que o Obed trazia? Hein?

Os aquosos olhos azuis mostravam-se agora quase selvagens e maníacos, e a suja barba branca estava eletricamente eriçada. O velho Zadok provavelmente me vira recuar com medo, pois tinha começado a casquinar de maneira maligna.

– He, he, he, he! Começando a ver, hein? Talvez você gostasse de ter sido eu naqueles tempo, quando eu via umas coisa de noite lá fora no mar, da cúpula no alto da minha casa. Ah, eu posso lhe dizer, jarro pequeno tem orelha grande, e eu não tava perdendo nada do que era fofocado sobre o capitão Obed e o pessoal lá fora no recife! He, he, he! Que tal a noite que eu levei a luneta do navio do meu pai lá em cima na cúpula e vi o recife todo apinhado de umas forma que mergulhavam tão logo a lua subia? Obed e o pessoal tavam num barquinho chato, mas aquelas forma mergulhavam pelo lado mais longe na água profunda e nunca não voltavam... Que tal você acharia se você fosse um garotinho sozinho numa cúpula observando umas *forma que não eram formas humana?*... Hein?... He, he, he...

O velho estava ficando histérico, e eu comecei a tremer com um alarme inominável. Ele pousou uma garra nodosa no meu ombro, e me pareceu me sacudir com uma intenção nada jubilosa.

– Imagine que uma noite você visse algo pesado sendo alçado acima do barquinho do Obed além do recife, e aí descobrisse, no dia seguinte, que um jovem rapaz tinha sumido de casa? Hein? Por acaso alguém jamais voltou a ver sequer um fio de cabelo de Hiram Gilman? Voltou? E Nick Pierce, e Luelly Waite, e Adoniram Saouthwick e Henry Garrison? Hein? He, he, he, he... As forma falando linguagem de sinal com as mão... as que tinham mão de verdade...

"Bem, senhor, foi nesse tempo que o Obed começou a ficar de pé de novo. O pessoal via suas três filha usando as coisa meio de ouro como nunca ninguém não tinha visto nelas antes, e fumaça começou a sair da chaminé da refinaria. Outros pessoal tava prosperando também, peixe começou a transbordar no ancoradouro, pronto pro abate, e sabe Deus o tamanho das carga que a gente começou a embarcar pra Newburyport, Arkham e Boston. Foi aí que o Obed ajeitou o velho ramal ferroviário. Uns pescador de Kingsport ouviram falar da fartura e vieram numas chalupa, mas eles tudo se perderam. Nunca ninguém não viu eles de novo. E bem aí o nosso pessoal organizou a Ordem Esotérica de Dagon e comprou pra ela a Casa Maçônica da Comenda do Calvário... he, he, he! O Matt Eliot era um maçom e era contra vender, mas ele sumiu de vista bem naquela época.

"Lembre, eu não tô dizendo que o Obed tava determinado a fazer as coisa igual como elas eram naquela ilha Kanaky. Acho que no começo ele não pretendia fazer nenhuma mistura, nem criar nenhum jovenzinho herói pra levar pra água e virar peixe com vida eterna. Ele queria as coisas de ouro, e tava disposto a pagar caro, e acho que os outro ficaram satisfeito por um tempo...

"Lá por 46, a cidade fez por conta própria uma investigação e consideração. Gente demais desaparecida, pregação e reunião dominical demais, falatório demais sobre aquele recife. Acho que eu ajudei um pouco contando pro Selectman Mowry o que eu tinha visto lá da cúpula. Formaram um grupo certa noite que seguiu a turma do Obed até o recife, e eu escutei uns tiro entre os barquinho. No dia seguinte, o Obed e outros 22 tavam na cadeia, com todo mundo matutando no que é que tava em andamento e qual é que era o tipo de acusação que podia ser feito contra eles. Deus, se alguém tivesse olhado pra frente... Umas duas semanas depois, sem que nada tinha sido jogado no mar por aquele tempo todo..."

Zadok estava dando sinais de pavor e exaustão, e o deixei ficar em silêncio por alguns instantes, mas conferindo, apreensivo, o meu relógio. A maré havia virado, estava subindo agora, e o som das ondas pareceu despertá-lo. Fiquei contente com essa maré, pois com a cheia o fedor de peixe poderia não ser tão ruim. Mais uma vez, esforcei-me para captar seus sussurros.

– Aquela noite medonha... eu vi eles... eu tava lá na cúpula... hordas deles... um enxame deles... em cima do recife todo e nadando pelo ancoradouro para o Manuxet... Deus, o que aconteceu nas rua de Innsmouth naquela noite... eles chacoalharam a nossa porta, mas o pai não abriu... depois ele saltou pra fora pela janela da cozinha com seu mosquete pra encontrar o Selectman Mowry e ver o que ele podia fazer... Montes dos morto e dos moribundo... tiroteio e gritaria... berros na praça velha e Town Square e New Church Green... cadeia escancarada... proclamação... traição... chamaram de peste quando o pessoal veio e viu metade da nossa gente desaparecida... ninguém tinha sobrado a não ser os que se juntavam com o Obed e aquelas coisa, ou então ficavam quieto... nunca mais eu não soube do meu pai...

O velho arfava e transpirava em profusão. Seu aperto em meu ombro ficou mais forte.

– Tudo limpo pela manhã... mas tinha *traços*... O Obed, ele meio que toma conta e diz que as coisa vão ser mudadas... *outros* vão venerar com a gente nos encontro, e certas casa precisam receber *hóspede*... eles queriam misturar como fizeram com os Kanakys, e ele da parte dele não sentia nenhuma obrigação de impedir. Totalmente afundado, tava o Obed... que nem um doido no assunto. Falava que eles nos traziam peixe e tesouro, e deviam ganhar o que desejavam...

"Nada era pra ser diferente por fora, só que a gente precisava ficar precavido com os estranho se a gente sabia o que era bom pra nós. Nós todos tivemos que fazer o Juramento de Dagon, e mais depois teve um segundo e um terceiro juramento que alguns de nós fez. Aqueles que davam ajuda especial ganhavam recompensa especial, ouro e coisa do gênero, não adiantava empacar, pois tinha milhões deles lá embaixo. Eles preferiam não começar a subir e acabar com a raça humana, mas, se eles fossem traído e forçado, eles podiam fazer um monte bem nesse sentido. A gente não tinha aqueles talismã velho pra rechaçar eles como aquele pessoal do Mar do Sul fazia, e aqueles Kanakys nunca que iam entregar os segredo deles.

"Era só oferecer bastante sacrifício e bugiganga selvagem e refúgio na cidade quando eles quisessem, e eles deixavam tudo bastante na paz. Não iam incomodar nenhum forasteiro que pudesse levar história lá pra fora, isso é, sem que eles começassem a bisbilhotar. Todos no bando dos fiel (Ordem de Dagon) e as criança nunca não iam morrer, mas iam voltar pra Mãe Hidra e o Pai Dagon de onde todos nós viemos certa vez... *Lä! Lä! Cthulhu fhtagn! Ph'nglui mglw'nafh Ctulhu R'yleh wgah-nagl fhtaga...*"

O velho Zadok estava mergulhando depressa num delírio violento, e eu prendi a respiração. Pobre alma – a que deploráveis profundezas de alucinação a bebida, mais seu ódio à decadência, à alienação e à doença em volta levaram aquele cérebro fértil e imaginativo! Ele começou então a gemer, e as lágrimas corriam pelos sulcos de sua face para os recessos de sua barba.

– Deus, o que eu vi desde os meus quinze anos de idade... *Mene, mene, tequel, ufarsim!* Os pessoal que tinham desaparecido e os que se mataram, os que contavam coisa em Arkham ou Ipswich ou outros lugares desse eram tudo chamado de louco, como você tá me chamando bem agora, mas Deus, o que eu vi, eles já iam ter me matado há muito tempo pelo que eu sei, só que eu fiz o primeiro e o segundo Juramento de Dagon com o Obed, por isso eu era protegido, a não ser que um júri deles provasse que eu contava as coisa sabendo e dum modo deliberado... mas não quis fazer o terceiro Juramento, preferia morrer do que fazer aquilo...

"Ficou pior pelo tempo da Guerra Civil, *quando as criança nascida desde 46 começaram a crescer*, algumas dela, quer dizer. Eu fiquei com medo, nunca mais fiquei bisbilhotando depois daquela noite medonha, e nunca vi um... *deles*... de perto na minha vida toda. Isso é, nunca nenhum de sangue completo. Eu fui pra guerra, e, se eu tivesse um mínimo de coragem ou bom senso, nunca que não tinha voltado, mas me fixava longe daqui. Mas o pessoal me escrevia que as coisa não tava tão ruim. Isso, eu acho, porque os homem de alistamento do governo tavam na cidade depois de 63. Depois da guerra, ficou ruim igual de novo. As pessoa começaram a cair fora, as usina e as loja fecharam, a navegação parou, e o ancoradouro entupiu, desistiram da ferrovia, mas *eles...* eles nunca pararam de nadar no rio pra lá e pra cá daquele maldito recife de Satã, e mais e mais janela de sótão eram vedada com tábua, e mais e mais barulho eram ouvido nas casa que não deviam ter ninguém dentro delas...

"O pessoal de fora tem suas história de nós; acho que você deve ter escutado um monte delas, pelas pergunta que você faz; umas história sobre umas coisa que as pessoas viram vez ou outra, e sobre aquelas joia esquisita que ainda chega de algum lugar e não é derretida de todo, mas nunca nada não fica definido. Ninguém acredita em nada. Chamam essas coisa parecida com ouro de pilhagem de pirata e argumentam que o pessoal de Innsmouth tem sangue estrangeiro ou é destemperado ou algo assim. Além do mais, os que vivem aqui espantam todos os estrangeiro que conseguem, e encorajam o resto a não ficar muito curioso, em especial durante a noite. Os animal late pras criatura, os cavalo pior que mula, mas, quando chegaram os auto, aí tudo bem.

"Em 46, o capitão Obed arranjou uma segunda esposa *que ninguém na cidade nunca não viu*, uns falam que ele não queria, mas foi obrigado por aqueles que ele tinha invocado; teve três filho com ela, dois que desapareceram novo, e uma menina que não era parecida com ninguém e foi educada na Europa. O Obed acabou casando ela, enganando um sujeito de Arkham que não suspeitava de nada. Mas ninguém de fora não quer nada que ver com o pessoal de Innsmouth agora. Barnabas Marsh, que agora dirige a refinaria, é neto do Obed com sua primeira esposa, filho de Onesiphorus, seu filho mais velho, *mas a mãe dele era outra daquelas que nunca não era vista fora de casa.*

"Por agora o Barnabás tá todo mudado. Não consegue mais fechar os olho, e tá todo deformado. Dizem que ele ainda usa roupa, mas ele vai entrar na água bem logo. Talvez ele até já tentou, eles de vez em quando mergulham por uns período pequeno antes de ir pra sempre. Ninguém não viu ele mais em público já faz uns bons dez ano. Não sei como a pobre esposa dele deve se sentir; ela vem de Ipswich, e quase lincharam o Barnabás quando ele cortejou ela uns cinquenta anos atrás. O Obed, ele morreu com 78, e a geração seguinte toda já se foi, os filho da primeira esposa morto, e o resto... sabe Deus..."

O som da maré entrante era muito insistente agora, e, pouco a pouco, parecia estar transformando o estado de espírito do velho de um lacrimejamento piegas para um medo vigilante. Ele parava vez por outra para renovar aqueles olhares nervosos por sobre o ombro ou na direção do recife, e, a despeito do absurdo desvairado de sua narrativa, não consegui deixar de começar a partilhar de sua vaga apreensão. Zadok se mostrava mais estridente agora; parecia estar tentando espicaçar a própria coragem com um tom de voz mais alto.

– Ei, você, por que que você não diz nada? O que é que você acharia de viver numa cidade como essa, com tudo apodrecendo e morrendo, e os monstro trancafiado e rastejando e balindo e latindo e saltando pra lá e pra cá nos porão e sótão escuro não importa onde você for? Hein? O que é que você acharia de ouvir os uivo noite após noite saindo das igreja e da Casa da Ordem de Dagon, *sabendo o que tá uivando parte dos uivo*? O que é que você acharia de ouvir o que vem daquele recife medonho toda véspera de maio e todo Halloween? Hein?

Acha que o velho tá louco, é? Bem, senhor, *pois então eu lhe digo que isso não é o pior!*

Zadok estava de fato gritando agora, e o louco frenesi de sua voz me perturbou mais do que eu gostaria de admitir.

– Maldito, não fica aí, me encarando com esses olho; eu digo pro Obed Marsh que ele tá no inferno e ele precisa ficar lá! He, he... no inferno, eu digo! Não pode me pegar, eu não fiz nada nem contei nada pra ninguém...

"Ah, você, meu jovem rapaz? Bem, mesmo que eu nunca não tenha contado nada pra ninguém ainda, eu vou contar agora! Você só fica sentado aí quieto e me ouve, menino, isso é o que eu nunca não contei pra ninguém... Eu falei que eu nunca mais não saí bisbilhotando depois daquela noite, *mas eu descobri umas coisa mesmo assim!*

"Você quer saber qual é o horror de verdade, quer? Bem, é o seguinte: não é o que aqueles diabo peixe *fizeram, mas o que eles vão fazer!* Eles tão trazendo coisas lá de baixo de onde eles vêm aqui pra cidade; já andam fazendo isso faz anos, e com mais lerdeza nos últimos tempo. Aquelas casa ao norte do rio entre a Water e a Main Street tão cheia deles, os diabo *e o que eles trouxeram*, e quando eles estiverem pronto... eu lhe digo, *quando eles estiverem pronto*... já ouviu falar de um *shoggoth*?

"Hein, tá me ovindo? Eu lhe digo, *eu sei como as coisa são; eu vi elas uma noite quando*... eh-ahhh-ah! e'yahhh..."

O repente horrendo e a inumana atrocidade do berro do velho quase me fizeram desmaiar. Seus olhos, fitando além de mim o mar malcheiroso, estavam positivamente saltando de sua cabeça, ao passo que seu rosto era uma máscara de medo digna de uma tragédia grega. A garra ossuda se cravou monstruosamente no meu ombro, e o velho não esboçou nenhum movimento quando virei a cabeça para olhar fosse lá o que ele havia vislumbrado.

Não havia nada que eu pudesse ver. Apenas a maré entrante, com uma série de ondulações mais aproximadas, talvez, do que a extensa linha de rebentação. Mas Zadok estava me chacoalhando agora, e eu me virei para observar aquele rosto congelado de medo se derretendo num caos de pálpebras contraídas e gengivas balbuciantes. Dentro em pouco sua voz voltou – muito embora num sussurro trêmulo.

– *Cai fora daqui!* Cai fora daqui! *Eles viram a gente*, cai fora, salva tua vida! Não espera por nada, *agora eles sabem*... Foge correndo, depressa, *pra longe dessa cidade*...

Outra onda pesada colidiu com a alvenaria solta do cais desativado, e transformou o sussurro do ancião louco em outro grito inumano, de gelar o sangue.

– *E-yaahhhh!... yhaaaaaaa!*

Antes que eu conseguisse recuperar meu juízo disperso, ele já relaxara o aperto em meu ombro e havia disparado em desvairada corrida continente adentro na direção da rua, virando para o norte, cambaleante, ao contornar a parede arruinada do depósito.

Olhei de novo para o mar, mas não havia nada. Quando alcancei a Water Street e lancei um olhar para o norte, já não havia nenhum sinal remanescente de Zadok Allen.

## IV

Mal consigo descrever o estado de espírito no qual esse aflitivo episódio me deixou – um episódio ao mesmo tempo louco e deplorável, grotesco e aterrorizante.

O rapaz da mercearia tinha me preparado para aquilo, mas a realidade não me deixara menos aturdido e perturbado. Por mais pueril que fosse a história, a insanidade do fervor e do horror do velho Zadok me transmitira uma crescente inquietação que se uniu ao meu sentimento anterior de aversão pela cidade e sua infestação de intangível sombra.

Mais tarde eu poderia esmiuçar a história com cuidado e extrair algum núcleo de alegoria histórica; naquele momento, eu desejava tirá-la da minha cabeça. A hora se fizera perigosamente tardia – meu relógio indicava 7h15, e o ônibus para Arkham saía da Town Square às oito –, por isso tentei dar a meus pensamentos a organização mais neutra e prática possível, caminhando depressa, enquanto isso, pelas ruas desertas com telhados esburacados e casas inclinadas na direção do hotel, onde eu registrara minha valise e encontraria meu ônibus.

Ainda que a luz dourada do entardecer conferisse aos telhados antigos e às chaminés decrépitas um ar místico de paz e graciosidade, não pude deixar de ficar olhando por cima do ombro vez por outra. Eu decerto ficaria muito contente por escapar da malcheirosa Innsmouth, com sua sombra de medo, e desejava que houvesse algum outro veículo além do ônibus conduzido pelo tal Sargent de aspecto sinistro. Contudo, não corri com precipitação excessiva, pois havia detalhes arquitetônicos dignos de observação em cada canto silencioso, e eu poderia com grande facilidade, calculei, cobrir a distância necessária em meia hora.

Estudando o mapa do rapaz da mercearia e procurando uma rota que eu ainda não percorrera, escolhi Marsh Street em vez da State para me encaminhar à Town Square. Perto da esquina da Fall Street, comecei a ver grupos dispersos de murmuradores furtivos, e, quando afinal cheguei à praça, percebi que quase todos os ociosos estavam congregados junto à porta do Gilman House. Era como se inúmeros olhos aquosos e salientes me observassem sem piscar, de modo fantástico, enquanto eu requisitava minha valise no saguão e torcia para que nenhum daqueles seres desagradáveis viesse a ser meu companheiro de viagem no ônibus.

Chegando um tanto cedo, o ônibus veio sacolejando com três passageiros um pouco antes das oito, e um sujeito de aspecto maligno na calçada resmungou algumas palavras indistinguíveis para o motorista. Sargent jogou para fora um saco do correio e um fardo de jornais e entrou no hotel; os passageiros – os mesmos que eu vira chegando a Newburyport naquela manhã – saíram bamboleando pela calçada e trocaram algumas débeis palavras guturais com um dos indolentes numa língua que, eu poderia jurar, não era o inglês. Subi no ônibus vazio e ocupei o mesmo assento que havia ocupado antes, mas eu mal me acomodara quando Sargent reapareceu e começou a resmungar numa voz gutural de peculiar repugnância.

Eu estava, segundo parecia, com muito azar. Ocorrera algo de errado com o motor, apesar do excelente tempo feito desde Newburyport, e o ônibus não poderia completar a viagem até Arkham. Não, de modo algum ele poderia ser consertado naquela noite, tampouco havia qualquer outro meio de obter transporte para sair de Innsmouth, fosse para Arkham ou para outro lugar. Sargent lamentava muito, mas eu teria de me alojar no Gilman. Provavelmente o recepcionista me cobraria um preço amenizado, mas não havia nada mais a fazer. Quase atordoado por aquele súbito obstáculo, e no violento temor de que caísse a noite naquela cidade decadente e pouco iluminada, desci do ônibus e voltei a entrar no saguão do hotel, onde o carrancudo e esquisito recepcionista noturno me informou que eu poderia ficar com o quarto 428, perto do último andar – grande, mas sem água corrente –, por um dólar.

Apesar do que eu ouvira sobre aquele hotel em Newburyport, assinei o registro, paguei o dólar, deixei o recepcionista pegar a minha valise e acompanhei aquele atendente azedo e solitário por três rangentes lances de escada, passando por corredores empoeirados que não pareciam totalmente desprovidos de vida. Meu quarto, um lúgubre aposento de fundo com duas janelas e uma mobília nua e barata, dava para um pátio sujo também cercado por desertos blocos baixos de tijolos, oferecendo um panorama de telhados decrépitos estendendo-se na direção oeste com uma região pantanosa mais além. No fim do corredor havia um banheiro – uma relíquia desalentadora com um vetusto vaso de mármore, banheira de estanho, débil luz elétrica e painéis de madeira mofados em volta do encanamento todo.

Com o dia ainda claro, desci até a praça e procurei alguma espécie de lugar para jantar, notando, em minha busca, os olhares estranhos que recebi dos perniciosos indolentes. Visto que a mercearia encontrava-se fechada, fui forçado a frequentar o restaurante que havia evitado antes, sendo atendido por um homem encurvado de cabeça estreita, com fixos olhos sempre abertos, e uma moça de nariz achatado com mãos incrivelmente grossas e desajeitadas. O serviço era do tipo de balcão, e fiquei aliviado por constatar que grande parte era evidentemente servido de latas e pacotes. Uma tigela de sopa de legumes com torradinhas foi suficiente para mim, e logo rumei de volta para o meu desanimado quarto no Gilman, tendo arranjado um jornal vespertino e uma revista manchada por mosca com o recepcionista de cara maligna no suporte instável ao lado de sua escrivaninha.

Com o crepúsculo se adensando, acendi a única fraca lâmpada elétrica por sobre a cama barata com armação de ferro e tentei, o melhor que pude, continuar a leitura que havia começado. Julguei ser aconselhável manter a cabeça sadiamente ocupada, pois não seria bom ficar meditando sobre as anormalidades daquela cidade antiga e sombreada por praga enquanto eu ainda estivesse dentro de suas fronteiras. A fábula insana que eu ouvira do beberrão idoso não prometia sonhos muito agradáveis, e senti que precisava manter a imagem de seus olhos desvairados e aquosos o mais longe possível da minha imaginação.

Eu também não devia me deter no que aquele inspetor de fábrica havia contado ao bilheteiro de Newburyport sobre o Gilman House e as vozes de seus ocupantes noturnos – não nisso, tampouco no rosto por baixo da tiara no negro vão de porta da igreja – o rosto cujo horror meu raciocínio consciente não conseguia explicar. Teria sido mais fácil, talvez, manter meus pensamentos longe de tópicos perturbadores se o quarto não estivesse tão repulsivamente mofado. Não sendo assim, o mofo letal se misturava de maneira horrenda com o fedor generalizado de peixe da cidade, concentrando persistentemente as ideias da pessoa na morte e na decadência.

Outra coisa que me perturbava era a ausência de um trinco na porta do meu quarto. Existira um nele, como ficava claro pelas marcas, mas havia sinais de recente retirada. Sem dúvida tinha ficado avariado, como inúmeras outras coisas naquele edifício decrépito. Em meu nervosismo, olhei em volta e descobri um trinco no guarda-roupa que parecia ter o mesmo tamanho, a julgar pelas marcas, do que estivera outrora na porta.

Para obter um alívio parcial da tensão generalizada, ocupei-me transferindo aquela ferragem para o lugar vago com a ajuda de uma providencial ferramenta três em um, incluindo chave de fenda, que eu mantinha em meu chaveiro. O trinco encaixou-se com perfeição, e fiquei aliviado, em certa medida, quando percebi que conseguiria fechá-lo com firmeza na hora de me recolher. Não que eu tivesse alguma efetiva apreensão quanto à sua necessidade, mas qualquer símbolo de segurança seria bem-vindo num ambiente daquela espécie. Havia trincos adequados nas duas portas laterais que levavam aos quartos adjacentes, e estes eu tratei de trancar.

Não tirei a roupa, mas decidi ler até ficar sonolento, para então me deitar tirando apenas casaco, colarinho e sapatos. Tirando uma lanterna de bolso da valise, guardei-a na minha calça, de modo que eu pudesse conferir meu relógio caso acordasse mais tarde, no escuro. A sonolência, porém, não veio; quando parei para analisar meus pensamentos, constatei, para meu desassossego, que eu estava de fato, de modo inconsciente, tentando ouvir algo – tentando ouvir algo que eu temia, mas não conseguia nomear. A história daquele inspetor por certo influenciara minha imaginação mais profundamente do que eu suspeitara. Outra vez tentei ler, mas constatei que não fazia nenhum progresso.

Depois de um tempo, tive a impressão de ouvir as escadas e os corredores rangendo a intervalos, como que em função de passos, e me perguntei se os outros quartos estariam começando a ser ocupados. Não havia vozes, porém, e pareceu-me que havia algo de sutilmente furtivo nos rangidos. Aquilo me pareceu ruim, e refleti se seria recomendável tentar dormir em absoluto. Aquela cidade tinha uma gente bizarra, e haviam ocorrido, sem dúvida, diversos desaparecimentos. Seria aquela uma dessas estalagens onde os viajantes eram mortos para serem roubados? Com toda certeza, eu não tinha um ar de excessiva prosperidade. Ou será que os habitantes realmente se ressentiam tanto assim de visitantes curiosos? Por acaso minha óbvia perambulação turística, com suas frequentes consultas de mapa, despertara uma notoriedade desfavorável? Ocorreu-me que eu devia estar num estado de forte nervosismo para deixar que alguns rangidos aleatórios me fizessem especular daquela maneira – mas lamentei, mesmo assim, não estar armado.

Por fim, sentindo uma fadiga que não tinha em si nada de sonolência, tranquei a porta recém-equipada do corredor, desliguei a luz e me joguei na cama dura e desnivelada – de casaco, colarinho, sapatos e tudo. Na escuridão, cada débil ruído noturno parecia ser amplificado, e uma torrente de pensamentos duplamente desagradáveis tomou conta de mim. Lamentei ter apagado a luz, mas estava cansado demais para me levantar e acendê-la de novo. Então, depois de um longo e tenebroso intervalo, e prefaciado por novos rangidos na escada e no corredor, veio aquele som brando e abominavelmente inconfundível que parecia uma maligna concretização de todas as minhas apreensões. Sem a menor sombra de dúvida, a fechadura da minha porta do corredor estava sendo acionada – de maneira cautelosa, furtiva, experimental – por uma chave.

Minhas sensações ao reconhecer aquele sinal de efetivo perigo talvez tenham sido menos e não mais tumultuadas em função de meus vagos temores prévios. Eu estava, muito embora sem motivo definido, por instinto, em guarda – e isso me era vantajoso na crise nova e real, qualquer que ela viesse a ser. Não obstante, a mudança na ameaça, de vaga premonição para realidade imediata, foi um choque profundo que me acometeu com a força de um genuíno golpe. Em nenhum momento me ocorreu que aquele ruído tentativo pudesse ser um mero engano. Eu só conseguia pensar em um propósito maligno, e me mantive num silêncio mortal, esperando pelo próximo movimento do suposto intruso.

Depois de um tempo, os estalidos cautelosos cessaram, e ouvi alguém entrar no quarto ao norte com uma chave-mestra. Depois, a fechadura da porta de ligação com o meu quarto foi testada com suavidade. O trinco segurou a porta, claro, e escutei o assoalho ranger quando o invasor saía do quarto. Um momento depois, veio um novo som de suaves estalidos, e percebi que haviam entrado no quarto ao sul. Outra vez houve uma tentativa furtiva na porta de ligação trancada, e outra vez houve rangidos que se afastavam. Desta vez, os rangidos prosseguiram ao longo do corredor e descendo as escadas; com isso eu soube que o invasor havia constatado a condição trancada das minhas portas e estava desistindo de sua tentativa por tempo maior ou menor, como revelaria o futuro.

A prontidão com a qual recorri a um plano de ação prova que, no meu subconsciente, eu por certo vinha temendo por horas alguma ameaça e considerando possíveis rotas de fuga. Desde o primeiro momento eu sentira que o manuseador não visto representava um perigo com o qual eu não deveria topar ou lidar, mas do qual eu apenas devia fugir com a maior precipitação possível. A única coisa a fazer era sair daquele hotel com vida o mais depressa que eu pudesse, e por alguma via que não fosse a escadaria principal e o saguão.

Levantando-me devagar, e apontando minha lanterna para o interruptor, procurei acender a lâmpada sobre a cama de modo a escolher e colocar no bolso alguns pertences para uma fuga veloz sem a valise. Nada, entretanto, aconteceu; e percebi que haviam cortado a energia. Algum movimento secreto e maligno estava em andamento, era claro, em larga escala – o que era eu não sabia dizer ao certo. Enquanto fiquei ali parado, ponderando, com a mão no interruptor agora inútil, ouvi um rangido abafado no andar abaixo e pensei ter distinguido, debilmente, vozes que conversavam. Um momento depois, senti-me menos seguro de que os sons mais profundos fossem vozes, pois os aparentes latidos ásperos e grasnidos mal articulados apresentavam diminuta semelhança com a típica fala humana. Então pensei, com renovada força, no que o inspetor de fábrica havia escutado à noite naquele prédio mofado e pestilento.

Tendo enchido meus bolsos com auxílio da lanterna, coloquei meu chapéu e fui até as janelas na ponta dos pés para considerar minhas chances de descida. A despeito das regulações estaduais de segurança, não havia escada de incêndio daquele lado do hotel, e vi que minhas janelas se abriam para uma queda direta de apenas três andares até o pátio calçado de pedra. À direita e à esquerda, contudo, certos antigos conjuntos comerciais de tijolo se encostavam no hotel, com seus telhados inclinados subindo a uma razoável distância de salto do meu nível de quarto andar. Para chegar a qualquer uma dessas filas de prédios eu teria de estar num quarto a duas portas do meu – num caso, para o norte, e no outro, para o sul –, e pus minha mente para trabalhar no mesmo instante, calculando as chances que eu teria de me transferir.

Eu não poderia, decidi, arriscar-me a emergir no corredor, onde meus passos por certo seriam escutados, e onde e as dificuldades de entrar no quarto desejado seriam insuperáveis. Meu progresso, se viesse a ser feito em absoluto, teria de se dar através das portas menos sólidas ligando os quartos, cujos trincos e fechaduras eu precisaria forçar com violência, usando meu ombro como aríete quando quer que representassem um obstáculo para mim. Isso, pensei, seria possível devido à natureza debilitada da casa e de sua estrutura, mas percebi que não conseguiria fazê-lo sem barulho. Eu teria de contar com a pura velocidade e com a chance de alcançar uma janela antes que quaisquer forças hostis se tornassem coordenadas o bastante para abrir a porta certa na minha direção com uma chave-mestra. Quanto à minha própria porta exterior, reforcei-a empurrando a cômoda contra ela – pouco a pouco, de modo a fazer o mínimo de ruído.

Percebi que minhas chances eram muito escassas, e me preparei de todo para qualquer calamidade. Nem mesmo alcançar outro telhado resolveria o problema, pois ainda me restaria, então, a tarefa de chegar ao chão e fugir da cidade. Uma coisa a meu favor era o estado arruinado e deserto das construções encostadas e o número de claraboias escuramente escancaradas em cada fila.

Deduzindo pelo mapa do rapaz da mercearia que a melhor rota para sair da cidade era para o sul, olhei primeiro a porta de ligação no lado sul do quarto. Estava configurada para se abrir na minha direção, portanto percebi – depois de puxar o trinco e descobrir que havia outros fechos instalados – que não era favorável para ser forçada. Assim, abandonando-a como rota de escape, empurrei com cuidado a armação da cama contra ela, para estorvar qualquer ataque que lhe pudesse ser feito do quarto ao lado. A porta do norte estava fixada de modo a se abrir para o lado oposto a mim, e constatei – embora um teste me revelasse que ela estava trancada ou aferrolhada do outro lado – que aquele seria o meu caminho. Se eu pudesse alcançar os telhados dos prédios da Paine Street e descer com sucesso até o nível do solo, talvez pudesse disparar pelo pátio e pelos prédios adjacentes ou opostos até a Washington ou a Bates – ou então emergir na Paine e contornar rumo ao sul até a Washington. Em todo caso, minha meta era chegar à Washington de alguma forma e sair depressa da região da Town Square. Minha preferência era evitar a Paine, já que o quartel dos bombeiros, lá, poderia ficar aberto a noite toda.

Pensando sobre essas coisas, olhei pela janela, para o mar esquálido de telhados decadentes abaixo de mim, agora iluminado pelos raios de uma lua mal deixando de ser cheia. À direita, o talho negro da garganta do rio fendia o panorama, com fábricas e estação de trem abandonadas agarradas como cracas nos lados. Além delas, a ferrovia enferrujada e a estrada para Rowley se estendiam por um terreno achatado e pantanoso pontilhado por ilhotas de terras mais altas e mais secas, tomadas por matagal. À esquerda, o interior sulcado por córregos encontrava-se mais próximo, com a estrada estreita para Ipswitch cintilando ao luar, esbranquiçada. Do meu lado do hotel, não conseguia ver a rota sul, para Arkham, que eu decidira tomar.

Eu estava especulando, irresoluto, sobre quando seria melhor atacar a porta norte, e sobre como eu poderia fazê-lo do modo menos audível, quando notei que os ruídos vagos sob meus pés haviam dado lugar a um novo e mais forte ranger das escadas. Um lampejo de luz oscilante se mostrou pela fresta superior da minha porta, e as tábuas do corredor começaram a gemer sob uma carga pesada. Aproximaram-se sons abafados, de possível origem vocal, e por fim houve uma firme batida na minha porta exterior.

Por alguns instantes, simplesmente prendi a respiração e aguardei. Eternidades pareceram se passar, e o fedor nauseabundo de peixe do ambiente ao redor pareceu aumentar de maneira repentina e espetacular. Então a batida se repetiu – de modo contínuo, e com crescente insistência. Eu sabia que o momento de agir havia chegado, e sem demora puxei o trinco da porta de ligação norte, preparando-me para a tarefa de arrombá-la. As batidas se intensificaram, e esperei que seu volume pudesse cobrir o som dos meus esforços. Iniciando afinal minha tentativa, investi várias vezes contra os painéis finos com meu ombro esquerdo, ignorando choque ou dor. A porta resistiu até mais do que eu esperava, mas não desisti. Durante esse tempo todo, o clamor na porta exterior foi aumentando.

Por fim a porta de ligação cedeu, mas com tamanho estrondo que quem estivesse ali fora, tive certeza, por certo teria escutado. No mesmo instante, as batidas do exterior se tornaram golpes violentos, enquanto chaves soavam de maneira ominosa nas portas do corredor em ambos os quartos contíguos ao meu. Passando com ímpeto pela conexão recém-aberta, tive êxito em aferrolhar a porta do corredor no quarto norte antes que a fechadura pudesse ser virada, mas, bem enquanto fazia isso, ouvi a porta do corredor no terceiro quarto – aquele por cuja janela eu esperava chegar ao telhado abaixo – sendo experimentada com uma chave-mestra.

Por um momento, senti um absoluto desespero, pois meu aprisionamento num recinto sem nenhuma janela de saída parecia ser total. Uma onda de quase anormal horror me percorreu, investindo de uma singularidade terrível, mas inexplicável, as pegadas vislumbradas com a lanterna, deixadas no pó pelo intruso que pouco antes havia tentado abrir minha porta naquele recinto. Depois, com um automatismo atordoado que persistiu apesar da desesperança, avancei até a porta de ligação seguinte e empreendi o movimento cego de empurrá-la num esforço para ultrapassá-la e – inferindo que as trancas pudessem estar tão providencialmente intactas quanto as deste segundo quarto – aferrolhar a próxima porta do corredor antes que a fechadura pudesse ser virada por fora.

A mais pura sorte adiou a execução da minha pena – pois a porta de ligação diante de mim encontrava-se não apenas destrancada como, na verdade, entreaberta. Num segundo, atravessei-a e forcei joelho e ombro direitos contra uma porta de corredor que estava visivelmente se abrindo para dentro. Minha pressão pegou de surpresa aquele que abria, pois a coisa se fechou com meu empurrão, de modo que consegui correr o trinco em bom estado, como fizera na outra porta. Tendo ganhado essa suspensão temporária, ouvi os golpes nas outras duas portas minorando, e um estrépito confuso se fez ouvir na porta de ligação que eu havia fortificado com a cama. A maioria dos meus atacantes, era evidente, entrara no quarto sul e se agrupava num ataque lateral. Naquele mesmo instante, porém, uma chave-mestra ressoou na porta seguinte ao norte, e eu soube que um perigo mais imediato estava próximo.

A porta de ligação do norte estava escancarada, mas não havia tempo para pensar em verificar a fechadura que já estava sendo virada no corredor. Tudo o que eu podia fazer era fechar e aferrolhar a porta de ligação aberta, bem como sua companheira do lado oposto – empurrando uma armação de cama contra uma e uma cômoda contra outra, e deslocando um lavatório para junto da porta do corredor. Eu teria de confiar, percebi, que aquelas barreiras paliativas me protegessem até que eu conseguisse sair pela janela e chegar ao telhado do bloco da Paine Street. Mesmo naquele momento crítico, porém, meu principal horror era algo separado da fraqueza imediata de minhas defesas. Eu estava tremendo porque nenhum dos meus perseguidores, apesar de alguns horrendos arquejos e grunhidos e latidos moderados a intervalos irregulares, emitia qualquer som vocal desabafado ou inteligível.

Enquanto eu arrastava os móveis e me apressava rumo às janelas, ouvi uma correria medonha pelo corredor na direção do quarto ao meu norte, e notei que os golpes ao sul haviam cessado. A maioria dos meus oponentes, era claro, estava prestes a se concentrar diante da frágil porta de ligação que, como sabiam, por certo se abriria direto para mim. Lá fora, a lua brincava sobre o espigão do bloco abaixo, e vi que o salto seria desesperadamente perigoso por causa da superfície íngreme na qual eu teria de pousar.

Examinando as condições, escolhi a janela mais ao sul das duas como minha via de escape, planejando pousar no declive interno do telhado e alcançar a claraboia mais próxima. Uma vez dentro de uma das decrépitas estruturas de tijolo, eu teria de lidar com a perseguição; mas esperava descer e me esquivar por entradas e saídas escancaradas ao longo do pátio sombreado, chegando afinal à Washington Street e me esgueirando para fora da cidade na direção sul.

O estrépito na porta de ligação do norte era terrível agora, e notei que os painéis frágeis estavam começando a se lascar. Obviamente os sitiantes haviam lançado mão de algum objeto pesado como aríete. A armação de cama, porém, resistiu com firmeza, de modo que ganhei pelo menos uma débil chance de efetuar minha fuga com êxito. Abrindo a janela, percebi que ela era ladeada por pesadas cortinas de veludo, suspensas de uma vara por argolas de latão, e também que havia, projetado no exterior, um grande prendedor para as venezianas. Vislumbrando um meio possível de evitar o salto perigoso, arranquei as cortinas puxando-as para baixo, com vara e tudo; em seguida, com rapidez, enganchei duas das argolas no prendedor da veneziana e lancei o pano para fora. As dobras pesadas alcançaram em cheio o telhado encostado, e notei que as argolas e o prendedor muito provavelmente suportariam meu peso. Assim, transpondo a janela e descendo pela escada de corda improvisada, deixei para trás, para sempre, o edifício mórbido e infestado de horror do Gilman House.

Pousei com segurança nas soltas telhas de ardósia do telhado íngreme, e consegui, sem escorregar, avançar até a escura claraboia escancarada. Olhando no alto a janela da qual eu saíra, observei que ela ainda estava escura, embora fosse possível ver ao longe, além das chaminés desmoronadas ao norte, ominosas luzes ardendo na Casa da Ordem de Dagon, na igreja batista e na igreja congregacional cuja lembrança tanto me fazia estremecer. Não parecera haver ninguém no pátio abaixo, e esperei ter uma chance de escapar antes que um alarme geral se espalhasse. Iluminando a claraboia com minha lanterna de bolso, vi que não havia degraus para uma descida. A distância era pouca, entretanto, e assim transpus a borda e me deixei cair, atingindo um piso empoeirado repleto de caixas e barris destruídos.

O lugar tinha um aspecto macabro, mas eu já não me deixava abalar por tais impressões e avancei de pronto rumo à escadaria revelada por minha lanterna – após apressada consulta ao meu relógio, que indicava o horário das duas da manhã. Os degraus rangeram, mas pareciam toleravelmente sólidos, e eu me precipitei para baixo, passando por um segundo andar com feição de celeiro até chegar ao térreo. A desolação era total, e apenas ecos respondiam ao som dos meus passos. Cheguei por fim ao saguão inferior, onde, numa das extremidades, vi um débil retângulo luminoso assinalando o arruinado vão de porta da Paine Street. Tomando a direção oposta, encontrei a porta dos fundos também aberta e saí em disparada, descendo cinco degraus de pedra até o pavimento tomado de relva do pátio.

Os raios do luar não chegavam até ali, mas consegui avançar com um mínimo de orientação sem usar a lanterna. Algumas das janelas no lado do Gilman House emitiam um brilho débil, e pensei ter ouvido sons confusos vindos de seu interior. Caminhando com passos suaves para o lado da Washington Street, percebi diversos vãos abertos, e escolhi o mais próximo como minha rota de saída. A passagem ali dentro estava de todo escura, e, quando cheguei à extremidade oposta, notei que a porta da rua, estando calçada, era inamovível. Decidido a tentar outro prédio, voltei às cegas para o pátio, mas estaquei pouco antes do vão.

Pois de uma porta aberta no Gilman House derramava-se uma grande multidão de formas suspeitas – lanternas balouçando na escuridão e horríveis vozes grasnadas trocando gritos baixos em algo que certamente não era inglês. As figuras se moviam de maneira incerta, e constatei, para meu alívio, que não sabiam para onde eu tinha ido; mesmo assim, um arrepio de horror projetado por elas percorreu meu corpo. Suas feições eram indistinguíveis, mas o modo agachado e bamboleante de andar era repelente no mais abominável grau. E o pior de tudo: reparei que uma figura trajava um estranho manto, encimada por uma inconfundível tiara alta, de um padrão que me era demasiado familiar. Enquanto as figuras se espalhavam pelo pátio, senti meus temores aumentando. E se eu não conseguisse encontrar nenhuma saída daquele prédio para o lado da rua? O fedor de peixe era odioso, e me perguntei se conseguiria suportá-lo sem desmaiar. Apalpando de novo na direção da rua, abri uma porta do saguão e fui dar num recinto vazio com janelas bem fechadas, mas sem caixilhos. Tenteando com o facho da minha lanterna, constatei ser possível abrir as venezianas; um momento depois, eu já tinha saltado para fora e fechava com cuidado a abertura, ao modo original.

Eu estava na Washington Street agora, e de momento não avistei nenhuma alma viva ou qualquer luz, salvo a da lua. De diversas direções distantes, porém, eu podia ouvir o som de vozes roucas, passos e uma espécie curiosa de tamborilar que não soava muito como passos. Nitidamente, eu não tinha tempo a perder. Os pontos cardeais estavam claros para mim, e fiquei contente com o fato de as luzes da rua estarem apagadas, como ocorre com frequência nas zonas rurais estagnadas em noites de forte luar. Alguns dos sons vinham do sul, mas mantive meu plano de fugir naquela direção. Existiriam, eu sabia, abundantes vãos de porta desertos para me abrigar caso eu topasse com qualquer pessoa ou grupo que parecesse ameaçador.

Caminhei com rapidez e passos suaves junto às casas arruinadas. Ainda que sem chapéu e desgrenhado após minha árdua escalada, minha aparência não era especialmente notável, e eu tinha boas chances de passar despercebido, se fosse forçado a encontrar algum transeunte casual. Na Bates Street, enfiei-me num vestíbulo escancarado enquanto duas figuras cambaleantes cruzavam meu caminho à frente, mas logo retomei meu progresso e me aproximei do espaço aberto onde a Eliot Street atravessa obliquamente a Washington no cruzamento com a South. Embora eu ainda não tivesse visto aquele espaço, ele me parecera perigoso no mapa do rapaz da mercearia, uma vez que a luz do luar teria livre trânsito ali. Não havia proveito algum em tentar evitá-lo, pois qualquer percurso alternativo envolveria desvios de visibilidade possivelmente desastrosa e efeito retardador. A única coisa a fazer era cruzá-lo ousada e abertamente, imitando aquele típico andar bamboleante dos moradores de Innsmouth o melhor que eu pudesse, e torcendo para que ninguém – ou, pelo menos, nenhum dos meus perseguidores – estivesse por ali.

Quanto ao grau de plena organização da perseguição – e, na verdade, quais poderiam ser seus exatos propósitos –, sobre isso eu não conseguia formar a menor ideia. Parecia haver uma atividade incomum na cidade, mas julguei que a notícia da minha fuga do Gilman não havia se espalhado ainda. Eu logo teria de me transferir da Washington para alguma outra rua que levasse para o sul, claro, pois aquele grupo do hotel estaria sem dúvida no meu encalço. Eu devia ter deixado marcas na poeira daquele último prédio velho, revelando como havia chegado à rua.

O espaço aberto se mostrou, como eu esperava, fortemente iluminado pelo luar, e vi, em seu centro, os vestígios de um gramado cercado por grade de ferro, lembrando um parque. Por sorte não havia ninguém por ali, mas um curioso zumbido ou rugido parecia se intensificar na direção da Town Square. A South Street era bastante larga, descendo direto por um declive suave até a orla e oferecendo uma longa visão aberta do mar, e esperei que ninguém a estivesse observando de baixo, na distância, enquanto eu a cruzava sob o luar brilhante.

Progredi de maneira desimpedida, e nenhum ruído novo assomou para insinuar que eu tivesse sido avistado. Olhando ao meu redor, desacelerei involuntariamente o passo, por um breve instante, para colher a visão do mar, deslumbrante sob o luar ardente no fim da rua. Na distância longínqua, depois do quebra-mar, via-se a linha escura e turva de Devil Reef; ao vislumbrar o recife, não pude deixar de pensar em todas aquelas lendas hediondas que ouvira nas últimas 34 horas – lendas que retratavam aquela rocha escabrosa como um verdadeiro portal para reinos de um horror insondável e uma inconcebível anormalidade.

Então, sem aviso, vi os clarões intermitentes de luz no recife distante. Eram definidos e inconfundíveis, despertando em minha mente um horror cego, além de qualquer medida racional. Meus músculos se retesaram para uma fuga em pânico, contida apenas por certa cautela inconsciente e uma fascinação meio hipnótica. Para piorar a situação, lampejou naquele momento, da alta cúpula do Gilman House, que se elevava para o nordeste às minhas costas, uma série de cintilações análogas, mas diferentemente espaçadas, que não podiam ser nada menos do que sinais de resposta.

Controlando meus músculos, e constatando mais uma vez quão claramente visível eu estava, retomei meu passo mais vigoroso e simuladamente bamboleante, mas mantendo meu olhar naquele recife infernal e ominoso enquanto a abertura da South Street me dava uma vista marítima. O que aquele procedimento todo significava eu não conseguia imaginar, a menos que envolvesse algum rito estanho associado a Devil Reef, ou a menos que algum grupo tivesse desembarcado de um navio naquela rocha sinistra. Então dobrei à esquerda pelo contorno do gramado arruinado, contemplando sempre o oceano, que fulgurava sob o luar espectral do verão, e observando os enigmáticos lampejos daquelas sinalizações inomináveis e inexplicáveis.

Foi então que me acometeu a impressão mais horrível de todas – a impressão que destruiu meus últimos vestígios de autocontrole e me botou correndo freneticamente para o sul, passando pelas negras portas escancaradas e pelas baças janelas arregaladas daquela rua deserta de pesadelo. Pois numa observação mais atenta eu percebera que as águas enluaradas entre o recife e a praia não estavam nem de longe vazias. Estavam vivas, fervilhavam com uma horda de formas que vinham nadando na direção da cidade; e mesmo daquela vasta distância, na minha percepção momentânea, eu conseguia constatar que as cabeças saltantes e os braços abanados eram alienígenas e aberrantes de uma maneira que mal podia ser expressada ou conscientemente formulada.

Minha corrida frenética cessou antes de eu ter percorrido um quarteirão, pois à minha esquerda comecei a ouvir algo como um clamor de perseguição organizada. Havia passos e sons guturais, e um motor estrepitante resfolegou para o sul ao longo da Federal Street. De um instante para outro, alterei por completo todos os meus planos, pois, se a rodovia para o sul estivesse bloqueada à minha frente, eu claramente precisaria encontrar outra saída de Innsmouth. Parei e me enfiei por uma porta escancarada, refletindo na sorte que eu tivera por sair do espaço aberto e enluarado antes que aqueles perseguidores descessem pela rua paralela.

Uma segunda reflexão foi menos confortadora. Como a perseguição descia por outra rua, era óbvio que o grupo não estava me seguindo diretamente. O grupo não me vira, mas desempenhava simplesmente um plano geral de interromper minha fuga. Isso, contudo, significava que todas as estradas que levavam para fora de Innsmouth estariam patrulhadas de modo similar, pois os habitantes não tinham como saber que rota eu pretendia tomar. Nesse caso, eu teria de bater em retirada pelo campo, longe de qualquer estrada; mas como eu poderia fazê-lo, levando em conta o caráter pantanoso e crivado de córregos de toda a região circundante? Por um momento, meu cérebro girou, tanto por puro desespero quanto pela rápida intensificação do onipresente fedor de peixe.

Então pensei na ferrovia abandonada para Rowley, cuja sólida linha de terra balastrada e tomada de relva estendia-se ainda para noroeste, saindo da estação em ruínas na beira da garganta do rio. Havia uma pequena chance de os moradores da cidade não terem pensado nela, pois a deserção asfixiada por arbustos espinhosos a deixara meio intransitável, fazendo dela a menos provável de todas as vias que um fugitivo poderia escolher. Eu a vira com clareza da minha janela no hotel, e conhecia sua disposição. A maior parte de seu comprimento inicial era desconfortavelmente visível da estrada para Rowley e dos pontos altos da própria cidade, mas talvez fosse possível a pessoa rastejar, inconspícua, por entre a vegetação. De todo modo, aquela representaria minha única chance de libertação, e nada me restava fazer além de tentar.

Enfiado no interior do vestíbulo do meu abrigo deserto, mais uma vez consultei o mapa do rapaz da mercearia com o auxílio da lanterna. O problema imediato era como alcançar a antiga ferrovia; e agora eu percebi que o método mais seguro era seguir reto até a Babson Street, depois a oeste rumo à Lafayette – contornando lá, sem cruzá-lo, um espaço aberto homólogo àquele que eu atravessara – e em seguida voltar para norte c oeste numa linha em zigue-zague pelas ruas Lafayette, Bates, Adams e Bank – esta última margeando a garganta do rio – até a estação abandonada e dilapidada que eu vira da minha janela. Minha razão para seguir reto pela Babson era que eu não desejava nem cruzar de novo o espaço aberto anterior e tampouco iniciar meu percurso para oeste ao longo de uma rua transversal tão larga quanto a South.

Partindo mais uma vez, atravessei a rua para o lado direito a fim de entrar pela Babson da maneira mais inconspícua possível. Os ruídos persistiam na Federal Street, e, quando lancei um olhar para trás, pensei ter visto uma cintilação de luz perto do prédio pelo qual eu havia escapado. Ansioso para sair da Washington Street, troquei o passo por um silencioso trote brando, confiando na sorte de não encontrar nenhum olho vigilante. Perto da esquina da Babson Street, notei, para meu alarme, que uma das casas continuava habitada, como atestavam as cortinas da janela; mas não havia luzes no interior, e passei por ela incólume.

Na Babson Street, que cruzava a Federal e podia por isso me revelar aos caçadores, grudei-me o máximo possível nos prédios periclitantes e desnivelados, parando por duas vezes num vão de porta quando os ruídos às minhas costas se intensificaram momentaneamente. O espaço aberto à frente brilhava amplo e desolado sob o luar, mas minha rota não iria me obrigar a cruzá-lo. Durante a minha segunda parada, comecei a detectar uma renovada distribuição de sons vagos; depois de espiar com cautela para fora do esconderijo, avistei um automóvel disparando pelo espaço aberto, rumando na direção da Eliot Street, que ali cruza ao mesmo tempo com a Babson e a Lafayette.

Enquanto olhava – sufocado por uma súbita intensificação do fedor de peixe depois de um breve abrandamento –, reparei num bando de formas toscas e agachadas trotando e cambaleando na mesma direção, e constatei que só podia ser o grupo de guarda na estrada para Ipswich, já que aquela rodovia forma uma extensão da Eliot Street. Dois dos vultos que vislumbrei usavam mantos volumosos, e um deles trajava um diadema pontiagudo que reluzia, esbranquiçado, sob a luz do luar. O andar dessa figura era tão esquisito que me provocou um calafrio – pois me pareceu que a criatura estava quase saltitando.

Quando o último integrante do bando sumiu de vista, retomei meu progresso, entrando em disparada pela esquina da Lafayette Street e cruzando a Eliot com enorme pressa, temeroso de que desgarrados do grupo ainda estivessem avançando ao longo daquela via. De fato escutei alguns sons grasnados e estrepitantes na distância da Town Square, mas completei a passagem incólume. Meu maior pavor era cruzar de novo a ampla e enluarada South Street – com sua vista marítima –, e tive de reunir coragem para tal provação. Alguém poderia facilmente estar olhando, e possíveis desgarrados na Eliot Street não deixariam de me vislumbrar de um ponto ou do outro. No último momento, decidi que seria melhor desacelerar o passo e fazer a travessia como antes, no andar bamboleante de um nativo médio de Innsmouth.

Quando a visão da água se abriu de novo – desta vez à minha direita –, eu estava quase determinado a não olhar para ela em absoluto. Não consegui, contudo, resistir; mas lancei um olhar de soslaio enquanto cambaleava, com cautela e imitação, rumo às sombras protetoras à frente. Não havia nenhum navio visível, como eu de certa forma esperava que haveria. Em vez disso, a primeira coisa que atraiu meu olhar foi um pequeno barco a remo, precipitando-se na direção do cais abandonado e carregado com algum objeto volumoso coberto por encerado. Seus remadores, embora vistos à distância e indistintos, eram de um aspecto repelente ao extremo. Diversos nadadores eram ainda discerníveis, e no negro recife longínquo pude ver um brilho fraco e constante, diferente da sinalização intermitente visível antes, e de uma cor curiosa que não consegui identificar com precisão. Acima dos telhados oblíquos à frente e à direita assomava a alta cúpula do Gilman House, mas completamente às escuras. O fedor de peixe, que certa brisa misericordiosa dispersara por um momento, então se adensara de novo com enlouquecedora intensidade.

Eu nem cruzara de todo a rua quando escutei um bando balbuciante avançando pela Washington, vindo do norte. No momento em que alcançaram o amplo espaço aberto de onde eu tivera meu primeiro vislumbre inquietante da água enluarada, pude vê-los com nitidez a um mero quarteirão de distância – e fiquei horrorizado com a bestial anormalidade de seus semblantes e o caráter canino e sub-humano de seu andar agachado. Um homem se movimentava de uma maneira inequivocamente simiesca, com os braços compridos tocando repetidas vezes o chão, ao passo que outra figura – de manto e tiara – parecia progredir de uma forma quase saltitante. Julguei que aquele fosse o grupo que eu vira no pátio do Gilman – o grupo, portanto, mais próximo do meu encalço. Quando alguns dos vultos se viraram para olhar na minha direção, fiquei petrificado de pavor, mas consegui preservar o andar casual e cambaleante que eu assumira. Até hoje não sei se me viram ou não. Se me viram, meu estratagema deve tê-los enganado, pois atravessaram o espaço enluarado sem alterar sua trajetória – sempre grasnando e tagarelando em algum detestável patoá gutural que não consegui identificar.

Mais uma vez na sombra, retomei meu trote brando anterior, passando pelas casas decrépitas e inclinadas que fitavam cegamente a noite. Tendo cruzado até a calçada oeste, dobrei a esquina mais próxima rumo à Bates Street, onde me mantive colado ao prédios do lado sul. Passei por duas casas revelando sinais de habitação, uma delas com luzes débeis nos aposentos superiores, mas não encontrei obstáculo algum. Entrando pela Adams Street, senti-me mais seguro em certa medida, mas recebi um choque quando um homem saiu vacilando de um negro vão de porta bem na minha frente. Provou estar, contudo, irremediavelmente bêbado demais para ser uma ameaça; de modo que cheguei em segurança às ruínas lúgubres dos armazéns da Bank Street.

Ninguém se mexia naquela rua morta do lado da garganta do rio, e o rugido das quedas d'água praticamente afogava o som dos meus passos. Foi um longo trote brando até a estação arruinada, e as grandes paredes de tijolo dos armazéns ao meu redor pareciam, de algum modo, mais aterrorizantes do que as fachadas das casas particulares. Avistei afinal a antiga estação com arcadas – ou o que havia restado dela – e me dirigi diretamente para a ferrovia que iniciava em sua extremidade oposta.

Os trilhos estavam enferrujados, mas na maioria intactos, e não mais do que a metade dos dormentes apodrecera. Caminhar ou correr sobre tal superfície era muito difícil, mas fiz o meu melhor, e de um modo geral obtive um ritmo bastante razoável. Por alguma distância, a linha foi acompanhando a margem da garganta, mas afinal alcancei a longa ponte coberta onde esta cruzava o abismo numa altura estontente. A condição da ponte determinaria meu passo seguinte. Se fosse humanamente possível, eu a usaria; se não, teria de arriscar novas perambulações pelas ruas até a ponte de rodovia intacta mais próxima.

A vasta extensão da velha ponte, lembrando um celeiro, brilhava de forma espectral ao luar, e notei que os dormentes se mostravam seguros ao menos por alguns metros adentro. Entrando, comecei a usar minha lanterna, e quase fui derrubado pela nuvem de morcegos que passou esvoaçando por mim. Mais ou menos no meio da travessia, havia uma perigosa lacuna entre os dormentes, e temi, por um instante, que isso impedisse o meu progresso; afinal, porém, arrisquei um salto desesperado que, por sorte, teve êxito.

Fiquei contente por ver o luar de novo quando emergi daquele túnel macabro. Os velhos trilhos cruzavam a River Street no mesmo nível e de uma só vez se desviavam para uma região progressivamente rural, com incidência cada vez menor do abominável fedor de peixe de Innsmouth. Ali, a vegetação densa de ervas daninhas e arbustos espinhosos me entravou, rasgando cruelmente minhas roupas, mas mesmo assim me alegrou o fato de que estava ali para me ocultar em caso de perigo. Eu sabia que grande parte da minha rota por certo era visível da estrada para Rowley.

A região pantanosa começava logo em seguida, com a única faixa correndo sobre um aterro baixo e relvado no qual a vegetação rasteira era um tanto mais rala. Depois vinha uma espécie de ilha de terreno mais alto, onde a linha passava por um canal aberto e raso, asfixiado por arbustos e espinheiros. O abrigo parcial me deixou contente, pois naquele ponto a estrada para Rowley ficava desconfortavelmente próxima, de acordo com a visão da minha janela. No fim desse canal, ela cruzava o trilho e se afastava para uma distância mais segura, mas, no meio-tempo, eu precisaria ser extremamente cauteloso. Eu tinha certeza, àquela altura, de que a ferrovia em si não estava sendo patrulhada.

Pouco antes de entrar no canal, olhei para trás, mas não vi perseguidor algum. Os antigos pináculos e telhados da decadente Innsmouth cintilavam, adoráveis e etéreos, sob o luar mágico e amarelado, e tentei imaginar como devia ter sido seu aspecto nos velhos tempos, antes da queda da sombra. Então, enquanto meu olhar circulava da cidade para o interior, algo menos tranquilo prendeu minha atenção e me deixou imóvel por um segundo.

O que eu vi – ou imaginei ter visto – foi a perturbadora sugestão de um longínquo movimento ondulante ao sul – sugestão que me levou a concluir que uma horda enorme decerto escoava da cidade ao longo da estrada nivelada para Ipswich. A distância era grande, e eu não conseguia distinguir nada em detalhe; mas não gostei nem um pouco da feição daquela coluna em movimento. Ela ondulava demais, e reluzia com extremo brilho sob os raios da lua, que agora rumava pelo oeste. Havia também uma sugestão de som, embora o vento soprasse na direção oposta – uma sugestão de raspagens e urros bestiais ainda pior que o balbucio dos grupos escutado pouco antes.

Toda sorte de conjecturas desagradáveis me passou pela cabeça. Pensei naqueles tipos muito extremos de Innsmouth que, segundo se dizia, estavam ocultos em ruinosos labirintos centenários perto da orla. Pensei também naqueles nadadores sem nome que eu vira. Contando os grupos vislumbrados até ali, bem como os que estariam presumivelmente cobrindo outras estradas, o número de meus perseguidores por certo era estranhamente grande para uma cidade tão despovoada como Innsmouth.

De onde poderia vir a densa guarnição de uma coluna como essa que eu agora contemplava? Estariam aqueles antigos e inexplorados labirintos subterrâneos apinhados de uma vida disforme, não catalogada e insuspeita? Ou teria certo navio não visto desembarcado, de fato, uma legião de forasteiros desconhecidos naquele recife infernal? Quem eram eles? Por que estavam ali? E, se tal coluna deles encontrava-se vasculhando a estrada para Ipswich, estariam as patrulhas nas outras estradas reforçadas do mesmo modo?

Eu havia entrado no canal tomado de mato e avançava com dificuldade, muito devagar, quando aquele maldito fedor de peixe se fez dominante mais uma vez. Teria o vento mudado de súbito para leste, de modo a soprar do mar e passar pela cidade? Só podia ser isso, concluí, pois começara a ouvir chocantes murmúrios guturais vindo daquela direção até então silenciosa. Havia outro som também – uma espécie de colossal baquear ou tamborilar coletivo que, de alguma forma, invocava imagens do mais detestável tipo. Isso me fez pensar, de maneira ilógica, naquela coluna desagradavelmente ondulante na longínqua estrada para Ipswich.

E então tanto o fedor quanto os sons e ficaram mais fortes, de modo que parei, estremecido e grato pela proteção do canal. Era ali, lembrei, que a estrada para Rowley se aproximava bastante da velha ferrovia antes de cruzar para oeste e se afastar. Algo estava vindo por aquela estrada, e eu precisaria me manter abaixado até sua passagem e desaparecimento na distância. Graças aos céus, aquelas criaturas não usavam cães de rastreamento – embora isso talvez tivesse sido impossível em meio ao onipresente odor na região. Agachado entre os arbustos daquela fenda arenosa, eu me sentia razoavelmente seguro, mesmo sabendo que os buscadores teriam de cruzar os trilhos na minha frente a menos de cem metros de distância. Eu conseguiria vê-los, mas eles não conseguiriam – a não ser por um milagre maligno – me ver.

De repente, comecei a ficar com medo de olhar para eles enquanto passavam. Eu via o espaço enluarado próximo por onde marchariam, e me ocorreram pensamentos curiosos a respeito da irredimível contaminação daquele espaço. Talvez eles viessem a ser os piores de todos os tipos de Innsmouth – algo que ninguém gostaria de recordar.

A fetidez se tornou esmagadora, e os ruídos se avolumaram numa babel bestial de grasnidos, ladridos e latidos sem a mínima insinuação de fala humana. Seriam mesmo as vozes dos meus perseguidores? Eles tinham cães, afinal de contas? Até ali, eu não vira nenhum dos animais inferiores em Innsmouth. Aquele baquear ou tamborilar era monstruoso – eu não seria capaz de contemplar as criaturas degeneradas responsáveis por ele. Manteria meus olhos fechados até que os sons sumissem a oeste. A horda estava agora muito próxima – o ar conspurcado por seus rosnados roucos, e o chão quase vibrando com suas passadas de ritmo alienígena. Meu fôlego quase me faltou, e apliquei cada gota da minha força de vontade na tarefa de não levantar as pálpebras.

Ainda tenho até mesmo relutância em dizer se o que se seguiu foi um fato hediondo ou apenas uma alucinação de pesadelo. A ação posterior do governo, depois dos meus frenéticos apelos, tenderia a confirmá-lo como uma verdade monstruosa, mas não poderia uma alucinação ter se repetido sob o feitiço quase hipnótico daquela cidade ancestral, acossada e ensombrecida? Lugares assim têm propriedades estranhas, e o legado de lenda insana poderia muito bem ter agido sobre mais de uma imaginação humana em meio àquelas ruas mortas, na maldição da fetidez, com seus amontoados de telhados podres e campanários desmoronados. Não é possível que o germe de uma efetiva loucura contagiosa espreite nas profundezas daquela sombra sobre Innsmouth? Quem poderá ter certeza quanto à realidade depois de ouvir coisas como a história do velho Zadok Allen? Os enviados do governo nunca encontraram o pobre Zadok, e não fazem conjectura nenhuma sobre o fim que o levou. Onde a loucura termina e a realidade começa? Será possível que até meu temor mais recente seja pura ilusão?

Mas preciso tentar dizer o que penso ter enxergado naquela noite sob a zombeteira lua amarela – ter enxergado marchando e saltitando pela estrada de Rowley à minha frente, a olhos vistos, enquanto eu me agachava entre os espinheiros silvestres daquele desolado canal de ferrovia. Minha resolução de manter os olhos fechados, claro, fracassara. Estava predestinada ao fracasso – pois quem poderia permanecer agachado às cegas enquanto uma legião de entidades grasnantes e ladrantes, de origem desconhecida, passava baqueando fetidamente, a menos de cem metros de distância?

Eu julgava estar preparado para o pior, e de fato deveria ter estado preparado, considerando tudo o que eu vira antes. Meus outros perseguidores haviam sido malditamente anormais – sendo assim, não deveria eu ter estado pronto a encarar um *fortalecimento* do elemento anormal, contemplar formas nas quais não havia em absoluto uma mínima dose de normalidade? Não abri os olhos até que o clamor rouco foi emitido, muito alto, de um ponto obviamente logo à frente. Então eu soube que uma longa divisão deles devia estar de todo visível onde as paredes do canal se aplainavam e a estrada cruzava os trilhos – e já não consegui me abster de conferir fosse lá que horror aquela maliciosa lua amarela pudesse ter para mostrar.

Foi o fim para qualquer resto de vida que tivesse me sobrado na face desta terra, para todo vestígio de tranquilidade mental e confiança na integridade da Natureza e da mente humana. Nada que eu pudesse ter imaginado – nada, mesmo, que eu pudesse ter inferido, se tivesse dado crédito à história louca do velho Zadok da maneira mais literal – seria de modo algum comparável à realidade demoníaca e blasfema que eu vi – ou acredito que vi. Tentei insinuar o que era com o propósito de adiar o horror de descrevê-lo sem rodeios. Será possível que este planeta tenha efetivamente gerado tais coisas, que olhos humanos tenham verdadeiramente visto, em objetiva carne, o que o homem até aqui só conheceu em febris fantasias e tênues lendas?

Contudo, eu os vi numa torrente ilimitada – baqueando, saltitando, grasnando, balindo – marchando inumanamente pelo luar espectral numa sarabanda grotesca e maligna de fantástico pesadelo. E alguns deles usavam altas tiaras daquele inominável metal de ouro esbranquiçado... e alguns trajavam mantos estranhos... e um deles, o que seguia na frente, vestia uma capa preta com macabra corcova e calças listradas, e tinha um chapéu masculino de feltro empoleirado na coisa disforme que se passava por cabeça.

Creio que a cor predominante entre eles era um verde acinzentado, embora tivessem barrigas brancas. Eles eram na maioria reluzentes e escorregadios, mas os espinhaços de suas costas eram escamosos. Suas formas sugeriam vagamente algo antropoide, ao passo que suas cabeças eram cabeças de peixe, com prodigiosos olhos saltados que nunca se fechavam. Nos lados dos pescoços havia guelras palpitantes, e suas longas patas eram palmadas. Eles saltitavam de forma irregular, às vezes sobre duas pernas e às vezces sobre quatro. Fiquei de certa forma contente por terem não mais do que quatro membros. Suas vozes grasnantes e ladrantes, usadas com claro arranjo de discurso articulado, transpareciam todos os sombrios tons de expressão que faltavam em suas feições arregaladas.

Porém, mesmo com toda aquela monstruosidade, eles me pareciam familiares. Eu sabia muito bem o que deviam ser – pois não estava ainda fresca a memória da tiara maligna de Newburyport? Eles eram os blasfemos peixes-rãs do inominável desenho – vivos e horríveis –, e, enquanto eu os observava, constatei também do que me fizera lembrar, tão assustadoramente, aquele padre corcunda de tiara no escuro porão da igreja. O número era impossível de estimar. Parecia-me haver magotes intermináveis deles – e meu vislumbre momentâneo por certo só poderia ter revelado uma mínima fração. No instante seguinte, tudo foi apagado por um misericordioso desmaio, o primeiro que eu sofrera.

## V

Foi uma suave chuva diurna que me despertou de meu estupor no canal de ferrovia tomado de mato; quando saí cambaleando até a estrada em frente, não vi vestígio algum de marcas na lama fresca. O fedor de peixe também desaparecera. Os telhados tombados e os campanários em ruínas de Innsmouth assomavam cinzentos ao sudeste, mas não avistei criatura viva nenhuma em todo aquele desolado charco salino em volta. Meu relógio ainda estava funcionando, e me informou que passava do meio-dia.

A realidade de tudo que eu havia enfrentado era extremamente incerta na minha cabeça, mas eu sentia que algo horrendo se escondia no fundo. Eu precisava escapar da sombra maligna de Innsmouth – e para tanto comecei a testar minha lesionada e exausta capacidade de locomoção. Apesar da fraqueza, da fome, do horror e da perplexidade, vi-me capaz de caminhar depois de um tempo, e parti devagar pela estrada lamacenta para Rowley. Cheguei ao vilarejo antes do anoitecer, obtendo uma refeição e me provendo de roupas apresentáveis. Peguei o trem noturno para Arkham e lá, no dia seguinte, conversei longa e fervorosamente com oficiais do governo, procedimento que repeti, depois, em Boston. Com o resultado principal dessas conversas o público já está familiarizado agora – e eu gostaria, em nome da normalidade, que não houvesse nada mais para contar. Talvez seja loucura o que está tomando conta de mim, mas quem sabe um horror maior – ou uma maravilha maior – esteja se manifestando.

Como bem se pode imaginar, desisti da maioria das atividades planejadas de antemão para o resto da viagem – as diversões cênicas, arquitetônicas e antiquárias com as quais eu tanto havia contado. Tampouco me atrevi a procurar aquela estranha peça de joalheria que estava, segundo se dizia, no museu da Miskatonic University. Aproveitei, entretanto, minha estada em Arkham para coletar algumas anotações arqueológicas que havia muito eu desejava possuir; dados grosseiros e muito apressados, é verdade, mas passíveis de um bom uso mais tarde, quando eu pudesse ter tempo para cotejá-los e codificá-los. O curador da sociedade histórica local – o sr. E. Lapham Peabody – teve a grande gentileza de me dar auxílio e expressou incomum interesse quando lhe contei que era neto de Eliza Orne, de Arkham, que nascera em 1867 e se casara com James Williamson, de Ohio, aos dezessete anos de idade.

Ao que parecia, um tio meu, por parte de mãe, havia passado por lá muitos anos antes, numa busca bastante parecida com a minha; e a família da minha avó era tema de certa curiosidade local. Ocorrera, contou o sr. Peabody, considerável discussão sobre o casamento do pai dela, Benjamin Orne, logo depois da guerra civil, pois a linhagem da noiva era peculiarmente intrigante. Aquela noiva, considerava-se, tinha sido uma órfã dos Marsh de New Hampshire – uma prima dos Marsh do Condado de Essex –, mas sua educação se dera na França, e ela sabia muito pouco sobre sua família. Um tutor havia depositado fundos num banco de Boston para sustento dela e de sua preceptora francesa, mas o nome desse tutor não era familiar aos moradores de Arkham; com o tempo ele sumiu de vista, de modo que a preceptora assumiu o papel dele por indicação judicial. A francesa – há muito falecida, agora – era muito taciturna, e havia quem dissesse que ela poderia ter contado mais do que contou.

A coisa mais desconcertante, contudo, foi a inabilidade de todos em localizar os pais registrados da jovem – Enoch e Lydia (Meserve) Marsh – entre as famílias conhecidas de New Hampshire. Ela era possivelmente, muitos sugeriam, filha ilegítima de algum Marsh ilustre – tinha com toda certeza os olhos dos Marsh. Boa parte do enigma se desfez depois de sua morte prematura, que se deu por ocasião do nascimento de minha avó – sua única filha. Tendo assimilado algumas impressões desagradáveis associadas ao nome Marsh, não acolhi bem a notícia de que ele pertencia à minha própria árvore genealógica; tampouco me agradou a insinuação do sr. Peabody de que eu mesmo também tinha os legítimos olhos dos Marsh. Entretanto, fiquei grato pelos dados que, eu sabia, provariam ser valiosos, e fiz copiosas anotações e listas de referências de livros a respeito da bem documentada família Orne.

Fui direto para casa, de Boston até Toledo, e mais adiante passei um mês em Maumee, recuperando-me de minha provação. Em setembro, ingressei em Oberlin para o meu último ano, e dali até o mês de junho seguinte ocupei-me com estudos e outras atividades saudáveis – recordando o terror passado apenas nas ocasionais visitas oficiais de agentes do governo relacionadas à campanha que meus apelos e evidências haviam deflagrado. Em meados de julho – bem um ano depois da experiência em Innsmouth –, passei uma semana com a família de minha falecida mãe em Cleveland, checando alguns dos meus novos dados genealógicos com as diversas anotações, tradições e relíquias de herança existentes lá, e vendo que espécie de mapa relacionado eu poderia construir.

A tarefa não me foi exatamente prazerosa, pois a atmosfera do lar dos Williamson sempre me deprimira. Havia um laivo de morbidez ali, e minha mãe nunca tinha me incentivado a visitar seus pais quando eu era criança, embora sempre recebesse bem seu pai quando ele vinha a Toledo. Minha avó nascida em Arkham me parecera estranha e quase aterrorizante, e não creio que eu tenha lamentado seu desaparecimento. Eu tinha oito anos de idade na época, e se dizia que ela saíra perambulando, pesarosa, após o suicídio do meu tio Douglas, seu filho mais velho. Ele se matara com um tiro depois de uma viagem à Nova Inglaterra – a mesma viagem, sem dúvida, que fizera com que fosse lembrado na Sociedade Histórica de Arkham.

Esse tio se parecia com ela e também nunca me agradara. Algo na expressão de ambos, um olhar fixo, sem piscar, transmitira-me uma inquietação vaga e inexplicável. Minha mãe e tio Walter não tinham aquela expressão. Eram parecidos com seu pai, embora o pobre priminho Lawrence – filho de Walter – tivesse sido quase uma duplicata perfeita da avó antes de sua condição levá-lo à reclusão permanente de um sanatório em Canton. Eu não o vira por quatro anos, mas meu tio deu a entender certa vez que seu estado, tanto mental quanto físico, era péssimo. Essa preocupação talvez tivesse sido uma das principais causas da morte de sua mãe dois anos antes.

Meu avô e seu filho viúvo, Walter, constituíam agora o núcleo familiar de Cleveland, mas a memória dos velhos tempos pairava, pesada, sobre a casa. O lugar ainda me desagradava, e tentei finalizar minhas pesquisas o mais depressa possível. Os registros e as tradições dos Williamson foram fornecidos em abundância por meu avô, mas para o material dos Orne eu tive de depender do meu tio Walter, que colocou à minha disposição o conteúdo de todos os seus arquivos, incluindo anotações, cartas, recortes, relíquias, fotografias e miniaturas.

Foi examinando as cartas e fotos do lado Orne que comecei a adquirir uma espécie de terror de meus próprios ancestrais. Como já disse, minha avó e meu tio Douglas sempre haviam me perturbado. Agora, anos após o falecimento dos dois, eu fitava seus rostos retratados com um sentimento de repulsa e alienação consideravelmente acentuado. A princípio não consegui compreender a mudança, mas aos poucos certa horrível comparação começou a se infiltrar em minha mente inconsciente, apesar da firme recusa de minha consciência em admitir sequer uma mínima suspeita daquilo. Estava claro que a típica expressão daqueles rostos sugeria algo, agora, que não havia sugerido antes – algo que provocaria um pânico absoluto, caso fosse pensado abertamente demais.

Mas o pior choque veio quando meu tio me mostrou as joias dos Orne que estavam guardadas num cofre-forte no centro da cidade. Algumas das peças eram delicadas e inspiradoras o bastante, mas havia uma caixa com estranhas joias velhas, pertencentes à minha misteriosa bisavó, que meu tio quase relutou em apresentar. Elas eram, disse ele, de um desenho muito grotesco e quase repulsivo, e nunca tinham sido usadas em público, até onde sabia, embora minha avó gostasse de ficar olhando-as. Vagas lendas de má sorte cercavam-nas, e a preceptora francesa de minha bisavó dissera que não deviam ser usadas na Nova Inglaterra, embora fosse bastante seguro usá-las na Europa.

Ao começar a desembrulhar devagar e de má vontade as coisas, meu tio me instou a não ficar chocado com a estranheza e frequente hediondez dos desenhos. Artistas e arqueólogos que os tinham visto proclamaram a feitura como algo de superlativo e exótico requinte, embora nenhum parecesse capaz de definir o exato material ou atribuí-los a qualquer tradição artística específica. Havia dois braceletes, uma tiara e uma espécie de peitoral, este último exibindo em alto relevo certas figuras de uma extravagância quase insuportável.

Durante essa descrição, controlei minhas emoções com rédea curta, mas meu rosto deve ter traído meus temores galopantes. Meu tio parecia aflito, e fez uma pausa em seu desembrulhar para estudar meu semblante. Fiz menção para que continuasse, e ele o fez com renovados sinais de relutância. Parecia esperar alguma demonstração quando a primeira peça – a tiara – se tornou visível, mas duvido que esperasse justamente o que de fato aconteceu. Eu também não o esperava, pois pensava estar completamente prevenido em relação ao que revelariam ser as joias. O que fiz foi desmaiar em silêncio, bem como eu fizera um ano antes naquele canal ferroviário sufocado por espinheiros.

Daquele dia em diante, minha vida tem sido um pesadelo de pensamentos sombrios e apreensões, e tampouco sei o quanto é horrenda verdade e o quanto é loucura. Minha bisavó tinha sido uma Marsh de proveniência desconhecida cujo marido vivera em Arkham – e Zadok não havia dito que a filha de Obed Marsh com uma mãe monstruosa se casara com um homem de Arkham por meio de truque? O que era mesmo que o borracho vetusto havia murmurado sobre meus olhos serem parecidos com os do capitão Obed? Em Arkham, também, o curador me dissera que eu tinha os legítimos olhos dos Marsh. Seria Obed Marsh meu próprio tataravô? Quem – ou o que – era, então, minha tataravó? Mas talvez fosse tudo loucura. Esses ornamentos de ouro esbranquiçado poderiam facilmente ter sido comprados de algum marinheiro de Innsmouth pelo pai da minha bisavó, fosse ele quem fosse. E aquela expressão de olhar fixo nos rostos de minha avó e meu tio autoimolado poderia ser pura fantasia da minha parte – pura fantasia impulsionada pela sombra de Innsmouth que tanto havia escurecido minha imaginação. Mas por que meu tio se matara depois de uma busca ancestral na Nova Inglaterra?

Por mais de dois anos repeli tais reflexões com parcial sucesso. Meu pai obteve-me um emprego num escritório de seguros, e eu me enterrei na rotina tão fundo quanto possível. No inverno de 1930-1931, porém, os sonhos começaram. Eram muito esparsos e insidiosos a princípio, mas foram aumentando em frequência e vividez com o passar das semanas. Grandes espaços aquosos abriam-se diante de mim, e eu parecia errar por pórticos e labirintos titânicos e submersos de paredes ciclópicas tomadas de algas, tendo peixes grotescos como companheiros. Depois as outras formas começaram a aparecer, enchendo-me de um horror inominável no momento em que eu despertava. Durante os sonhos, contudo, elas não me horrorizavam em absoluto – eu era uma delas, usando seus adornos inumanos, trilhando seus caminhos aquáticos e orando de maneira monstruosa em seus malignos templos no fundo do mar.

Havia muito mais do que eu conseguia recordar, mas mesmo aquilo que eu de fato recordava todas as manhãs teria bastado para me rotular como um louco ou um gênio se eu ousasse registrá-lo por escrito. Alguma influência tenebrosa, eu sentia, tentava me arrancar aos poucos do são mundo de uma vida salutar e me lançar aos abismos inomináveis de negror e alienação; e o processo teve um custo pesado para mim. Minha saúde e minha aparência foram piorando de modo constante, até que fui forçado, por fim, a largar meu emprego e adotar a vida estática e reclusa de um inválido. Certa esquisita moléstia nervosa me tomara em suas garras, e eu me via, por vezes, quase incapaz de fechar os olhos.

Foi então que comecei a estudar o espelho com crescente alarme. Não é agradável observar as lentas devastações da doença, mas, no meu caso, havia por trás algo mais sutil e mais enigmático. Meu pai parecia notá-lo também, pois começou a olhar para mim com curiosidade, quase atemorizado. O que estava se passando comigo? Seria possível que eu estivesse ficando parecido com minha avó e meu tio Douglas?

Certa noite, tive um sonho pavoroso no qual encontrei minha avó no fundo do mar. Ela morava num palácio fosforescente de muitos terraços, com jardins de estranhos corais leprosos e grotescas eflorescências braquiadas, e me saudou com um ardor que pode ter sido sardônico. Ela mudara – como mudam os que entram na água –, e me contou que não havia morrido. Em vez disso, tinha ido a um local de que seu filho morto tomara conhecimento, e saltara para um reino cujas maravilhas – destinadas igualmente a ele – ele desdenhara com uma pistola fumegante. Esse haveria de ser meu reino também – eu não poderia escapar dele. Eu nunca morreria, mas viveria entre os que haviam vivido desde antes de o homem chegar a andar sobre a terra.

Encontrei também aquela que tinha sido avó dela. Por oitenta mil anos, Pth'thya-l'yi vivera em Y'ha-nthlei e para lá ela voltara depois da morte de Obed Marsh. Y'ha-nthlei não foi destruída quando os homens da terra superior atiraram morte mar adentro. Foi ferida, mas não destruída. Os Profundos jamais poderiam ser destruídos, ainda que a magia paleogênica dos esquecidos Antigos conseguisse às vezes detê-los. De momento, eles descansariam; mas algum dia, caso lembrassem, voltariam a se erguer para o tributo pelo qual o Grande Cthulhu ansiava. Seria uma cidade maior do que Innsmouth, da próxima vez. Eles tinham planejado se disseminar, e haviam criado aquilo que os ajudaria, mas por agora precisavam esperar mais uma vez. Por ter trazido a morte dos homens da terra superior, eu teria de cumprir uma penitência, mas ela não seria pesada. Esse foi o sonho no qual vi um *shoggoth* pela primeira vez, e a visão me fez despertar num frenesi de gritos. Naquela manhã, o espelho me mostrou definitivamente que eu adquirira o *feitio de Innsmouth*.

Até agora, não me matei como meu tio Douglas. Comprei uma automática e quase dei o passo, mas certos sonhos me dissuadiram. Os tensos extremos de horror estão diminuindo, e eu me sinto esquisitamente atraído rumo às desconhecidas profundezas marítimas em vez de temê-las. Ouço e faço coisas estranhas durante o sono, e acordo com uma espécie de exaltação em vez de terror. Não acredito que eu tenha de esperar pela transformação completa como a maioria esperou. Se eu aguardasse, meu pai provavelmente me internaria num sanatório, como está internado meu pobre priminho. Esplendores fabulosos e inauditos esperam-me abaixo, e hei de procurá-los em breve. *Iä-R'lyeh! Cthulhu fhtagn! Iä Iä!* Não, não irei me matar – não posso ser levado a me matar!

Planejarei a fuga de meu primo daquele hospício de Canton, e juntos nós iremos até a sombra maravilhosa de Innsmouth. Nós nadaremos rumo àquele lúgubre recife mar adentro e mergulharemos por negros abismos em direção à ciclópica Y'ha-nthlei de muitas colunas, e naquela toca dos Profundos moraremos em meio a prodígios e glórias para sempre.

# Coleção L&PM POCKET (Lançamentos mais recentes)

1227. **Sobre a mentira** – Platão
1228. **Sobre a leitura** *seguido do* **Depoimento de Céleste Albaret** – Proust
1229. **O homem do terno marrom** – Agatha Christie
1230.(32).**Jimi Hendrix** – Franck Médioni
1231. **Amor e amizade e outras histórias** – Jane Austen
1232. **Lady Susan, Os Watson e Sanditon** – Jane Austen
1233. **Uma breve história da ciência** – William Bynum
1234. **Macunaíma: o herói sem nenhum caráter** – Mário de Andrade
1235. **A máquina do tempo** – H.G. Wells
1236. **O homem invisível** – H.G. Wells
1237. **Os 36 estratagemas: manual secreto da arte da guerra** – Anônimo
1238. **A mina de ouro e outras histórias** – Agatha Christie
1239. **Pic** – Jack Kerouac
1240. **O habitante da escuridão e outros contos** – H.P. Lovecraft
1241. **O chamado de Cthulhu e outros contos** – H.P. Lovecraft
1242. **O melhor de Meu reino por um cavalo!** – Edição de Ivan Pinheiro Machado
1243. **A guerra dos mundos** – H.G. Wells
1244. **O caso da criada perfeita e outras histórias** – Agatha Christie
1245. **Morte por afogamento e outras histórias** – Agatha Christie
1246. **Assassinato no Comitê Central** – Manuel Vázquez Montalbán
1247. **O papai é pop** – Marcos Piangers
1248. **O papai é pop 2** – Marcos Piangers
1249. **A mamãe é rock** – Ana Cardoso
1250. **Paris boêmia** – Dan Franck
1251. **Paris libertária** – Dan Franck
1252. **Paris ocupada** – Dan Franck
1253. **Uma anedota infame** – Dostoiévski
1254. **O último dia de um condenado** – Victor Hugo
1255. **Nem só de caviar vive o homem** – J.M. Simmel
1256. **Amanhã é outro dia** – J.M. Simmel
1257. **Mulherzinhas** – Louisa May Alcott
1258. **Reforma Protestante** – Peter Marshall
1259. **História econômica global** – Robert C. Allen
1260.(33).**Che Guevara** – Alain Foix
1261. **Câncer** – Nicholas James
1262. **Akhenaton** – Agatha Christie
1263. **Aforismos para a sabedoria de vida** – Arthur Schopenhauer
1264. **Uma história do mundo** – David Coimbra
1265. **Ame e não sofra** – Walter Riso
1266. **Desapegue-se!** – Walter Riso
1267. **Os Sousa: Uma família do barulho** – Mauricio de Sousa
1268. **Nico Demo: O rei da travessura** – Mauricio de Sousa
1269. **Testemunha de acusação e outras peças** – Agatha Christie
1270.(34).**Dostoiévski** – Virgil Tanase
1271. **O melhor de Hagar 8** – Dik Browne
1272. **O melhor de Hagar 9** – Dik Browne
1273. **O melhor de Hagar 10** – Dik e Chris Browne
1274. **Considerações sobre o governo representativo** – John Stuart Mill
1275. **O homem Moisés e a religião monoteísta** – Freud
1276. **Inibição, sintoma e medo** – Freud
1277. **Além do princípio do prazer** – Freud
1278. **O direito de dizer não!** – Walter Riso
1279. **A arte de ser flexível** – Walter Riso
1280. **Casados e descasados** – August Strindberg
1281. **Da Terra à Lua** – Júlio Verne
1282. **Minhas galerias e meus pintores** – Kahnweiler
1283. **A arte do romance** – Virginia Woolf
1284. **Teatro completo v. 1: As aves da noite** *seguido de* **O visitante** – Hilda Hilst
1285. **Teatro completo v. 2: O verdugo** *seguido de* **A morte do patriarca** – Hilda Hilst
1286. **Teatro completo v. 3: O rato no muro** *seguido de* **Auto da barca de Camiri** – Hilda Hilst
1287. **Teatro completo v. 4: A empresa** *seguido de* **O novo sistema** – Hilda Hilst
1288. **Sapiens: Uma breve história da humanidade** – Yuval Noah Harari
1289. **Fora de mim** – Martha Medeiros
1290. **Divã** – Martha Medeiros
1291. **Sobre a genealogia da moral: um escrito polêmico** – Nietzsche
1292. **A consciência de Zeno** – Italo Svevo
1293. **Células-tronco** – Jonathan Slack
1294. **O fim do ciúme e outros contos** – Proust
1295. **A jangada** – Júlio Verne
1296. **A ilha do dr. Moreau** – H.G. Wells
1297. **Ninho de fidalgos** – Ivan Turguêniev
1298. **Jane Eyre** – Charlotte Brontë
1299. **Sobre gatos** – Bukowski
1300. **Sobre o amor** – Bukowski
1301. **Escrever para não enlouquecer** – Bukowski
1302. **222 receitas** – J. A. Pinheiro Machado
1303. **Reinações de Narizinho** – Monteiro Lobato
1304. **O Saci** – Monteiro Lobato
1305. **Memórias da Emília** – Monteiro Lobato
1306. **O Picapau Amarelo** – Monteiro Lobato
1307. **A reforma da Natureza** – Monteiro Lobato
1308. **Fábulas** *seguido de* **Histórias diversas** – Monteiro Lobato
1309. **Aventuras de Hans Staden** – Monteiro Lobato
1310. **Peter Pan** – Monteiro Lobato
1311. **Dom Quixote das crianças** – Monteiro Lobato
1312. **O Minotauro** – Monteiro Lobato

lepmeditores
**www.lpm.com.br**
o site que conta tudo

IMPRESSÃO:

**PALLOTTI**
GRÁFICA

Santa Maria - RS | Fone: (55) 3220.4500
*www.graficapallotti.com.br*